月光下的黄羊

房伟 著

作家出版社
全国百佳出版社

图书在版编目（CIP）数据

月光下的黄羊 / 房伟著．-- 北京：作家出版社，2025. 6. -- ISBN 978-7-5212-3357-5

Ⅰ. I247.7

中国国家版本馆 CIP 数据核字第 2025PS6355 号

月光下的黄羊

作　　者：房　伟
责任编辑：向　萍
封面设计：李　超
出版发行：作家出版社有限公司
社　　址：北京农展馆南里 10 号　　**邮　　编：**100125
电话传真：86-10-65067186（发行中心）
　　　　　86-10-65004079（总编室）
E-mail:zuojia @ zuojia.net.cn
http://www.zuojiachubanshe.com
印　　刷：河北星强印刷有限公司
成品尺寸：145 × 220
字　　数：179 千
印　　张：16
版　　次：2025 年 6 月第 1 版
印　　次：2025 年 6 月第 1 次印刷
ISBN　978-7-5212-3357-5
定　　价：79.80 元

目录

九三年

一

午饭时间还没到。外面下着雨，秦陵老师的斥骂声环绕在课堂，又钻出门缝，在空荡荡的走廊碎成莫名回声。我从三楼教室最北边的窗户向外望去，蓝色包漆的窗很潮湿，有股腐败木耳的气味，忍冬青肥厚的叶子被雨水打得锃亮，如一块块可口美丽的榨菜。蛋糕状的操场雨雾迷蒙，只有红色的旗帜还斜斜地挂在旗杆上，湿漉漉的，仿佛刚捞出的海带。那年我十五岁，在教室挨饿，听老师训话，那段时间我总是饥饿。很多年后，我才明白，那就是青春期的表现。

一个屁钻出来，带着不雅气息，肠子蠕动得似乎慢了点。由于个头大，我总坐在最后排，身后凌乱堆砌着复习资料、散发着各种味道的饭盒和暖壶。作为重点中学的学生，学习至关重要。但我总忍不住破坏紧张严肃的氛围。每当我放屁，同桌“小饭桶”同学一定会“嗷嗷”地跳起，用指甲刺穿我的皮肤。小饭桶是个身材娇小的姑娘，有点缺心眼，但为人豪爽讲义气。她的外号说起来冤枉，她哥叫“大饭桶”，他们都姓范。小饭桶的父亲，却不叫“老饭桶”。他是老警察，不苟言笑，有一脸老奸巨猾、深谋远虑的褶子，专管我们这片儿，大家尊称他“范公安”。小饭桶变成女流氓，并成为闻名全县的十八凤老幺，还是这次班务会后的事。

我坐回凳子，并没遭到预想的蹂躏，却突然闻到了刺鼻的骚味。号称“校园杀手王”的班主任秦陵老师正在怒斥我们。秦老师心情不好，他第六次失恋了。秦老师自认为是个才子，有硕大的脑袋，搭配黑黝黝的头发，好似大号的地雷。他是班主任兼历史老师。他失恋的时刻，就是我们的遭殃日，他一定会找机会大发雷霆。

我听到了小饭桶的哭声，开始像蚊子哼哼，后来像快断流的小溪。我扭过头，发现小饭桶的眼睛含着泪水。起初，我以为她吓坏了，但又不像，杀手王不是第一天恐吓我们了：他威胁要把我们赶回中世纪，成为法兰克人的隶农；他要把我们变成明朝末年陕西的饥民，让我们率尔相食；他还狞笑着说，要把我们放逐到十七世纪葡萄牙穿越太平洋的捕奴船，每天和臭烘烘的黑人挤在船舱，等待死亡的命运。他甚至威胁要辞去班主任的职务。显然，最后一条我们更愿接受。前几条，我们只当他发癔症罢了。学历史的家伙总是这样。

但那天小饭桶却哭了，哭声暧昧，甚至渐渐凄厉，以至于秦陵老师都停止呵斥，对自己造成的影响感到惊诧。你哭什么？秦陵好奇地问。大家齐刷刷地看向小饭桶，我最先发现了真相：凳子上有圈暗黄印渍。

是尿。她，尿了。

我像被马蜂蜇了似的跳起来。秦陵也发现了秘密。很多同学挤过来观察这块不大不小的印渍，品评形状，讨论气味。那摊小小的印渍在凳子上不断攻城略地，变成了大大的污点。瞬间，空气凝固了，继而爆发出快活的哄笑。小饭桶茫然地站在旁边，仿佛被笑声吓坏了。她那条蓝色的大号运动裤拧巴地纠结在腿上，尿还在“滴滴答答”地从裤脚滴落，外面的雨也“滴滴答答”着，似乎小了很多。刺耳的下课铃声响了起来……

多年以后，我回忆起那个片段，总感觉非常恍惚。羞耻心的丧失，让小饭桶走上了女流氓的不归路，也让杀手王秦陵老师多了个外号：“校园尿不湿”。小饭桶练体操，常劈大叉，所以尿频尿急，那天秦陵又絮絮叨叨地训人，就弄出了骇人听闻的教育惨案。

但我不能顾及小饭桶了，下课铃意味着“抢饭比赛”开始。我抽出铝饭盒，在小饭桶的哭声中冲出教室，以百米冲刺的速度奔向食堂，甚至不顾秦陵在身后的斥骂。第四节下课铃一响，不管老师喊没喊下课，我总第一个义无反顾地冲出教室。

雨不知何时竟停了。我们班的教室在四号楼三楼，食堂在一号楼后面，从三楼跑下来，我首先要路过垃圾箱，那里臭气熏天，影响呼吸频率。接着，我低头潜行，提肛收臀，以土拨鼠般的机敏动作，从校长办公室旁“鼠行而过”。这是“死亡地带”，相当于非洲迁徙的角马泅渡刚果河遭到鳄鱼王偷袭。突然，一大团白乎乎的东西从楼上飞下，直击头部。我不慌不忙，侧身滑步。居然是团纸，揉成发面团的样子。偷袭我的不是鳄鱼，而是校长。他姓石，绰号“铁石心肠”。他常从办公室探出头，气急败坏地对抢饭的同学严加呵斥。他叫我们吃货、傻×。校长把废纸搓成团，当作飞镖和炮弹，袭击吃货的队伍。

冲过校长办公室，我又从一号楼门前跑过，通常会涌现出大批强劲有力的竞争对手。如一班的“小飞人”，二班的“野驴”，还有高年级体育队的“男女亡命徒”，他们中有“胖虎”高伟。此人长着吃货才有的龅牙，壮得像海豹。他会表演胸大肌游戏，就是控制胸大肌，让它像女人的乳房般颤动。这群擅长运动的暴徒，还包括全县最有名的女流氓刘金花和她的十几个跟班女生。他们早早地跑到食堂，占据每个窗口。好菜都被运动员打走了。跑到这里，胃里残存的能量也被消耗掉。我轻声哼唱起郑智化的《星星点灯》。郑智化是瘸子，跑不快，也不用抢饭，但他的歌很励志——“星星点灯”，为什么不是“红烧肉点灯”？这更符合我的口味。这样一想，我又有些痛恨郑智化了。

经过二号楼，突然蹿出条身影，抢在我前面。她就是传说中的高中部刘金花学姐。她跑得真快，不愧是中长跑纪录保持者。经过我身边的时候，我不禁屏住呼吸。她长长的秀发拂在我脸上，还冲我挤挤眼，说，小孩，挺能跑呀。得到了学姐的认可，我再接再厉，终于在把肺跑出来之前抵达了胜利的终点——巍峨庄严的食堂。不出所料，食堂各个窗口，早被体育队的人占据了。他们穿着蓝白相间的运动服，不可一世。学校的食堂，周二和周五有水饺和红烧肉，来晚了根本吃不上。虽然红烧肉的模样不敢恭维，看起来半生不熟，肥肉白腻，瘦肉带血丝，然后黏起来，如同秦陵老师恨铁不成钢的眼神。但我爱红烧肉。肉菜窗口的炊哥叫二子，一脸横肉，比红烧肉看着还瘆人。但当二子将盛满红烧肉的饭盒，放在我手心，他的头上就会飘起美丽小光圈。二子哥呀，就是插着翅膀的“二天使”，他和蔼可亲、平易近人，连斑驳陆离的四环素牙、猥琐的母狗眼，在我们看来都是如此不凡。

正当我专心致志地排队时，突然从后面涌过团人浪，一个胖大的、穿运动服的小子，居然把我挤到旁边。我一甩胳膊，把那人扛了出去。他就是体育队的胖虎。这厮正敲着个特大号饭盆，气哼哼地盯着我。我虽然个子大，但一贯老实，从不和流氓起冲突。但我发现金花正似笑非笑地看着我，不知怎的，觉得大脑有团东西爆炸，简直比吃了几桶芥末都提神。我大吼道："还让不让人好好打饭了！"学生们看有冲突，连饭也不打了，都等着看热闹，连炊哥二子也屁颠屁颠地跑出来，点上烟，美滋滋地观赏起来。

食堂每天都发生暴力冲突，大家习以为常。每当饭盆与勺子齐飞，面条共菜汤一色，也是流氓们扬名的时刻，如果有人想"炸刺"，通常都会在食堂找流氓打架，只要没被打倒，就会成名。胖虎平时咋咋呼呼，但不是什么狠角色。他心虚地对我说，你叫这么大声干什么？我看着胖虎，但眼光瞄着金花，看到她仿佛很注意我，便又大吼，胖虎，别挡着我买饭！人群哄笑起来，几个好事的就对胖虎说，人家叫板，别㞞了，赶快上呀！

我不怕胖虎。这小子一身膘，远不如我灵活，我还有身高优势。胖虎猛地把上衣扒下，露出了两块会动的胸大肌。但在我看来，那不过是两块没煎熟的、新鲜的"年糕"而已。胖虎"嗷"地叫了声，扑到我身上，却只拿手指甲挠我的脸和胳膊，太恶心了！这么壮的汉子，打架像女人，完全配不上胖虎的称号，应改名叫胖猴。我的脸被抓破了皮，但抽冷子一拳塞在他腰眼，他尖叫着倒地。围观的同学们对我的英勇表现报以热烈掌声。我仿佛置身于盛大的古罗马斗兽场，我是角斗之王斯巴达克斯，身材健美、盔明甲亮，下身还有个藤条编织的兜囊三角裤。我脚下是狼狈倒地的对手，一个浑身发臭，穿着兽皮的努比亚人，他浑身发抖，祈求饶恕。我把沾满肮脏鲜血的色雷斯短剑，轻轻地在他爬着虱子的兽皮上擦拭着。努比亚人胖虎哭了，露出被黑面包弄伤的坏牙。观众们疯狂着，很多贵妇人尖叫、挥手、飞吻。然而，我的眼神很笃定，地中海的风吹散我的头发，温润而潮湿，亚平宁半岛的阳光，仿佛多情的小剑，刺穿我的骄傲，放纵着我的尊严。我抹了把咸咸的汗水，摘下铜盔。千万人潮中，我只看到一个女人，只注意她的表情，那就是金花。她直直地盯着我……

胖虎的怒吼终于把我拉回现实。体育队的流氓蜂拥而上，把我摁在地上。我虽是好汉，但架不住对方人多，被结结实实地揍了一顿。胖虎开心地笑了。我倒没感觉疼，就是饿得发慌。胖虎抓住我的领子，说，让你炸刺，服了吧？我对胖虎不理不睬。在远处观战的金花过来，笑吟吟地说，放了吧，还是小孩。胖虎很不满，嘟囔着说，哪有这么大个子的小孩，比我还高呢。金花看了他一眼，目光平静，但似有震慑人的威力，胖虎赶紧松开我。我擦净嘴角的血，冲金花咧了咧嘴，在体育队的注视下，大摇大摆地离开了食堂。

二

回到宿舍，我鼻青脸肿，屁股也隐隐作痛，但大家都对我施以注目礼。“好家伙，真人不露相，居然敢和体育队的人打架！”二肥、小虫对我施以夸张的安慰。两个没义气的家伙，在我被殴打时躲在小角落，现在跑出来充好人。我没好气地推开他们。谁料，他们神神秘秘地摸出了两包方便面！那种简装方便面，在灰袋子里装着，调料另放。我想拒绝，但肚子却不争气地叫起来，好像拱动着一群贪婪的小猪。宿舍里人多，这点方便面不够分，要悄悄地吃独食。这方面二肥有经验，他常偷偷地在宿舍里吃东西。夜深人静，大家熟睡的时候，他像狡猾的胖老鼠，拿出饼干、苹果和方便面，慢慢咀嚼……

我抢过方便面，把调料撒在其中一块上，直接嚼起来，发出“咔嚓、咔嚓”的响声。麦香的味道，加上调料的香气，刺激着味蕾。很快，方便面便在口腔化为幸福的面糊。另一包被我小心翼翼地收藏。我将方便面藏于床底大木箱里，准备对付半夜突如其来的饥饿。我晚上做梦时常被饿醒，内容通常是酱肘子或流着油的烤鸭。饿醒后，只能看天花板数羊了。数羊的过程，通常不会导致睡眠，而让我联想起羊肉串或清蒸羊排。有了这包方便面，总算能顶一会儿了，但可惜得很，后来我的箱子被老鼠咬了洞。方便面没了。

小虫和二肥都是我“名义上”的好友。我不是班上饭量最大的吃货。这个荣誉称号属于坐在后排的二肥。自从大肥给女生“四眼钢牙”写情书被开除，二肥就成了我们班最胖的男生。他早上吃四个馒头，两盆稀饭，中午要一斤米饭。中午他不吃馒头，馒头吃不饱。他吃馒头的样子很疯狂：他把馒头拍扁，像一块块铁饼，再把几块馒头压在一起，加大密度，缩小体积，用筷子穿起来，好似烤肉串。后来，二肥不知听谁说的，练气功可以减肥。他专门拜广场上练香功的老头为师傅。据说，练习香功，不仅可减肥，肚子还能发出香气，但在我看来，气功减肥效果并不明显，二肥的肚子并没有变成五香猪肚。小虫是个豆芽菜般的黑瘦男孩。

他的外号也源自食堂吃饭的经历。一次吃炒豆角，他居然吃出了长长的豆虫。豆虫的尸体已熟透。小虫咬了一口，皱了皱眉头，然后认出了豆虫表哥的真容。他歪头想了想，大口大口地把豆虫吞咽了下去，还一边喊，好吃的肉肉呀！大家吃惊得“晕倒”。

小虫和二肥佩服我，因为我们常受流氓的敲诈。从早晨六点跑早操，到晚上十一点宿舍关灯，总有几个流氓溜溜达达地过来，管我们要这要那。大家敢怒不敢言。就我一米八的身高而言，完全可以和这帮家伙死磕，但这会变得没完没了，一群不三不四的家伙整天跟踪我，用棍子打我。这群流氓很会吓人，他们有时带上警棍，有时还带把破菜刀，把宿舍的铁床敲得叮当作响。为了买平安，我总在兜里装五毛钱或两张菜票。小痞子来敲诈，我就掏空口袋，很真诚地吼道，就这些了，兄弟！一个月伙食都给你了！痞子们鄙视我对他们智商的羞辱。然而，一个傻大黑粗的家伙，像大猩猩般吼起来总是可怕的事。而且，这个大猩猩还被掏空了所有口袋，在被敲诈的暴走边缘。一般这个情况下，痞子们会选择息事宁人地拿走钱，然后，悻悻地说，你有种，青山不改，绿水长流。

自从我和胖虎斗殴后，就在一中成名了。我的惨败被人渲染成了暴虐的复仇。我遇到了很多麻烦。班里的漂亮女生看到我，除了厌恶，还多了几分好奇和想要了解的想法。每次我打饭时，总有几个痞子模样的人，不怀好意地盯着我的脖颈，看得我头皮发麻。我还在宿舍发现了几封战书，约我晚上到操场单挑。我在江湖也有了点小名气，他们叫我“泰山”。但我不喜欢这个外号，我自封为“拉欧”或“紫龙”，这都是我喜欢的漫画人物。“拉欧”来自《北斗神拳》，是心黑手辣的狠人，“紫龙”则来自《女神圣斗士》，我最喜欢他的招式——“庐山升龙霸”。我偷偷跑到操场练拳，没什么章法，专门朝男人的下三路使劲。每当我使用庐山升龙霸，总感觉有股真气在腹肌游走。接着，我仿佛看到了山清水秀、云气缠绕的庐山，气势磅礴的庐山瀑布就在我的头顶。我长发飘舞、肌肉俊美，一双铁拳直捣苍天，仿佛空气都被我打得爆起来，发出“噼噼啵啵”的脆响，瀑布也化身为紫色天龙，直飞天外……

打架被秦老师知道了。他语重心长地找我谈话。他说：“建民，你是很有希望的学生，不要被不良社会风气影响，要好好学习，书中自有颜如玉，书中自有黄金屋。”他歪头想了想，又用“白话文”说了一遍：“只要好好学习，将来前程似锦，什么样的好女孩都有。”我对杀手王的说法不置可否。作为历史教师，秦陵的神经质令人厌烦抓狂。尽管，大家觉得他的心眼不坏，出发点也是让大家好好学习。他喜欢让我们背地图，他会很变态地要求我们一笔画出清代疆域、大运河流程及日军侵华路线图。他还喜欢些“历史黑话”。比如，他训斥同学就说，你的心比巴士底狱还要黑。你的体重像路易十四，脑子却像犹大。他让我们记住甲午海战的年份，说，同学们，跨越了 1894 年，就像军刀拔出，日本人就死了。说着，他翻起白眼躺在课桌上，假装死亡。他还蜷缩起本来就不长的罗圈腿，借以表明他装扮的是日本人。我的老师是积极的爱国者。甲午战争明明是我们输了，他却说日本人死了。

秦陵最让人恶心的地方是他把我们班当作了“后宫”。在寂寞无聊或失恋的时候，除了训斥我们，杀手王最喜欢找女同学谈心。从最漂亮的女生小饭桶，到最娇情的女生四眼钢牙，从最高的女生“风云”，到最矮的女生“板凳”，甚至我们班唯一的残疾人，瘸子高丽丽，他都不放过。自习课，我会在后窗看到秦陵硕大聪明的脑袋及小而聪慧的眼睛。杀手王的态度很郑重，悄悄地敲敲玻璃窗，向女生勾勾手，瓮声瓮气地说，你出来一下。一般第一个是小饭桶。小饭桶嘟哝着，无奈地从教室溜出去。这样的训话内容，我们男生无从得知（都说是帮助学习，天知道！），但我们不是瞎子，女生一个接一个地出去，再一个接一个地回来，就是好汉武二郎，也难免被弄得心神不宁。她们回来时，脸上都带着红扑扑的神秘笑意，好像血压升高的母鸡，或被人扇了七八个耳光的蒙娜丽莎。最让人同情的是高丽丽。她是拄着双拐被叫出去的。看着她扭扭地拄着拐杖，向黑暗的走廊走去，走廊暗着，闪烁着一个"霍比特人"般矮小粗壮的影子。我们的眼睛湿润了。

我的梦里，常出现这样动人的一幕，场景却发生了改变：美丽的后宫，我们叫它畅春园吧。秋意正浓，园子静谧，海棠有些败了，几个妃子在观赏水池的锦鲤。老师的样子很冷静，在雕花紫檀木圆凳上，随意地转动翠绿的扳指。他有阴险的细长眼睛，满族人特有的稀疏小胡子。皇帝在检阅后宫，那位是"饭桶妃子"，这位是"四眼钢牙贵人"，还有"瘸子答应"，真是争奇斗艳。我们班的男生大多变成了太监。二肥就是其中之一，肥白圆滚的脸，娘娘腔，眼神猥琐阴险，像《鹿鼎记》里的海大富公公。我不愿变太监，就变成"二等虾"，就是红带子的戈什哈侍卫。老师举起手，立刻有妃子过来帮着揉发痛的肩。批了一夜奏折，皇上有点倦怠，江苏乡试刚结束，河南发了大水，山东又发现剪辫党，策妄阿拉布坦在藏北蠢蠢欲动，帝国版图太大了，皇帝操心的事太多。老师叹了口气，困乏又泛起来，他悠悠地说道，众位爱妃，朕去养心殿给太后请安，你们可愿同去？……

三

“尿凳事件”后，小饭桶和我分开了，独自坐在教室最后排，没有人敢和她坐一起，大家都害怕，不知何时会有碱黄液体流到屁股上。我已从臭狗屎的待遇上升到正常人标准，小饭桶则由可爱的体育女生变成了可怕可厌的尿漏斗。小饭桶变得自卑沉默，进出教室总勾着头、拖着腿，像被家族遗弃的母恐龙。她哽咽地对我说：建民，你也看不起我？当初大家都不愿和你坐一起，只有我愿意。再说，我有尿频尿急的毛病，那也不怨我，爹妈给的，那天我喝了不少水，杀手王又聒噪不停，怎能憋得住？我对小饭桶翻翻白眼，我知道她没那么好心，她和我坐一起，不过是和别人打赌，为了赢得一瓶护手霜。我们女孩和你们男生不同，小饭桶羞红了脸，用中指在空中很快地划了划，小声说，女孩的身体都有很深的口子，很麻烦，每个月都来脏东西。说完，小饭桶紧绷着嘴跑开了，夹着腿，好像怕那个口子又掉出什么东西。

我被答案惊呆了。口子？是伤口，还是通道？难道说，每个女孩出生，都有狠毒的医生，在她身上割口子？太狠了吧！在此之前，我只知道男孩长小鸡鸡，女孩没有。对女孩子的结构，我不甚了解，而且我们没上生理卫生课，据说要等到初三下学期。我把这件事告诉了二肥和小虫，他们也不理解。二肥比较流氓。他迟疑着说，听别人说，我们都是从妈妈身体里掉出来的。口子也许是掉出来的地方吧。那么，小孩子又是如何进到妈妈的肚子里的呢？

我们去偷生物老师的资料。传说他有裸体男女的画册。生物老师的宿舍就在学生宿舍后面。那时他还是单身，是个无聊的古怪青年，常独自在门口煮面条。我们装作关心老师，勤学好问，从鞭毛虫有多少腿到恐龙灭绝的原因，把老师问得头昏脑涨。趁他到小卖部买冰糕，我们找到那本带插图的生理教科书。终于，我们明白了，原来那真是“口子”，每个女人都有，但长满杂草。到了一定年龄，就有丑陋的男人粗暴地钻进去。然后，像母鸡孵蛋，过了很长时间，我们就从深井般的洞口爬出来。我的心里充满了绝望的悲哀。我一直认为自己是好汉，该从雷里被劈出来，绝不是从口子里爬出来。小饭桶也有这样一个口子，但她尿频。这简直是世界上最可怕的事。我很多天都郁郁寡欢，每晚都梦到那个口子，惊恐无比。

我和二肥都长出了胡子，只有小虫还是清秀可爱的童稚状态。我的胡子格外茂盛，乍一看像二十多岁。我偷偷地用了爸爸的剃须刀，可胡子总一茬茬地长个不停。自从见到金花，我梦中的女人就从小饭桶变成了金花。让我感到隐秘而难堪的是，那个小把把越来越大，且越来越黑，从可爱的小火炬变得有点像毒蛇了。我甚至担心，它要是老不停地长，那可怎么办？我难道每天带包毒蛇去上学？我还能跑步、踢球吗？要是我一跑，小蛇掉出来怎么办？被人踩到怎么办？这些烦恼，无人能懂，我渐渐变得烦躁。以前我对小饭桶挺好，可后来老训斥她，还揪她的头发。可她一点儿也不生气，只眼泪汪汪地装可怜。

小饭桶对我腻腻歪歪，要求再次和我坐一起。我觉得她可怜。我要对长着口子的可怜女孩施加援手，否则太不仗义了。再说，我讨厌现在的同桌。她是四眼钢牙妹，戴着厚底片的眼镜，还有钢丝牙。她是学习委员，被杀手王派来监督我的学习。四眼钢牙满脸傲气，笑起来时，总尽量抿着嘴，不露出钢牙。但她也得意忘形。我总能看到眼角寒光一闪，不寒而栗。我想她吃肉的时候肯定很快乐，钢牙会帮助她成为“牙好，胃口就好”的母老虎。然而，女孩有了钢牙，好似语文课本的名人名言，好看是好看，但放在考试之外，总有些吓人。她喜欢现代诗歌，常参加诗歌朗诵会，算是小有名气的文学青年。我最怕她早自习时慢声朗诵课本附录部分的诗歌。她最喜欢《致橡树》。她擅长的句式，就是“君不见”式的排比句，很有气势，但狗屁意思没有。她那高亢的嗓音让我毛骨悚然。我决定让她滚蛋，将座位换给小饭桶。四眼钢牙起初很惊愕，因为她带着拯救我的使命。现在，我居然要把文学天使赶走，让“尿漏斗”回来。我耸耸肩，告诉她，小饭桶虽尿过凳子，但都是过去时啦，我最恨文学了，还有眼镜或者钢牙。

四

我和金花的恋情曝光，很多人感到不可思议。我居然能追到全校最性感、凶悍的女流氓。我对金花的追求，来源于醉酒后的打赌。一天晚上，二肥偷出了他当活塞厂副厂长的父亲的五粮液。我们第一次感觉到了酗酒的滋味。我感到有东西在胸腔燃烧，仿佛东闯西逛的毒蛇。它吐着有毒液的信子，烧毁了我的理智。我对每个经过身边的男人都投以挑衅的目光，对每个漂亮女孩都大声唏嘘。我们在午夜街道狂呼乱叫，令正人君子为之侧目，居然没招来警察。我甚至砸毁了清风湖边的小凉亭。喝酒总要有理由，我们决定为“失恋”喝酒，学习秦老师。我们迅速地选定了失恋对象。二肥的是娇小可爱的英语教师斯嘉丽，小虫的是小饭桶，我决定让金花成为我的失恋对象。我把这个决定告诉大家，他们大吃一惊。二肥夸张地揸开十只肥香肠般的手指，夸张地说：“老大，厉害呀！”

失恋要有失恋的样子。我们痛哭流涕，伤心难过到哈哈大笑，我们呼喊着心爱的女孩的名字。失恋以后，就要挽回绝望的爱情。我们躺在月亮照亮的马路上，设计着对心爱女孩的表白。二肥决定送给斯嘉丽老师一份香喷喷的红烧排骨，对吃货才有的愚蠢决定，我和小虫予以鄙视。小虫想送给小饭桶整套《七龙珠》漫画，这让我们很佩服，要想攒够这些漫画书可很不容易，看来小虫是对小饭桶动了真情。

“老大，你想给金花送点什么？”小虫和二肥很好奇地看着我。

送点什么？我有些犹豫，平常的礼物配不上美丽绝伦的金花。我冥思苦想，突然想起秦陵老师给我讲的故事。据说，元世祖忽必烈的国师，吐蕃僧杨琏真迦灭南宋后，连挖十八家宋代皇陵和高官勋贵的坟墓，将他们的骨头捣碎，装在箱子里，上面建一座高塔，名曰“镇宋塔”。凶僧将宋理宗的颅骨拿出，镶上金玉，给忽必烈做成酒器，他们这样对待勇士和贵族，意思是让饮酒的人沾染贵气。后来，这个头骨酒器传给了很多人，直到朱元璋开国，才将可怜的头骨安葬了。我决定去盗墓，挖出死人头骨，将它镶上假玉送给金花，作为惊世骇俗的定情信物。金花有这样伟大的酒器，可以拿出来喝啤酒，震慑县里所有的流氓。

金花是公认最漂亮、强悍、有权威的女流氓。很多女流氓都靠着男流氓，但金花不这样。她是全校女子体育队的队长，铁人五项比赛的全国青少组亚军。她擅长中长跑和三级跳远，平时也喜欢踢足球。我们总能在操场上看到她矫健的身影。她身高一米七五左右，苗条匀称，性感无比。很多流氓都追求她，听说还有一个为她自杀过。学校的正人君子却对她嗤之以鼻。我虽然是大块头，但肌肉松弛，还有些伤感怪异的情绪，不符合金花的标准。为配得上金花，我开始锻炼身体。玩哑铃、做俯卧撑，甚至跟体育老师“唐老鸭”学习散打（每次都被打得鼻青脸肿，大家都认为我个子大，打起来很有成就感），每天晚上跑一万米，累得简直吐了血。我常在梦中变成施瓦辛格，像《未来战士2》的拯救者，从未来穿越而来：我和金花身穿黑皮衣，戴着墨镜、叼着牙签，拿着雷明顿双筒短猎枪横扫金属杀手。火光闪亮、枪声刺耳，我和金花令一切平庸的人胆寒。

然而，金花对我视而不见。她已成为十八凤的凤头大姐了。那段时间，吴宇森和林岭东的港台黑帮暴力片在校园很流行。金花戴上墨镜，将运动服换成黑皮夹克，买了两把蝴蝶刀，就无师自通地成了本县最大的女流氓。她集结了全县最能打架的女孩，成立了十八凤，约定姐妹同心。她们敲诈钱财，调戏少男，无恶不作。她们就是传说的女流氓，维京人的“盾女”，战神欧丁的妻子们。她们喜欢三棱刮刀，擅长拳脚和器械，在夜晚手持凶器，结伴而行，寻衅滋事。夏天的风都因为她们，变得格外易吸引公蜂和公蝴蝶。

作为新兴流氓团体，十八凤也在操场搞体能锻炼。她们有些疯疯癫癫：有的家庭离异，个性孤僻，如老八把头发剃得短短的，夏天穿紧身跨栏背心，露出发达的肱二头肌；有的则精通武术，如老十擅长双刀和散打，她父亲是退伍侦察兵，功夫是家传的；还有就是情感受挫型，如小饭桶。自从我拒绝了她的柔情蜜意，她就变成了仇视男人的女杀星。她们耀武扬威地在操场一字排开，清一色黑T恤，外穿红运动服，训练散打和徒手格斗。她们努力打扮成凶悍的样子，但打架大多一哄而上，还有就是动家伙。金花总让人看不透，她不太张扬，也不喜欢惹事，但一旦有人欺负女生，她就凶狠无比。十八凤训练时，我发觉她们其实和普通女孩差不多。她们慵懒地摆弄腰肢，"咯咯"地娇笑，甚至露出白嫩的腰部，引诱每个旁观的男生，完全没有女杀手冷酷的风采。

夏天就要过去了。我终于和金花有了"真实"接触。我正经过操场，一个足球"嗖"地飞过头顶。我回头，只见一个高挑的女生跑过来，在离我不远的地方停住，笑吟吟地盯着我。金花！我的眼中仿佛飞过白鸽，头脑中回荡着《女神圣斗士》的主题曲："飞向天空吧，燃烧的天马！冰封大地吧，南极的水鸟……"空气都是她金色的气息。上次在食堂，我没有认真看看她，这次终于遂了心愿。金花站在跑道上，穿着白色的运动短裤，上身也是短运动衫，她的头发的确有金色，被很仔细地拢在脑后，像一根灿烂的油条。她皮肤白，眼不大但细长，看人的时候透露出摄人魂魄的力量。她身材苗条，瘦削，乳房不大，但那两只小老鼠却无比骄傲地显示着凹凸有致的体形。她的小腿居然长着金色绒毛，难道传说是真的？真是金灿灿的？我面红耳赤，仿佛闻到金花甜腻腻的汗味和少女特有的体香。据说，她有令人难以想象的性交次数。她的私处坚硬无比，又温暖如春。她的运动短裤下，拜倒着一群变成白痴的男人，包括全校最严肃的男人石校长，最猥琐的男人教务处张主任，最张牙舞爪、自命不凡的男教师秦陵，还有最能打架的痞子曹鹏和数不清环肥燕瘦的男同学。这个名单在金花威名远播的过程中被无限放大了，甚至包括清理学校垃圾箱的傻子大叔，校医院有洁癖的刘大夫，还有一头多情英俊的公驴与两匹气宇轩昂的公马。在县委大院到一中的“金色少年大街”（这是县领导命名的。他毕业于一中，原意是上了一中，等于进入权力的金光大道。不幸，金色少年大街上并没有多少阳光灿烂的祖国接班人，更多的是进城的驴车、马车和骡子车，还有为数不多的小汽车，它们在金色少年的脸上喷出尾气，留下金色的驴粪、马粪、骡子粪），排满了金灿灿的小鸡鸡……

“嗨，小孩，把球踢过来。”金花向我勾了勾手指。我感到了甜蜜的悲哀。我只是“小孩”而已，我甚至想变成那只足球，哪怕被金花踢上两脚，也很幸福哇！金花又看了我一眼，眼神有点好奇，大概觉得我的样子比较白痴。我一只脚踩着足球，一只手搭在胯骨上，脖子怪异地向前伸着，嘴角还有点傻呵呵的笑容。金花一伸腿，就从我的脚边钩走了球，我没防备，摔了屁蹲，坐倒在地上。金花笑着跑开，留下一串金铃铛般的笑声。好长的大腿呀，瞬间，我看到了金花修长的大腿，红润、有力。

从此，我常去看金花训练。我看她若无其事地和其他队员说话，趁教练不注意，偷偷地把香烟藏在手心里抽。我喜欢她奔跑的样子，威武有力，狂野奔放。我喜欢她大声地笑，肆无忌惮地说脏话。我甚至偷窥过她紧凑性感的乳房。但非常遗憾，那次碰撞后，金花就不再理我。直到有一天，她给腿部肌肉做按摩，在一群男队员的哄笑声中，把我叫到身边，漫不经心地说：“小孩，为什么总跟着我？”

不知为何，那天我鼓起勇气，对金花说：“我不是小孩。我想和你交朋友。”我尽量现出流氓才有的满不在乎的神气。

金花还没说话，她身旁的队友胖虎愤怒地揪住了我的衣领，说：“你欠打呀，上次还没吃够烙饼？金花姐是你这样的家伙能惦记的吗？”

金花挥挥手，阻止了胖虎的过激举动。“交朋友？”金花饶有兴趣地看了我半天，继续说，“小孩，回家吧，好好学习，不要老想干坏事。”

“我没想干坏事！”我执拗地说，“我就是想和你交朋友。”

“你知道女朋友是干什么用的吗？”金花问我。

我对金花的轻视感到愤怒，我知道男人和女人谈朋友，最后就是睡觉。我现在不是十二三岁的小孩子了，我看过了教科书，成为真正的男人了。

“谈女友就得干坏事，不敢干坏事的男人就不能真正交女友。”金花不依不饶。

我不知所措。金花盯着我看了一会儿。我的脸红了，我从没有被女人这样盯过。

金花叹了口气，收回目光，说：“别看这么大个子，还是小孩。”

围观的人群哄笑，但我总觉得他们羡慕我，因为我敢于在大庭广众之下追求金花。胖虎也很喜欢金花，听他宿舍里的同学说，他搂着金花的照片睡觉。但胖虎不是好汉，上次打架我就知道他是孬种。他暗恋金花但绝不敢公开，因为他怕打不过金花，被白白羞辱一顿。我还知道，金花揍过几个愣头青求爱者，包括我们县最大的流氓曹鹏。但我不怕挨打，我皮糙肉厚，很扛揍。为此我还专门练拳击。然而，金花没打我。金花说这话时，老气横秋，其实她只比我大三岁。当然，她的经历丰富。她有过很多男人，而我从没有过一个相好的女孩。这之后，小饭桶也许勉强算一个，但我只是捏过她的奶子，而且还是她要我摸的。

教练吹了哨子，金花抖了抖身体，披上运动服，浑身汗渍地小跑回宿舍。离开时，她又回头看看我，说："小孩，不准跟着我。"

"我不是小孩！"我握紧拳头，急吼吼地说，终于有了几分流氓的风采。可惜那天扁桃体发炎，吼叫最后变成了咳嗽声，又惹得围观的体育队员们哄笑。

"低年级的家伙胆子真大，不但敢和高年级男生打架，还敢追高年级女生！"有人趁机起哄。

"我不是泡妞，只是交朋友"，我讪讪地辩白着，可没人搭理我。

金花停下脚步，回过头，将运动服搭在肩上，气定神闲地说："交个朋友，也行，如果你把这根烟吞了，我就带着你玩。"

说着，她迅速点燃一根烟，猛吸了两口，把明火火的那头交给我，说："就是这头，别皱眉，别喘气，一口吞下去，算你有种！"

我想也没想，夺过烟头，就往嘴里放。谁料到，金花一巴掌打下烟头，笑着说："行啦，星期四下午，体育场有足球赛，是给体育队员热身的，我们缺后卫，你就踢这个位置吧。"

说完，她头也不回地走了。我对着她的背影大声喊："我们算朋友了吧？"

金花没有回答。

金花那样强悍，又那样孤独。她从没对男人假以辞色。当我穿越时空背景，从历史的尘埃看到金花眯起眼抽烟的样子，曾试图从成人的角度来揣测她的内心。她不过是看到了一个自不量力的少年傻瓜莽撞青涩的初恋。我踢足球的技术很糟，很多时候，都不像我踢球，而像球踢我，或者说，我被别人踢。我想，那些小子嫉妒我。金花的足球队分两组，男生和女生混合，说是训练灵活性，我看更像调情。他们嘻嘻哈哈，踢球时还有意触碰身体。我被他们推来搡去，飞翔在他们的脚掌骨和大腿之上，狼狈不堪。然而，我依然微笑。金花在看着我。

五

夏天似乎永远不会完结。我百无聊赖，在二肥的蛊惑下，去黑狗的录像厅看“毛片”。黑狗的录像厅较隐蔽，羞羞答答地藏身于废旧厂区。下午，穿越厂区时，我们看到一群十一二岁的少年，正摁着几只可怜的青蛙剥皮。我和二肥对他们的幼稚举动不屑一顾。这算什么？我上小学时，还活烤过邻居胖丫的肥猫。我们现在向更伟大的事业进军。看毛片比剥青蛙皮更令我们自豪。如果被抓住的话，是要游街的。青蛙们很善良，被剥皮的时候，从不喊痛，它们只徒劳地张大着美丽的嘴巴，猛烈地抽动身体，像快乐的小鱼。它们的眼神很无辜，眼睛很少转动，直直地盯着我们，又大又亮，好似点着鬼火的绿灯。少年们兴高采烈，没人想青蛙的痛苦，他们只热衷于将一张张薄薄的、青绿色或墨绿色的皮肤小心翼翼地从青蛙们的身上剥离，像散着臭气的糖纸。很快，青蛙们赤身裸体了。它们好似白糖般喜人，只有肚子是半透明的，花花绿绿的肠子在蠕动。这群赤裸的青蛙，软塌塌地趴在地上，被尘土玷污了清白。

我们告别了被凌辱的青蛙和狠毒的少年，突然想起了一个重要问题：什么是“毛片”？二肥说，应该有很多毛，或者毛很多的人做坏事。我对此表示疑惑。画面上有那么多毛，还能看出什么？怀着忐忑并兴奋的心情，越过城北废弃的厂房，我们来到黑狗的录像厅。我从没看过毛片，二肥只是听说，也没有看过。我们鬼鬼祟祟，四下张望，按照原来的计划，装成散步玩耍，偷渡过城北的造纸厂和毛巾厂。这两个厂子基本闲置了，工人们没有工资，也就慢慢散去，只留下几个老弱病残看守院子。我们心怀鬼胎地走着，在荒凉的厂区，想象它们当初车水马龙、人潮汹涌的热闹景象。天灰蒙蒙的，没有女人的呻吟滚过天际，我们有些失望，但我们还要跨越两条臭水沟，水沟是造纸厂排污水用的，夹杂着很多垃圾，散发出臭气，熏得人睁不开眼。我们踩扁了一群杂草，它们有黄有绿，有长有短，有粗也有细，惨叫着倒下去，让做贼心虚的我们心惊胆战。但并没有裸体女人从杂草里蹦出来，向世界宣告她就是传说中的“野鸡”。我们还要从毛巾厂后院墙的小门穿过。那是被人挖出来的小门，坑坑洼洼的，那面墙上的标语还在，只不过已看不到过去的颜色。我在黄昏的阳光下回头凝望，似乎看到上面写着褪色的字：“抓革命，促生产，多快好省地建设社会主义。”

录像厅由废弃的厂房改造而成，原来用于堆放成品毛巾。如今，毛巾已不知挂在何处，只有青色的墙，黑铁的大门，窄小的窗户，还能透露出当时的风貌。在外面看来，它好似黑暗的地牢，让我们想起秦陵老师说的黑奴故事。

"黑狗"就蹲在地上。他有张黑胖的脸，穿着黝黑的皮衣，身材矮胖，头发很长，长长的头发中，露出警惕的眼睛，仿佛给捕奴船做看守的"非奸"。黑狗之所以留长头发，据说是学"黑豹摇滚乐队"主唱窦唯的范儿。但在我和二肥眼中，他永远成不了"黑豹"。他只是"黑狗"。他叼着大健牌香烟，把乌黑油亮、指甲藏满污垢的爪子搭在二肥肩头，二肥厌恶地甩开了他的手。多年以后，二肥告诉我，黑狗常用肮脏的爪子，躲在录像厅后面，一面看毛片，一面打飞机。他的手上沾满了精液的味道。

黑狗讪讪地把手缩回去，在黑色牛仔裤上蹭了蹭，再次伸出来，却变得理直气壮。我们知道，他是要钱。二肥递给他十元钱。黑狗接过来，把它们卷成春卷的样子，塞进后兜。黑狗拉开铁门，铁门里还有道厚布帘隔住声音。我和二肥钻进去，光线很暗，向北的墙放着台大彩电，旁边是录像机，里面挤满了男人们，大多是民工和学生。屋子很静，除了彩电发出的喘息声，只有吞咽口水的声音。大家目光炯炯地盯着电视屏幕，对我和二肥毫不在意。屏幕闪烁着，他们的脸仿佛从地底钻出的僵尸，只有眼瞪得大大的，好像要飞出去，挤进小小的屏幕。一股屁味和烟味在屋里升腾，我们在后排，只看到白花花的东西，眼都瞪酸了还看不清楚，面前有几个民工大叔，晃着鸟窝样的头，阻挡着我们的视线，挑逗着我们的忍耐力。

突然，前面不知什么人喊了声"警察来啦！"，电闸被拉下，大彩电也黑了屏幕。大家像炸了窝的乌鸦，四散奔跑。我被前面的民工撞到了腿，还没来得及清醒，一群手电筒就晃得人眼睛发花。黑暗中，一个个人影在包围和反包围，搏斗和反搏斗之间摸索着。不许动！老实点！呵斥充斥耳际，电闸也被重新拉开，我看到几个黑着脸的警察，仿佛纳粹盖世太保，正在抓捕我们这群哭爹喊娘的犹太人。发愣的时候，有个退休干部模样的老同志从我身边连滚带爬地逃走，他甚至将一顶干部常戴的鸭舌帽遗忘在脚下。他逃走的姿势很怪异，一瘸一拐，摇头晃脑，显现出受到多年严格纪律教育的敏捷性。他光秃秃的头顶，犹如指路明灯，照耀了前行的路——尽管，他嘴里还发出“嗬嗬”的惊恐怪叫。但是，我还是在他身后，看到神奇的风“一笑而过”，刮得脸皮生疼。关键时刻，还是受教育多年的老同志心明眼亮哇！我一把抓住二肥，充分发挥身高优势和二肥的体重优势，横冲直撞，将所有挡在面前的东西撞飞，无论是看录像的民工、干部、学生，还是抓人的警察，两只慌不择路的大花猫，从屋檐被骚扰而出的蝙蝠，甚至几张横七竖八的大铁桌。我俩像游戏“超级玛丽”里的玛丽兄弟，欢乐智慧、勇敢无畏。在老同志的指引下，我和二肥终于逃出毛巾厂，从破败的小门钻了出去。

很多年后，我一直怀念那次胜利大逃亡。后来，听范公安说，他当时也在抓捕现场，以他多年练就的铁砂掌和擒拿手，要捉住我们二厮，简直手到擒来。但他认识我和二肥，知道我们是小饭桶的同学，就大度地放了我们一马。我和二肥曾到小饭桶家讨论数学题，范公安见过我们。老公安就是不一般，火眼金睛，一下子就从茫茫窜逃的人群中发现我们这两朵“美丽奇葩”。当然，范公安说这话时，已是十五年后。我们一群初中同学聚会，在酒店看到了落寞的范公安。他已退休在家多年，像迟暮的倒霉英雄。他老人家喝上两杯小酒，总喜欢抨击社会，然后感慨当年的英勇事迹。他的话不能全信。

九三年，除了第一次看毛片，我最难忘的是周星驰的电影《唐伯虎点秋香》，但我没记住唐伯虎或秋香，印象最深的是风华绝代的超级荡妇“石榴姐”，还有长着胡子的女劫匪“如花”。没事的时候，我也会和二肥、小虫讨论喜欢的卡通或电影人物。我喜欢《北斗神拳》这部黑暗系暴力卡通。但我不喜欢苦着脸的健次郎，而喜欢暴虐的拉欧。当残暴的拉欧被北斗神拳打败，死之前的他笑着说，人总要死，可怕的是寂寞，能被勇士终结生命，那将和樱花一样美丽呀。我喜欢这个残暴的家伙。他有种带有宿命意味的勇气。然而，我无法成为真正的流氓，一个像拉欧或曹鹏般凶狠的家伙。

那天，我在操场踢球，见到了一个瘦瘦的男子，静静地在旁边抽烟。他捧着束花，戴着墨镜，脸上没什么表情，不过，能看到些青春痘。他抽烟的时候，动作很慢，烟圈环绕在身边，很快变成雾状。胖虎小声地对我说:“他是曹鹏，咱县最狠的流氓。”曹鹏长得一点儿也不壮实，甚至有点小清秀。如果没人告诉我，我会以为他不过是街边卖盗版光碟的小子。那些家伙也会虚张声势地戴墨镜，目的却是避免被人认出来。曹鹏的“事迹”主要是下手狠，相传他曾用生锈的菜刀把县城北关的王老四追杀得四处奔逃，像鸭子般无助地哭泣。他还把被别人剁下的小手指噙在嘴里，狞笑着把南城二阎王砍成重伤。目前，他已退学，主要在菜市场游荡，收保护费。曹鹏也有克星，那就是金花。曹鹏看上金花后死缠烂打，但金花不为所动。有人说，正是为对抗曹鹏的骚扰，金花才成立十八凤。曹鹏的耐性很好，他没有退却，也没有强迫金花，相反，他还帮十八凤摆平了不少事。连我都认为，曹鹏对女孩来说，算得上有绅士风度了。

半场休息，曹鹏上前和金花搭讪。金花也没那么讨厌他，两人说说笑笑，金花还抽了曹鹏递过来的香烟。我心里酸溜溜的，却没什么办法。金花指着我说："这小孩是我的小弟弟，正追我呢。"我的脸火辣辣的，却努力挺起胸膛，昂起头，显出高傲的样子。

"后生可畏。"曹鹏笑了笑，将烟头在脚边踝碎。他没有暴怒，也没有要打我的意思。

这让我很诧异。我也觉得很无聊，就垂着头走到旁边。曹鹏聊了会儿，皱起眉头，看样子想上厕所。我心里一动，恶毒的计划形成了。我的书包里还有些鞭炮，本是二肥准备吓唬四眼钢牙的，现在派上了用场。我飞快地拔下鞭炮引信，把它们连接起来，变成长长的导火索，另一头连在捆好的鞭炮上。我若无其事地跟着曹鹏走进厕所。操场旁的厕所很简陋，每两周才有人淘一次，每个坑位都臭气熏天，粪尿横流，有好心人在坑位前加上两块砖头。相邻的坑位都有木制隔断，但既不隔音，也不隔臭。黑社会大帅哥曹鹏到了茅坑，全然没了风度。他捏着鼻子，小心地在一个坑位前蹲下。我敏捷地蹲到他旁边的坑位。一会儿，隔壁就传来"大珠小珠落玉盘"的响声。接着，是大象轰鸣、飞机轰炸般的声音。那天曹鹏该是闹肚子，心情不好，否则，也不会轻易着了我的道。我掏出那捆鞭炮，悲壮地放在了隔断最后面的一个小洞旁。厕所很暗，曹鹏没发现我的诡计。我悄悄点燃鞭炮引信。我计算得很好，抠掉了部分引信火药，这样我走出厕所好一会儿，鞭炮才能爆炸，相当于"定时炸弹"。对于这么简陋的隔断，鞭炮足以将那个小洞炸开，甚至炸到曹鹏的屁股。我出来时，曹鹏正咬着牙，运着气，丝毫没注意我的异样。于是，我蹑手蹑脚地走出厕所，躲在一旁，只听到"嘭"的一声巨响，然后"啊呀""扑通”，小蝌蚪找妈妈，勇敢的小黄鸭跳水啦……

多年后，我时常想起那令人发噱的一幕，并把它作为笑料反复讲给朋友听。我每次都在饭桌上讲这个故事，大家的表情总是很丰富。口味重的兄弟，笑起来很从容，而口味轻的则皱起眉头，盯着黏糊糊的葱烧海参，海鲜疙瘩汤，喉结不断抖动。后来，曹鹏被人从粪坑里捞出来，臭不可闻。他的头发浸满黄绿色大粪，风度翩翩的墨镜从此沉于操场厕所，成了历史悠久的“未出坑文物”。他吐出两口粪水，恢复了理智，发誓要拗断我的腿，或砍断我的脚筋。为此，我每天上学，都在书包里装把菜刀，并将菜刀把露在外面，以震慑被羞辱的流氓。长大后，我曾看过一位作家写的小说《少年杨淇佩着刀》，非常有同感，我当时就是这样哇！后来，不知为何，曹鹏放弃了对我的复仇，听人说，也是金花说的情。这让我既感动，又羞愧。为表示连绵不绝的景仰之情，我决定把盗墓的事儿付诸行动，给金花姐一份惊世骇俗的大礼。

从县一中向西，走过金色少年大街，再拐过县委大院，就可以走上一条尘土飞扬的马路。这是条酷似肠子的马路，肠子周围聚集着可疑的洗头房、录像厅和理发店，好似肠子里不安分的大肠杆菌。沿马路走下去，就到达了郊外，再往远处，就是离县城最近的张管乡严家村了。那附近有棉花田，也有些大坟包，据说是大户人家祖上的墓地。这些坟年久失修，有的还有盗洞，被人挖出了大坑，上面长满荒草，陪葬品早没了，棺木也已朽烂，但还有些散落的骨头。我常和二肥、小虫在这里闲逛、抓野兔或放野火。为给金花送礼物，我决定像曹操一样当“摸金校尉”。我偷了父亲的两双白色劳保手套，还有两副口罩。之所以要两个，是因为小饭桶听说了我的计划，非要和我同去。本来我要和二肥一起，但他怕得要死。

阳光明媚的下午，我和小饭桶来到了一个大坟前。坟头长着蒿草，掩盖了脸盆大小的盗洞。我们小心翼翼地下到了里面。空气污浊得吓人。我想吐，但强忍着不让小饭桶看笑话。小饭桶也脸色煞白，带着哭腔说："建民，出去吧，我又想尿了。"我掐了她的脉搏，暂时止住了她的尿意。我轻轻打开手电筒，雪亮的光照射在墓穴里。棺材早就腐朽了，也没什么陪葬品，只有些青绿色的瓦罐，看样子年代并不久远，不过是民国时期的。我摸索着，终于看到了一个骷髅头。我戴着手套，把骷髅放到绿色书包里。死人的腐败气息纠缠住我的手指，有股奇异的恶臭。但我顾不得了，努力扶着小饭桶往上爬。坟并不深，我们拽着绳子爬了上去，小饭桶一下子瘫在我身上，呜呜地哭起来，梨花带雨，让人怜爱。我忍不住抱了她，顺势摸了她的乳房。她的奶子硬硬的，像青冷的苹果，只有乳头很滑腻。小饭桶没有拒绝我，反而紧紧贴上，在我的身上扭动起来。我糊涂了，本来到这里盗墓，是要向金花表白，谁料，却意外得到了小饭桶。不过，我后来想，她一直对我有意思，否则，也不会陪我盗墓，只是我太蠢了吧。

我们并排躺在墓前。我吻着小饭桶，手摁在死人头上，小饭桶的头发上还有很多棺材片残屑，一条大腿搭在我身上。死人头骨惨白而有点泛黄，闪烁着幽光。大片油菜花盛开着，空中飞舞着胡蜂和不知名的小飞虫，好似祝福，又像是哀悼，仿佛我们是一对死去多年的恩爱夫妻。远处，是极为寂静的田野，蓝天仿佛在刺目的阳光中倾泻下来，染蓝了我们的眼睛。一只过路的刺猬，蠕动着臃肿的身体，看了看我们这对偷情的少男少女，"咻咻"地叫了两声，小豹子般飞快地跑开了。只有郊外野风浩荡地吹拂着，无声无息，却又无处不在；不绝如缕，却又强悍雄劲。吹开了绿色小草，吹动了白色蒲公英，吹散了土腥气和涩得让人流泪的植物味道。它又似乎是从死亡世界的一头，吹到了阳世。小饭桶的大腿柔软滑腻，不知何时，我感觉下面有种火山爆发式的喷泻。那一刻，不知为何，我眼眶湿润，相信了世间神秘事物的存在。

我们回到学校。小饭桶很沉默，却保持着羞涩的微笑。我很快忘掉了那一幕，注意力集中到了头骨上。它被洗干净后，很快显出了可爱的莹白色，黑洞洞的眼眶，有点深邃的意思。我拿着它琢磨了许久，想象着忽必烈头颅酒器的样子，给它起了名字叫“空空”，有点少林寺空字辈武僧的意思。我觉得该把“空空”的眼眶用陶土封上，再刷上彩釉，才显得高贵。我把它放进绿色书包，后来又将它放在书桌里。四眼钢牙想看，我不给，她抢过来，立刻尖叫，像被踩扁的母鸡，直接昏倒了。我曾认为她也是好汉型女人，但我错了，她是假把式。同学们知道我去挖骷髅头，都非常惊恐。渐渐地，我也被他们划入“准流氓”行列了。

六

自从和小饭桶有了亲密接触，我们俩的关系就别扭起来。她不论干什么都管我，简直比我妈还烦人。她帮我写作业，但每次都让我再抄一遍，她还帮我向秦陵请假，却不许我再和二肥偷偷旷课看录像，她从家里偷了很多好吃的，悄悄地塞给我，但又不许我吃太多，说对胃不好。最让人难受的，是她不让我和别的女生说话，只要我和其他女生说笑，她就阴着脸冲过来，挡在我们面前，像半扇面目可憎的猪肉。我的骷髅头“空空”也被偷走了，在我暴走怒吼后，她才万分不情愿地还了我。但她哭着说，如果我去找金花，她就死给我看。我气急了，翻着白眼说：“拜托你死远点。我和金花的事，你最好少管！”

我冷落小饭桶，还有难以启齿的原因。自从那次我被她弄湿了裤子，夜深人静时我会做下流的春梦，身体便流出肮脏的、发着腥味的东西。那些东西好像活着的小动物。被小饭桶轻轻地蹂躏了几下，我就暴露了所有秘密。我是湿答答、臭烘烘的家伙。这让我羞愧欲死，简直比小饭桶尿裤子还恶心！而小饭桶就是悲剧的制造者和见证者。这使我不想看到她。

小饭桶没寻死，却发起了高烧。病好之后，她不声不响地参加了金花的女流氓组织，由于她打架凶狠，出手凌厉，善于偷袭，特别是打男生神勇无比，被封为十八凤“老幺”。她和金花成了关系最铁的好姐妹，我反而靠不上边。我曾被范公安叫到派出所。范公安一言不发，把手铐弄得“呱啦呱啦”地响着，让我心惊肉跳。但我并不怕他，只是觉得很麻烦。我假装老实地说：“范叔，您叫我有啥事儿？”范公安斜着眼看我，阴沉地说：“你小子看着挺憨厚，一点儿也不像流氓，可我怎么听说，你现在在学校很炸刺，就连大流氓曹鹏，都让你炸了屁股。”

听到政府的夸奖，我有点沾沾自喜，说：“叔，我是为民除害。”

“除个屁！”范公安猛地把手铐摔在桌上，好似丢下点燃引信的炸弹，他气咻咻地说，“你就是不知天高地厚，要不是运气好，早被曹鹏弄死了，你就是傻大胆，不知曹鹏的手段。”

范公安说着，好像心有余悸，看来从前吃过曹鹏的亏。我不敢多问，范公安很少这样愤怒。他说了一会儿，突然想起什么似的说：“我们家艳艳是被你弄病的？”

我赶紧道歉，说：“叔，我不是故意的，我和她开玩笑呢。”

范公安盯着我，眼睛里露出大义凛然又凶狠恶毒的目光。他缓缓地从抽屉里拿出块黑乎乎的东西，拍在了桌上。竟是一把手枪！他压低了声音说：“你不要搞我女儿，你再这样胡混下去，我看很快就和曹鹏差不多了。如果你再骗我女儿，我就拿枪打瘫你！”

后来，我才知道，小饭桶一直在她父亲面前说我的好话，这让我羞愧了。我占了人家姑娘的便宜，但并不喜欢她。这的确不太公平。但没想到的是，小饭桶居然对我有这么深的感情。她甚至对她爸说，你搞刘建民，我就离家出走！这才打消了范公安教训我的想法。

夏天过去，秋天很快来了，我一直没机会把“空空”送给金花。金花也很少去集训，据说，这段时间，十八凤和县北高的孩子打得一塌糊涂。我好几次去操场都没见到金花。二肥看毛片渐渐上瘾，几乎每周都去，我不再陪他了。倒不是我清高，而是无聊。自从我迷上金花，这些玩意儿都成了假把式。学校里也有很多变化，都传着要改革，石校长鼓动教师转岗去后勤，竞聘组成县一中外贸公司，据说工资高，很多老师跃跃欲试，连课也不好好教了。我们县听说也要成立县级市，列入三角洲开发区，有很多外国人要来投资。这个传言倒有点准头，一天下午，我出校买东西，亲眼看到几个金发碧眼的外国佬，扛着很多测绘仪器，被一群好事群众包围着，吓得哇哇乱叫。我们的英语老师斯嘉丽，很郑重地对我们说，同学们，一定要学好英语，将来有更多机会和世界接触。斯嘉丽老师后来离开学校，到企业做了外语翻译。

我的化学老师则干脆辞职，去深圳下海炒股，据说发了大财。在岗的老师也蠢蠢欲动，我的语文老师老夫子居然弄了批错字连篇的盗版字典，非要卖给我们，弄得大家怨声载道。然而，秦陵对此不屑一顾，他在课堂上公开和石校长的措施作对。他激动地挥舞着教鞭，把它想象为伟大的武器。他说："教师就是要教书，要不然叫什么教师？总想着挣钱，这样的教师还是改名叫小商贩吧，历史告诉我们，任何朝代，如果不重视教育，最终要吃大亏！"

然而，对秦陵老师的呼吁，大家不放在心上，他总是义愤填膺，先天下而忧的模样，但背地里叫女学生谈心的次数越来越多。二肥的父亲是我们县活塞厂的副厂长，厂子效益不好，现在说要搞承包，二肥的老爸不是憋在家里练习演讲，就是四处找关系。二肥经常睡到半夜，就听见老爸摇头晃脑地诵读着。二肥对此很不屑，他说他爸想钱都想疯了，要是让他当厂长，肯定是贪官。县城街道变化最大，一夜之间，原来遮遮掩掩的洗头房、按摩店，雨后春笋般长了出来。店面光线昏暗，门口放着流行音乐，懒懒地倚着衣着暴露的女人，眼神暧昧地招呼任何胆敢从她们门口经过的男人，就连黑狗的录像厅，据说放毛片的次数也越来越多。

作为吃货级的学生，我感触最深的还是"吃"的变化。很多小贩拥挤在校门口，从早到晚，不停地吆喝叫卖。他们的饭菜很可口，种类又多，有稀饭、包子、水饺，还有藕盒和茄盒，大家都不愿去食堂了。相比之下，食堂的菜，油水少得可怜，有点肉还都是肥肉炼的渣。特别是茄子，就是白水煮好了，在上面浇层油花，看着好看，但非常难吃。而且，食堂炊哥的脸总是高傲的，远不如小贩和蔼可亲。小贩们有谨慎的自豪感，自卑中还透露出一点儿自信。他们会拍着我的肩膀说，小兄弟，买馄饨吧，正宗家常味，我做馄饨最拿手了。或者说，可怜可怜下岗工人，分享艰难吧，献了青春献子孙，从知青到下岗，咱都摊上了，如今就剩芹菜包子了，绝对真诚可靠，物美价廉，我向毛主席保证！

在疯狂小贩们的推销下，大家都愿到校门口买饭，保安驱赶了好几次，都没有成功。这些被金钱充斥头脑的社会主义市场经济小贩，顽强地以游击战术对抗着保安们的正规军，羞辱着社会主义计划经济制度的食堂。食堂变得门可罗雀，就连炊哥二子也失去了往日的威风，从二天使的地位被打回原形，成为真实的河南伙夫。只要我们去打饭，他总带着献媚的笑脸，而不再冷冰冰，好像我们是过去落魄、现在发了财的亲戚。没人打饭时，二子落寞地坐在向阳的窗户下，面对空荡荡的食堂，眯起眼，孤独地怀念着食堂的黄金时代，那些人潮汹涌的队伍，血肉横飞的暴力事件，及万众瞩目、集万千宠爱于一身的"食堂天使"的光辉岁月。我还去食堂打饭，因为可能遇到金花。然而，体育队渐渐也不来了，要在食堂扬名立万的痞子也非常罕见了。此后不久，金花就永远离开了我们，不知所终。

七

一天傍晚，我正在吃饭，小虫突然气喘吁吁地跑进来，焦急地说："快去看看吧，听说公安要抓金花呢。"我和小虫跑出去，看到操场聚集了很多人。石校长正在训话。作为铁石心肠的成年人，他痛恨一切不合规范的东西，他要打掉十八凤这群有黑社会性质的妇女犯罪团伙。石校长站在高高的演讲台上，气势高昂地挥动胖手，模仿伟人的风采，义正词严，理直气壮。同学们很震惊，因为台下有一群整装待发、武备齐全的警察。很多教师也抱着胳膊，站在操场看热闹，有些要求进步的，还大声呼喝，义愤填膺地要求严惩女流氓。我看到了身边的秦陵。杀手王此时表情很复杂。他痴痴地张着大嘴，仿佛很悲哀，又有些尴尬。我听到他用低低的声音说："刘金花呀，我教过她。她是我的学生。"十八凤也没做什么坏事，相反，她们还帮助了很多被男生欺负的女生，尽管敲诈、勒索也是她们的家常便饭。然而，公安们大肆出动，范公安因为自己的女儿涉及团伙犯罪，已被勒令靠边站，回家停职反省。

从操场回到宿舍，我忧心忡忡，急切地想知道金花的情况。我和二肥、小虫一起去找范公安，打听小饭桶的下落。找到小饭桶，就等于找到金花。我遭到了范公安的怒斥。他喝着劣酒，打着臭臭的酒嗝，瞪着血红的眼睛，吼叫着："我哪里知道？我还管你要人呢！都是你们这帮兔崽子，把小艳带坏了，你赔我女儿！"我和小虫落荒而逃，身后是范公安凄厉的叫声，叫声逐渐变成时断时续的哭泣，藕断丝连，又婉转无比，揪着我的裤腿，牵着我的衣角，扯着我的耳朵，薅着脑后的头发，甚至伶俐地钻入耳膜。小饭桶失踪后，范公安就从不苟言笑的公安劳模堕落为酗酒骂街、颓废透顶的老混蛋。再后来，公安系统改革，他就提前退休了，但依然酗酒骂街。如今，在县城的沿街大排档，当秋风吹落树叶，天气转凉，来喝酒吃烧烤的人就少了，但我们依然能看到范公安穿着一件褪色的、没有标志的旧式公安服，拎着酒瓶子，落寞地逡巡在大排档，执着地寻找可以替他付账的熟人，好似一个不得志的诗人。

公安发动追捕行动后，我们陆陆续续收到很多混乱的信息。有的说，金花等十八凤都已束手就擒；有的说，她们还逍遥法外，但和城南二阎王发生激烈冲突，损失惨重。正当我像没头苍蝇似的焦急着，一个头上裹纱布的女孩在夜色掩护下，跑到宿舍把我叫了出来。我认识她，她是十八凤的老六，一个娇小火辣的姑娘，如今却如丧家犬似的，纱布外还渗着丝丝血迹。老六喑哑着嗓子说："你是建民吧？"我赶紧拉住她的手，急切地问："金花姐怎么样了？"老六赞赏地看了我一眼，说："你小子还算有良心，金花总算没白疼你。"我觉得这话有语病，但当时也顾不上了，急急忙忙地和老六离开学校，去废弃厂区见金花姐。

金花她们藏在化工厂的休息室。这里散伙儿后，部分设备被抵押了，还有些值钱的铜铝被工人们悄悄撬走，拿出去换钱，只有那些刺鼻的苯胺、硫酸的残留味道，提醒着人们这里昨日的辉煌。十八凤不敢搞得太亮，悄悄地打着手电，散在里面休息。十八凤也不再是威风凛凛的花木兰，也不是十八只骄傲的凤凰，而变成了没主意、崩溃的小女生，十八只可怜的小鹌鹑。有的哭着要回家，有的吓得发抖。她们斜靠在凳子上，或干脆坐在地上，还带着各式各样的伤痕。就连最勇猛的老八也被人打得像猪头一样，最顽强的老幺小饭桶，则被男流氓撕破了裤子，露出粉红色三角裤，正羞愤无比地嚷着报仇雪恨。金花此时靠在化工原料泵旁边，她被匕首划开了腹部，很多鲜血喷涌出来，染红了运动服。金花脸色惨白，但神情还镇静，她嘴里叼着香烟，头上冒着冷汗，正认真地用钓鱼线把伤口缝起来。她看了我一眼，并没有理我，而是用威严的语气，命令其他十六凤回家、投降，只有小饭桶和我被留了下来。

晚上月亮很圆，月光甜美地洒在我们身上。小饭桶紧紧抱着金花哭泣。金花叹了口气说：“艳艳，你也回吧，你爸是警察，把你藏起来就没事了。”小饭桶发狂地喊着：“不！我不去，金花姐，咱们死在一起！”金花的脸沉下来：“我们不要死，好好活着。听话。你明天来这里找我，我们再商量。”小饭桶又哭了一阵，看金花的态度很坚决，怏怏地走了。走的时候，还狠狠白了我一眼，说：“你一定要照顾好金花姐，否则我杀了你。”

我咧咧嘴，对她的威胁自动忽视。我和金花默默地在黑暗中对视。我一直没机会这么近距离地贴近金花。坐了会儿，金花站起身，脱去被划破的血衣。天气有些凉了，金花赤裸着上身，她身材健美姣好，大腿修长，深邃的眼定定地望着我，好似从湛蓝的海水中爬出来的美人鱼。月光下，她被缝住的伤疤有些触目惊心，又让我激动无比。

不久，金花就和小饭桶逃走了。我曾幻想过和金花亡命天涯，做对流氓爱侣，靠抢劫为生，但绝对不杀人，直到寻到深山老林，隐居起来过快乐逍遥的日子。然而，她最终走掉了，一同逃走的是小饭桶，并不是我。尽管，那夜我们如此亲密。当我第二天清晨去废工厂找她，只看到了欲哭无泪的“空空”。有人说，她们逃到深圳当鸡去了。十年后的同学聚会，我的同学铁头这样对我说，被我痛打了一顿。也有的说，她们是同性恋，去北京参加了类似组织。还有种说法，来自县公安，说是金花和小饭桶企图穿越中缅边境，倒卖玉石和毒品，被边防击毙了。我号啕大哭，把人家吓了一跳。然而，当我的思绪飞回九三年夏秋之际，绝没想到，我和金花会以这样诡异的方式告别。

那天晚上，我在金花的胳膊上，看到了两排大小不一的烟疤，从手腕一直延伸到她的脖子，犹如两条耀眼的小蛇。金花说，她为救姐妹，和一个痞子斗狠，就烫了三十六个烟疤。三十六是吉利的数字。她豪爽地笑着。我却在想，她是如何处理烟头的，如果要烫三十六个烟疤，最少需要两盒大健牌香烟。

“你把那些烟头怎么样了？”我固执地问。

金花有些奇怪，我不去问她烫伤后是不是很难受，反而问烟头的问题。

“我为什么要去管他妈的烟头怎么样？”金花的口气有些愤怒。

“不为什么，我就是想知道他妈的烟头到底怎么样了，是不是被你丢在地上？还是被你吞到肚里？或者你把那些带血和蛋白质臭味的烟头丢到了垃圾箱？”我有些愤怒，因为我不知道金花为什么那么愤怒，我觉得她不是太在乎自己的女孩。

“不知道！”金花把辫子甩过去，把后背留给我。

我把她的头扳了过来，认真地对她说：“金花姐，我不许你这样！你下次要烫烟疤，烫我好了。”

金花好像要笑，但我看到她扭过头，眼泪争先恐后地跑出来。我脸上有些发烧，不知为什么，我那天特别肉麻。我们都是好汉和好女，不该腻腻歪歪，否则就和四眼钢牙没什么两样啦。我滔滔不绝地向金花讲述自己的故事，我从没有向女孩说这么多自己的事情。我讲了好色的秦陵老师，我和小饭桶的情感纠葛，我如何在厕所捉弄曹鹏，我和二肥、小虫的友谊，我们看毛片的经过。我甚至讲述了我到坟墓里挖“空空”的惊险历程。金花是优雅的倾听者，至少那一刻，我忘记了眼前的女人，数小时前还曾将三棱刮刀凶狠地捅进了城南二阎王的屁股。

“空空在哪里？”金花突然打断我的话，对骷髅头表示出了兴趣。

我狡猾地笑了笑，拿出了背包里的空空。老六叫我来见金花，我就偷偷地把它装在了背包，准备进献给我的女神。它终于派上了用场。空空在月光下绽放着，闪亮着，洁白的头骨仿佛温润的玉石，照亮了废弃化工厂凄凉的所在。

金花对礼物很震惊，感动地看着我，目光充满爱意，我们“自然地”拥抱了。她的身体结实强悍，乳房特别柔软芳香，嘴里还有残留的香烟的味道。她的双手开始如游鱼般引导着我，但我努力了半天，却总不得要领。最后，她说：“你还是小孩，如果你长大了，那有多好。”

金花的睫毛挂着眼泪，似乎很软弱。这是我没见过的表情。我不知所措，只能再次紧紧搂住她，狠狠地搂着，我真想让我们的皮肤紧紧地连在一起，血肉模糊地结合，直到永不分离。那一刻，我很想长大，变成满脸胡子，抽烟喝酒，满嘴脏话，但强悍无比的男人。

经历了那晚，我仿佛突然长大了，这是人生的纪念日。无数漫漫长夜，我无数次在梦中惊醒。我仿佛看到满身血迹的金花和小饭桶，手牵着手，用纯洁的目光向我发出邀请，但我摸不到她们，感受不到她们实质的身体。她们高昂头颅，身边吹拂着地狱黑风，散发着璀璨而妖异的光明。我宁愿她们变成毒枭、同性恋、亡命徒，也不愿她们在这个世界消失。长大后，我仔细地将我们之间的交往想来想去，才最终发现，我并不了解金花，也不了解小饭桶。金花为什么要当流氓？只听说她父亲是厨师，母亲跟别人私奔了，她还有个学习特别好的弟弟，后来考上了清华大学。小饭桶什么时候和金花搅在一起，我也不知道。金花有什么爱好？金花的性格怎么样？后来想想，全是雾茫茫地没着落。这样想着，就感到了更大的悲哀。我喜欢的人，竟没机会去更深地了解她。后来，我也曾多次去过废弃工厂，直到它又被卖给了浙江房地产商。我常在那里安静地坐一会儿，抽上几支烟，装模作样地拿出空空，嘴里念念有词，好像这样金花就会回来。我还拿起厂房边的坏电话，自言自语，仿佛电话那头总能传来金花慵懒、亲切的声音。但我知道，也许今生我再也见不到金花了。

就在黑暗的废弃工厂，月光从灰败的窗棂间悄悄溜进来，金花在月光下熠熠生辉。她轻轻脱掉上衣，用白毛巾擦净血迹。触目惊心的伤痕，此刻也不再狰狞恐怖，显现出哀怨凄婉的气息。她平静地为我讲述伤痕的来历，那是一次次惊心动魄的战斗，有坚毅的果敢、疯狂的豪情，还有很多不为人知的隐秘尴尬。我被金花的故事打动了。正是那个夜晚，我打破了沉默寡言的习惯，变成了唠叨的家伙。晚上天气凉了，我突然良心发现似的，将衬衣脱下来，披在她的身上。然而，金花轻蔑地把它拨落，好似看穿了我羞涩的欲望。窗外飘来了一团团美丽的乌云，翻卷过天空，遮住了月亮和虚伪的世界。突然，金花仿佛绽放的暗花，在我的眼中锐利生动起来，充满了莫名光线、气味，有数不清的色彩，闪烁着各种奇怪质感，有的沉郁厚重，有的妖异艳丽，有的古香古色。我头晕目眩，废弃厂房里化工泵和青砖墙投下的阴影，仿佛都被这些可口美味的东西照耀得无处藏身，她的血液变成香喷喷的牛奶，在半空缓缓流动，她的头发飞扬，变成了黑亮亮的粉丝，她的身体慢慢在黑暗中升起，好似碧蓝海水里浮起各种新鲜美味，有清新可爱的水果、翠绿欲滴的蔬菜，还有其他令人垂涎欲滴的食物。鲜红的草莓、乳白色的奶酪、金黄的蛋糕、青涩的苹果、滑腻的香蕉，我甚至还闻到了青草淡淡的香味，烤肠浓郁的肉香，还有，就是一大拨蜂拥而来的花香，淡雅的茉莉、高贵的紫罗兰、拘谨的丁香、神秘的风信子、淫荡的水仙……它们飞散着，旋转着，破碎又聚合，在身体周围游荡、嬉戏，一会儿变成红色五角星的形状，一会儿又好似南美洲盛开的食人花朵坚挺的雄蕊。那一刻的眩晕，令我终生难忘。

八

金花逃走后，很长一段时间，我非常抑郁。由于和金花的关系，我被公安传唤过几次，但只是问话，很快就被放出来了。学校的流氓被清扫一空，学习秩序和治安情况大大改善。四眼钢牙又开始努力帮助我学习，但我还是对她不感兴趣。秦陵老师也变得神神秘秘，经常旷课，不知在忙些什么，少了他变态的唠叨，我们都有点怅然若失。

一天下午，雨来得真快。不大不小的风吹过，天空便倏地扎下又白又腥的雨点。后来，就变成了一团团呼喊的小人，飞得满世界都是。我孤独地站在雨中，像失恋的傻子。猛然，我惊醒过来，却发现耳边传来呼啸而过的喊叫，一些学生奔向大门口。我也懵懵懂懂地跟着人流向大门口涌去，耳边听到有人说，快去呀，有游街的，听说是看黄色录像被抓住的，有咱学校的学生！这声音如炸雷般把我惊醒了，不会是二肥吧，我有些怀疑，加快了脚步，跟着人群走出了校门，来到了大街。我看到了二肥。

街上很乱，美容店都紧紧地关着门，漂亮的东北女孩也不见了踪影。几个正义感很强的大妈，走过美容店时都要吐几口唾沫，表示满腔怒火和口水很多。我试图找到游街的人们，但街上的人太多，似乎全县的闲杂人等都在此刻涌上了街头，有肥胖的中年男人、羞涩的中年妇女，也有豚鼠般兴奋的孩子们。大家嚷着："骗人呀，哪有女流氓。"我扒开人群，终于看清楚，从金色少年大街北拐角，缓缓开过来三辆东风敞篷车。伴随着威严的喇叭声，它们很从容，但很有节奏和步调，好似参加盛大庄严的仪式，喇叭里是严肃的男人声音：

> 在坚持改革开放、四项基本原则，迈向四个现代化的今天，有一群道德腐化堕落的不法之众，他们有的沉溺于黄色淫秽录像，有的卖淫嫖娼，醉心于西方资产阶级腐朽的价值观，有的甚至走上了违法犯罪的道路……

声音回荡着，人们猛地静了，又嘈杂地乱起来。东风车慢吞吞的，全然不顾围观群众高昂的情绪。人们聒噪着，涌过去，却被维持秩序的警察挡在一边。二肥在第一辆绿色敞篷车上。这群是看黄色录像的家伙、嫖客和强奸犯。二肥位置较靠前，显然，他的罪行很重，占据了重要位置。他的左右是几个猥琐的民工，都又黑又瘦，垂头丧气，只有二肥高仰着胖胖的圆脸，好似理直气壮的烈士，有点"胖鹤立瘦鸡群"的意思。我还发现了黑狗的身影。他还穿着冒牌黑豹皮服，长长的头发，正好遮住眼睛。这小子也算罪有应得。第二辆车上，都是公安收缴的录像厅外停放的自行车，满满地拉了一大车，有大金鹿、老上海，也有县城较少见的崭新的山地车。每次游街后，公安都会处理东西，价钱很便宜，收来的钱相当于公安们的补助，公安们节假日不休，出来搞公差不容易，如果不是二肥出事了，我还真考虑买上一辆好自行车。

第三辆车上是卖淫人员，大多是浓妆艳抹的东北妇女。她们比较硬气，甚至毫不在意。她们微笑着，抛着媚眼，扭动身体，颤抖乳房，和车下的老少英雄们打情骂俏，完全无视车下中老年妇女们刀子般的眼神。如果有漫天的花瓣，她们简直就像古罗马花神节游行的神庙官妓。车下的男人们也变得暧昧。他们的眼神开始是严肃的、拒绝的，但后来就羞涩起来，口号也喊得稀稀落落。有的忍不住笑，或直勾勾地看那些女人，好像丢了三魂六魄。这种无组织、无纪律的情况，引起了中老年良家妇女的严重不满。她们强烈要求治治鸡们的嚣张气焰。但警察们维持了半天秩序，早已口干舌燥，很不耐烦，也不愿管这些烂事，如果有良家妇女不依不饶，他们干脆说，请大姐上车去，管教那些烂女人。良家妇女一看警察似笑非笑的眼神，又看看敞篷东风车上招摇妖娆的女疯子，通常都打了退堂鼓。就连平素作风严谨的范公安，也和大家热情地微笑着，架着胳膊，左右摇摆，好似观赏一盆盆美丽的盆景。

而本地卖淫女却大多垂着头，让长发挡在脸前，有点万念俱灰、羞愧难当的意思，底下看热闹的人们，很有可能有她们的亲友。果不其然，我只听到一个头发花白的老头，嘴里突然喷发出凄厉的惨叫：“小玉呀，闺女，你怎么能干这种事！”

他的衣服很破旧，仔细看看，是工作服样式，还有“县毛巾厂”字样。他嘴里飘满了无边的臭气和死一般的耻辱。车上的一个女人也喊起来：

“不是我呀，爹，不是我呀！”

车上人多，我没有看到声音的来源，只是声音很急促，但听起来可笑。大家哄笑，什么叫不是我？不是你又是谁？然而，老头子不管不顾，还是叫着：

“你把老子的脸丢光了，老子死给你看！”

说着，老头子手舞足蹈，但动作僵硬滑稽，他不断啸叫着，好似尖刀在刮白色头骨，让人难以忍受。他猛地冲到东风卡车前，一头撞上去，但被手疾眼快的群众拉了出来。这个名誉丧尽、家门不幸的老同志，也许只有雨点才能安慰他绝望羞耻的心了。很快，维持秩序的公安拖走了哭天抢地的老头，游行队伍继续前进，人们又恢复了兴高采烈的劲头。很多人都觉得，这个插曲不错，可惜的是，老头不能一直陪着游行队伍，否则，那才叫锦上添花哩。

我跟着卡车，轻轻地喊着二肥的名字。他发现了我。此时的他鼻青脸肿，嘴角翻着，有条紫黑色的痕迹咬在那里。一块落叶掉在头上，好似帝王华丽的冠冕。他的眉骨还有月牙形牙印。此刻，牙印正散发着义正词严的气息，好似林冲教头脸上的金印，昭示着不可饶恕的罪行。那一刻，我知道，二肥真成了流氓，而且是强奸犯。他终于在万众瞩目的时空，成了臭名昭著的家伙。我为二肥感到难堪，真流氓不是这样，欺负弱女子，算什么好流氓？

雨水不大，但很脏，不一会儿，头发黏黏地贴在头上，好似一片片过期长毛的海苔。雨水打在眼皮上，有些疼。天空之海翻卷着隐隐雷声，愤怒无比，又沉闷忧郁。枯黄的叶子，残花败柳般跳着暧昧的舞蹈，它们原本脆弱的、煎饼般的身体，被雨水打湿后，也好似失重飞机坠落在额头，血光四溅，惨烈无比。

二肥根本不知道，他小小的冲动，要付出的全部人生代价。他站在敞篷东风车上比较茫然，脸上还带着微笑。他似乎并没有对自己的处境有清醒认识。这家伙看了毛片，欲望难耐，居然深夜跑到女厕所要流氓。不幸，他骚扰的女人是个下夜班的女警，女警的丈夫也在厕所外。于是，二肥便被女警摔在了流满粪水的地面。多年后，我还是无法弄懂二肥的想法。这难道是我认识的胆小如鼠的二肥？我感觉发慌，因为不知如何面对二肥。作为铁杆兄弟，我该像拼命三郎石秀，大吼一声“梁山好汉全伙儿在此”，然后拔出雪亮的朴刀，和周围的警察拼命，可二肥不是宋江哥哥，也没生命危险，再说，我怎能救强奸犯？但如果不救他，我还是好流氓吗？

我心乱如麻，路边的警察也有些不耐烦，只有绿喇叭还不厌其烦地播放着告示。我跟着车，缓慢移动，二肥似乎要说什么，但欲言又止，他的校服被扯开了。围观的人们兴奋地品评着，有的鄙夷，有的羡慕，有的幸灾乐祸。大家如潮水般涌动，跟随着那几辆游街车。街上维持秩序的警察，就有范公安。这是范公安回光返照的最后辉煌。女儿逃走后，为洗刷女流氓家属的耻辱，范公安自告奋勇前来维持秩序。他脸上泛着病态红晕，却拿捏得恰到好处，一看就是经验丰富的老民警才有的范儿。他看到我，恨恨地低声说：“小子，我看你也该被铐起来！以后老实一点儿。”说着，范公安得意起来，对围观的人群喊：“这就是思想堕落腐化，诲淫诲盗的下场！胖学生是我女儿学校的，不好好学习，反而沉迷黄色录像，如果放在早些年治安强化运动，情节严重，是要吃枪子的！便宜这小子了！”

说着，范公安指指二肥。死里逃生的二肥眼神迷离，神游天外。人群爆发出狼嚎似的呼应。范公安愈加得意，不再看众人，只专心致志地陪着流氓游街。然而，人群中有个不识时务的中年妇女，突然向范公安发难：“老范，别吹牛了，你女儿就是逃跑的女流氓，有种你也大义灭亲！”范公安的脸青一阵白一阵，直到最后变成焦黄的黯淡。在大家看来，一个女孩子，打架斗殴、和警察对抗，比男流氓还坏。如果小饭桶要证明不是女流氓，必须像四眼钢牙一样，变成品学兼优的好学生，然而，成为尿漏斗的那一刻，她也许就明白了世界残忍的真相。没人在乎你是不是女流氓或尿漏斗，人们只是在乎终于有了开心的理由。

九

雨还下着，却变得更苦，好似掺了大颗粒矿盐。游行的东风车，不知什么时候，已经开远了。风吹动雨水，我追不上汽车，正如我怎么也找不到二肥。我蹲在地上大口呕吐，泛着酸水，我似乎要把一生吃的东西都吐出来。我忘不了二肥蒙娜丽莎般的微笑。我走了好久，终于回到学校。操场已装满了大大小小的水洼，空无一人，绿色教学楼的大喇叭传来童安格的《耶利亚女郎》。歌声忧郁绵长，精灵般穿行灰暗天幕，在我的耳朵里滑动出湿漉漉的线条。我低着头，艰难地移动身体，被雨水淋湿的煤渣在脚下“咯咯”作响，像金花的笑声，又像二肥绝望的眼神。雨水顺着额角淌下，眼前一片模糊。我的运动服已被淋湿，裹在身上，像固执的绳索。突然，一个踉跄，我滑倒在跑道，坐在雨水里不想动弹。

远处驰来了一辆红色桑塔纳轿车。一把灰雨伞钻了出来。有人站在伞下，热情地向我招手。我站起来，认真看了看，原来是秦陵老师。我很长时间没看到他了。秦陵老师的黑风衣很长，掩盖了他不太好的身材。他的尖头皮鞋很亮，还扎着紫色领带，手上戴着金灿灿的手表。原来中规中矩的偏分头，现在变成了背头，他居然还用了头油。现在秦陵看起来不像老师，更像杀手王了，造型有抄袭周润发“小马哥”的嫌疑。我向车里看，还有个妖娆美丽的女人，烫着卷发，面无表情地看着我。我承认，她比我们班上的女同学好看多了。

我嗫嚅着，想说些什么，但脑子空白，不知如何说起。秦老师拍了拍我的肩膀，说：“建民，我不做老师了。我现在是外贸公司的秦副经理。”

“为什么？”我难以置信地看着他。不知为何，原来我很讨厌秦陵，但现在却有点同情他。我已习惯了他大吼大叫，恨铁不成钢的样子。现在，鞠躬尽瘁的杀手王变成了秦副经理，难道杀手王在公司里也布置作业、开班会吗？

我沉默着。秦陵老师想了想，目光也有些迷惘，答非所问地说：“下课了，建民。”

雨水将操场变成了肮脏的小溪。我不是真正的流氓，我一生都无法成为挺胸叠肚、豪气冲天的流氓，我不是斯巴达克斯、强悍勇武的紫龙，或残忍的拉欧，我不过是充满幻想的大个子小屁孩，正如秦陵老师不是皇帝，不是杀手王。秦老师又看看我，钻进了桑塔纳，好似钻进了历史的尘埃和阴谋，带着飞溅的雨水离我远去，在我的泪眼中变成了蚂蚁般的黑点。

那天，我狠狠地哭了，似乎要哭尽一生的眼泪。我的九三年，就这样过去了，像城郊的野风，最终消失得坦坦荡荡，空无一物。这一年发生了很多事，秦陵老师成了秦副经理，二肥被抓走，在少管所成了瘦骨嶙峋的囚犯，实现了减肥梦想。我和四眼钢牙顺利升上高中，金花和小饭桶失踪了，生死不知。她们永远留在了九三年。九三年后，我不再有强烈的饥饿感，再也不会为抢饭而奔跑。未来岁月，我度过青春期，变得衰老臃肿，成了一个庸俗迟钝的小学教师。但是，夜深人静，我会把骷髅头空空一遍遍地擦拭直到洁白晶莹，我只能和它一起，孤独地等待金花和小饭桶，继续活在乏味无聊的世界上。

果 奠

一

一世界的秋意，挂满枝头，果子又熟了。

王美兰坐在树下，汗津津的，日头溜溜地走了。秋说来就来，园子的果香气，黏得化不开，一张嘴，就欢畅着涌进，糊嗓子眼。梨子抱着枝，颤颤巍巍地笑，最爱的还是黄桃，胖嘟嘟的，挤在绿叶片中吵着，全都眼巴巴地盯着王美兰。

王美兰的手上也闪烁着金黄的光，染亮了果树、草尖尖、果园内的墓碑、墓碑前的鲜花和玻璃瓶，连不时飞舞的虫也亮晶晶的，仿佛秋夜的星。

又到做罐头的季节了。这对王美兰说，是一年中的大事。她带着女儿芳玲，挑了一下午的果子。今年雨水大，虫多，果子看着还不错，但似乎不如往年的甜。芳玲“咔嚓”咬了口梨，嘟哝着说，咋不甜？多好的果。你瞧不上，人家还委屈呢。王美兰不答，让芳玲继续挑。芳玲笑着说，又不是选“果皇后”，差不多就行了。果子们在微风中摇晃着，似乎在应和着芳玲。王美兰站起身，晃了晃篮子，腰眼有点疼，眼前也发黑。芳玲赶紧上来扶，她甩开女儿的手，让芳玲赶紧回家做饭，她再挑拣一会儿。女儿无奈也只能先回去了。

果园杂草多，牛筋草、狗尾、野燕麦、白毛，都高高矮矮地抓着地，熟透的果，有的不幸掉在草地上，就一点点地黑烂了，和着湿漉漉的露水，倒也有酒香气，掩盖了草的新鲜气息。有的草尖还青着，有的却已经泛着黄了。

最近事情忙，王美兰腾不出手对付它们。男人凡贵在县里消防中队当志愿者，也回来不早。他技术好，帮着开消防车。平时家里上货出货，也是凡贵开车。王美兰想着事儿，在果园转来转去，天色渐暗，她眼前晃了晃，儿子孟凯立在了果树下。他笑嘻嘻地说，娘，回吧，姐累坏了，您也累了，我看得真呢，你晃了十下腰，还咳嗽了好久。王美兰嗔怪地说，说得轻巧，还不是为你。

王美兰从果园回到村口，街边的摊子还支着，东西卖了不少。永兴原本只是农业村，位置靠国道。砀山水果名气越来越大，各家各户搞起小批发厂、水果加工厂。村子兴旺了，慢慢有了小城镇规模。王美兰和凡贵，也在村口超市旁支起了一个摊儿。夏秋卖水果，冬天卖水产和白条鸡。他们起早贪黑，加上果园的收益，日子也算过得不错：建起三层小楼，院子宽敞，一半改造成蓄水池，养鱼也存水，另一半加工储存水果。楼后面，凡贵改造了一个车库。生意不错，王美兰忙时，就让人帮着照看摊子。她卖的东西足够秤，质量也好。很多人都赞扬她：您养的好儿子，是咱永兴的英雄！也有人说风凉话：老孟家靠儿子发财。王美兰也不恼，他们坐得端、行得正，堂堂正正赚钱，不怕那些流言蜚语。

天色愈发暗淡，王美兰收了摊子，眼前黑蒙蒙的，身上软软的，使不上劲。回到家，芳玲已经弄好了饭，她也不吃，钻到棚子下面弄罐头。自家的果园，她只拣出了几十个合格的黄桃，这几天，她还在村口买了上百斤上等黄桃，看来做罐头是够了。

王美兰晓得村里有些罐头加工厂的伎俩，收的水果都是烂的，再向里面“加料”，配上鲜亮包装，看着好，但对人有害。孟家今年中秋，要做六百盒罐头，果子都是最好的，烂桃、青桃，都不行，要个个饱满结实、红中透绿，六分熟软硬刚刚好。煮桃的水，都是大桶装的崂山矿泉水，喝着就有丝丝甜意。糖也是上等白砂糖，绝不用糖精替代。这做罐头也是一个细致活儿，特别是装罐封口，如果动作不熟，封好的罐头里面有气泡，储存时间短，味道也差了很多。王美兰在罐头中倒满糖水，轻轻一晃，飞快地扣上铁皮的红盖，再适时地一拧，就大功告成了。

王美兰装了几盒罐头，唤芳玲帮忙。芳玲放下饭碗，捏着衣角，轻轻地咬着嘴唇。王美兰装着没看见，继续催促，芳玲这才去削果皮，也不好好削，皮带着果肉，被剜下一大块，王美兰生气，拽着她的胳膊，说，这么大闺女，干活毛糙！芳玲说，现在都啥年代了，人家不稀罕这东西，都六年了，娘你也该放下了。王美兰气鼓鼓地丢了黄桃，碰倒了几个空罐头，“哗啦啦”地倒下，碎了一地，好似秋天早晨果树上撞掉的露水，圆滚滚的，跑得到处都是。王美兰去捉，被玻璃碴咬了，中指瞬间被鲜血染红。

芳玲过去，要给王美兰包扎。她烦躁地挣脱，给了芳玲一个耳光，说，你弟咋对你的？现在就烦他了？不愿提了？

芳玲哭着跑开了。王美兰怔怔地跌坐在地上，泪珠从眼角逃出，顺着下巴往下溜。秋风有点凉，月缓缓升起，照得院子亮堂了许多。满院的果香掩盖不住那几滴血的味道。干了一天活，饭也没吃，王美兰一阵阵眩晕，孟凯蹲在她的身旁，也不笑了，垂着头说，不怨姐，您太挑剔她了。王美兰摇头，想抓住儿子，却怎么也伸不出手。

孟凯说，赶紧包一下，罐头有时间再弄。

孟凯捂着脸，又说，都是我不好，没给家里帮什么忙。

王美兰真想捏捏儿子那张结实的脸，让他多吃几口罐头。她叹了口气，乱乱地包了手指。谁知这会儿风更急了，黄澄澄的月，晃了晃，竟慢慢模糊了，一阵阵土腥气，卷着水汽，漫天扯了过来，豆豆点点的雨滴，再是大粒大粒白亮雨点，苦苦的、咸咸的，院子里一阵乱腾，鱼池子里的鱼儿都浮在水面，大口呼吸着。王美兰抓过雨布，盖着水果和罐头。堆满的罐头瓶被雨滴敲着，发出欢快的叫声。水罐顶的应急灯亮了，蓝蓝的光照着雨幕，好似满世界都是大海的眼泪。

收拾好了，她昏沉沉地上楼，擦干了脸，又感觉头发沉，身上有些冷。她喝了碗热水，默默地躺下，迷迷糊糊地睡过去。雨下了一夜，芳玲给她熬了姜糖水，她勉强起来喝了，男人凡贵回来得晚，也照顾了她一会儿。后半夜，她睡得浓，听到耳边电话铃响。她想爬起来，可眼皮打架，像两片软塌塌的布门帘。她恍惚听着，孟凯在她耳边说，您不用起来，爹去听电话了。她问儿子是谁的电话。孟凯叹息着说，是高队长。他心细，快到中秋了，肯定会打电话。他听爹说咱这儿下大雨，还问房顶漏不漏，说过几天来看看。她扭过头说，我不会见他，心里难受，受不了这罪。孟凯就劝，这么多年了，我都想得开，你还这么别扭干啥？不怨队长，谁也不愿摊上这事。

我想不开！她流着泪，嘴角抽搐着说，我只要你好好活着。

孟凯不答，站起身，一点点地消失在房门外。王美兰猛地坐起，打开窗，对着雨幕大声叫喊。她的小凯不见了。一道道精白闪电，刺穿墨绿的天空，无数子弹般的雨串子“噼噼剥剥”地抽在屋脊和围墙上。她向远方望去，仿佛看到地底深处，涌现出无数汹涌的火，无数清清白白的果子漂在火里，乘风破浪而来。灼热的火混合着无数浓烈的秋香、杂草的青腥气，果树被冲倒后散发的冷甜味，在铺天盖地的雨水中熊熊燃烧、不死不休。这水中的火散发着幽蓝的怪异火焰……

二

几天前，王美兰病了一次，还挺严重。

那天晚上，她在看电视，新闻介绍大凉山火灾情况。二十多个消防员，都是二十岁左右的孩子，去抢救森林大火。大火转了风向。孩子们逃不出，飞不掉，抱成一团，全被烧死了。她丢掉遥控器，失声痛哭。她不敢看那画面，她心里有很多小刀，反复割来割去。她立即给凉山消防捐了三万元。可这么多命就这么没了！钱有什么用？他们的家人，还不疼死？她哭着睡去，醒来再接着哭，就发起了高烧。

那些天，迷迷糊糊的，她常能看到孟凯。凡贵请的医生说，还是前几年留下的后遗症。间歇性幻视、呓语、自言自语、情绪反常等症状，只有慢慢调养。王美兰不觉得那是病。孟凯走后，王美兰把他的屋子打扫得干干净净，尽力保持原样。她把儿子刚加入武警消防队时拍的军装照放大了一张，放在书桌上。她太想儿子了。干活累了，情绪不好时，她都去儿子的屋里和他说说话，讲讲最近发生的事，诉诉心里的苦。

她找到了孟凯写给她的信，每一封她都留着。她写的，孟凯原来也收在宿舍。出事后，她将那些信也收回了。孟凯脾气犟，没入伍前晚上常偷偷溜出去，帮朋友打架。王美兰担心儿子走歪路，就让他去验兵，后来进入武警消防。孟凯刚到消防，她忍着不给他写信。五个月后，她才写了第一封信。孟凯在中队表现很好，周末都不出去玩，而是在操场上锻炼体能。孟凯当时每个月津贴有两千多元，除了必要花费，他每个月剩下的钱都寄给王美兰。母亲一分一分给他攒着，准备将来娶媳妇用。那时孟凯刚到队伍，很想家，训练又苦，常常躲在被子里哭。他的 QQ 号，就取了个名字“孟凯想家”。

王美兰的二弟是远近闻名的富裕户，对孟凯的选择不以为然。他撇着嘴说，现在是经济社会，凡事都讲效益，你让孟凯干消防，不是把孩子往火坑推？你是平头百姓，救人一次是英雄；可你是兵，救人就是本分。常在河边走，哪有不湿鞋，太危险啦……那火起了，谁去救？总要有人去，你的儿子不去，别人的儿子就要去，大家都不去，社会还不乱套啦！王美兰不服气，撺了弟弟。弟弟讪讪地摇头，说，你高尚，俺们可比不了。后来，孟凯出了事，弟弟赶过来，言辞间很是埋怨，但王美兰不后悔。

大雨下了一夜，王美兰的高烧退了，可精神不怎么好。她又在床上躺了几天。摊子不能出就收起了。果园也没法照顾，只能仰仗芳玲。就连做罐头的活计也只能暂时停了下来。每年中秋，王美兰都要赶制一些罐头，送到孟凯的消防中队。百姓过节，消防过关。过年过节，消防员更忙了。罐头是王美兰亲自做的。砀山是果都，孟凯从小喜欢吃果子，也爱护果子，谁糟践果子，就和谁急眼。王美兰现在还能想起，他眯着眼，大口吃黄桃、梨子和苹果的样子。孟凯每次收到罐头，都拿出来和战友们分享。大家非常喜欢吃酸酸甜甜的果肉罐头。孟凯回来探亲，战友们也特意叮嘱他，回家多带点罐头。孟凯在时，每年是这样。孟凯走了，王美兰还是坚持每年送罐头。老兵走了，新兵来了。新兵成了老兵，又来了更新的新兵。消防上每年都能收到砀山罐头。王美兰要让每个新兵都能尝到“家的味道”，都能记着孟凯的故事。

雨停了，气温降了不少，透着一股干爽劲。二层那间北屋，视野开阔，通风也好，挂着不少孟凯当年获得的荣誉奖状，像“优秀士兵”什么的，花花绿绿的很好看。屋角放着盛果子的红柳条筐，杂七杂八地堆着粗棕绳，剪枝用的大铁剪也都散发着孟凯的气味。铝合金窗封得不严，远处的果香味，混合着下过雨后的泥土芳香，又溜溜地钻进窗户，仿佛被什么魔法催化，搅动着王美兰的记忆。这几天，她躺在床上就不由自主地想儿子。一件件，一桩桩，连他小时淘气，下河游泳被冲走了衣服这样的小事都被寻了出来。她细细地品咂着，竟感受到一番不一样的欢乐。

天色昏暗了，她想着，头就有些发沉，睁不开眼，孟凯又笑嘻嘻地走来，坐在她的床前，抚摸着她的白发，说，娘，歇歇吧，想点开心的事。王美兰正怨恨着，昨天只聊了几句，儿子就消失了，现在绝不能让他再轻易走，要赶紧让他再讲讲救火的事。

王美兰心里想，救火神秘而危险。孟凯还在的时候，回来探亲，就经常给她讲些火场的事。平时她总是回避这些问题，可一个人独处时，她又不免想起。孟凯和她说过半夜出车抢救溺水的四个中学生。中队条件差，没有潜水服，他们就是靠着水性，腰上系着绳子，在湖里摸了一夜。四个学生全都搭上来了，可一个没活成。孟凯说，他回到宿舍，捂着被子哭了很久。王美兰说，你咋这么伤心？孟凯说，拼尽全力救人，就是要救活，看着那些死去的少年，看着他们身边的亲人，心里很痛、很自责。

火又是怎样的？很疼吗？王美兰曾经问过孟凯。

孟凯想了想说，也不太疼，就像被一群蜜蜂叮咬，辣辣的，火是苦的，被火烧到，嘴里全是苦的滋味，就想喝点甜东西，最好是黄桃罐头汁。

今天晚上，王美兰想让孟凯说说“最后”那次救火的事。

孟凯站在奖状下面，仿佛凝固住了。王美兰明白，他怕刺激自己。她从前的确很害怕，别人一提，她就发脾气。可随着时间推移，她越来越想了解这些事。出事后，新闻上说，孟凯还有中队长等三人打一支水枪，在抢救橡胶厂物资时被钢梁压住了，孟凯是为了救中队长才丢了性命。也有人说，是中队长指挥失误才造成事故。这么大的火，根本不该让人往里进，都是中队长立功心切才让孟凯丢了命。中队长姓高，当时也受了伤，后来他来过孟家，还带着钱，王美兰不想见他。高队长坚持每年清明来扫墓，中秋也来看望，有时放下东西就走，也不讲话。但王美兰始终不见他，每次高队长来，她都感觉胸膛里燃烧起一团火，要将五脏六腑烧成灰烬。她要知道儿子怎么走的，他痛不痛。她要把这些永远记在心里。

屋里愈发暗淡了，王美兰没开灯，孟凯的影子，渐渐地要和这黑暗融合为一体了。王美兰不想惊到他，就说，你慢慢地说，我慢慢地听，说到不想说了就打住。孟凯叹了口气，说，那天下午，我们本来是预备增援，但响了三遍警铃，我们就要全体出动，当时就想这火肯定小不了。我从没见过那么可怕的烟。孟凯说着，影子抖了抖。

烟有什么可怕？王美兰问。

它们从橡胶厂冒出来，风都吹不散，像一条黑蛇，从窗户直直地爬上半空。

那次救火，是高队指挥失误吗？王美兰想了想，还是问了。

不是这样，孟凯说，火势太大，里面还有人，不救不行。中队警力实在跟不上，我是一号枪手，队长给我当了二号枪手。还有一个新兵，没办法也上了，当了三号枪手。本来高队不用上的，可新兵手生，他抢着上，我就让他当二号，自己守在一号。

孩子，你咋……王美兰哽咽着，说不下去了，只是抹眼泪。

高队对我挺好的，孟凯又说，消防员谁没遇见过几次生死危险？我们刚进到里面，钢梁带着墙体整个塌下来，我推了高队一把，有一股很大的力量，好像一把大铁锤，击打在我的背上和腰部。我眼前一黑，一股刺痛，直往脑子里钻。我的脸埋在灰尘里，背上是滚烫的砖，憋得我很难受。又过了一会儿，背上的东西少了很多，有人在我身后喊“一二”“一二”……我想，有人来救我了。我感到有人拉着我的脚，把我从废墟中拖了出来。

我呼吸到了新鲜空气。它们一下子灌进来，我赶紧张大嘴，长长舒了一口气，血就往外喷，面罩里喷得到处都是。有人喊我的名字。我不能回答，一说话血就继续喷涌，咸咸的，有的流进鼻腔，呛着我了，跟着就咳嗽，再喷血……有人问我问题，小伙子，有没有女朋友？别睡！别合眼！马上就到了！我紧紧抓住那人的手，像抓住一根救命稻草。我还是不能睁眼，但心里是有意识的。我感到下了救护车，就到了医院。医院的地不平，那条路好长好长呀，救护担架车跑得飞快，我听到耳边响着“咯噔咯噔”的声音，我想，这条路啥时才能走完……

我的儿哇！王美兰浑身颤抖，伸手去捞孟凯的影子，谁料扑了个空，那影子慢慢地洇到了墙上，越来越淡。她跌落到床下，拉开灯，银色的光洒下，还是熟悉的一切，挂满东西的墙壁，堆积的物品，还有桌子上孟凯的那张照片。孟凯还是笑嘻嘻的，眼睛奕奕有神，露出洁白健康的牙齿，有点调皮的样子。

三

王美兰忘不了六年前那个秋夜。

她正在县城亲戚家串门，男人凡贵找了过来，冒着冷汗，站在门口直哆嗦。王美兰就觉得不好，赶紧问啥事。凡贵说，小凯可能出事了，部队来了电话，让咱们过去。王美兰马上和他找了辆车，还有一个陪同的亲戚，往山东那边赶。路上，凡贵哆嗦得厉害，不断用手捂着头。王美兰强作镇定，嗔怪他说，别乱想，小凯不会有事。咱们家孟凯平时就机灵，消防技术又棒，肯定没事。凡贵苦着脸，眉毛都快要掉下来了。

王美兰心里还是有不好的预感。记得孟凯说过，消防部队有人受了伤，一般不通知家里，凡是通知家里来人，都是受伤很重。她的眼泪止不住地流，可又不敢让凡贵看到，只能偷偷地抹去。凡贵是老实人，平时话就少，面软心善，家里都是王美兰做主，遇上事，他比谁都慌，必须有人给他稳住阵脚。王美兰暗暗地想，孟凯哪怕残疾，成了植物人，只要有一口气，她都感谢老天爷。

王美兰从没有想到，孟凯会“死”。这个字，怎么会和他有联系?

车到了山东单县，部队电话又来了，说消防的车专门过来接。王美兰的心又沉了，事情肯定小不了。到了县医院，部队领导见了他们，表情很沉重。王美兰此时全都麻木了，就是想见到孩子。医生就把他们领到了重症监护病房，里里外外站了一堆医生，她挤不进去。医生说，正紧急抢救，不能打扰。

王美兰不再往里挤，凡贵个子高，远远地站在凳子上，伸长着脖子往里看。王美兰问，都看到啥了?凡贵说，就是血，还有浑身包裹的白纱布，影影绰绰的，也看不清。王美兰再也坚持不下去了，“哇”地痛哭起来，声音又哑又涩。凡贵也跳下凳子，抱着她哭。哭声回荡在人声嘈杂的病房，仿佛是沸水里泼入了黄澄澄的滚油，霎时间，围着劝的医生和消防兵们，个个带泪。

领导安排他们先去招待所等着。王美兰和凡贵昏昏沉沉，也不知怎么到了招待所，几个消防上的干事一直陪着他们。王美兰就给凡贵打气，说，小凯命硬着呢，那年下河洗澡，差点淹在河里，最后也没事。凡贵哭着点头，说，我信哩，路上我默念了一千遍老天爷，它实在要收小凯，就拿我的命来顶。小凯才二十一，我就这一个儿子……

王美兰和凡贵就这样相互鼓励着，哭一阵又笑一阵，接着再哭。到了后半夜，他俩实在等不下去了，再次去了医院，迎面就遇到了支队的许政委。他和一群医生围过来，默默地和他们握手，也不说话。

王美兰问，到底怎么样了?

医生说，对不起，孟凯同志抢救无效。

王美兰慢慢地说，抢救无效，就是孩子不在了？

现在想来，可能王美兰他们赶到时，孟凯就已经不行了，消防队怕王美兰两口子一下子接受不了，就慢慢拖了一段时间再告诉他们。后来，听人说，墙体倒下时，把孟凯腰上的消防斧都砸断了，他被救出来的时候，脏器都不成样了。

她疯了一般要冲进去，大家拦着……

强撑着开完追悼会，王美兰回到家，每天都哭上一场。过了几个月，消防支队的许政委来看望，问她有啥要求。她摇着头说，不能乱提条件，给孩子脸上抹黑。她还把儿子存折上的八千元存款都捐给了部队。领导不忍心，说，你说吧，我们能做到的，肯定尽力。

王美兰想了想，说，能去孟凯的工作单位看看吗？

许政委说，您和凡贵大叔，培养了那么好的兵，你们是消防队的贵客！

王美兰和凡贵去了消防支队，接待仪式非常隆重。十几面飘舞的红旗下，有一个大大的条幅："欢迎英雄的父亲和母亲"。几百个身穿消防武警制服的汉子，齐刷刷地向他们敬礼，每个人的目光都是庄重的。王美兰一时间竟有些局促，有点不知所措。

许政委又带着他们来到孟凯所在的中队，看到了他的宿舍、训练时的场地。王美兰一遍遍地抚摸着孟凯的枕头与毛巾，闻闻他用过的水枪胶管，上面那些白花花的汗渍，也许就是孟凯留下的。她将孟凯的白瓷缸，轻轻地掂在手里。瓷缸就稳稳地坐在手心，好似一个白胖胖的娃娃。王美兰想着，孟凯喜欢用罐头汁兑着凉白开水喝，他说这样最解渴了。

中午吃饭时，大家都沉默不语，气氛很沉重。许政委眼圈红红的，几次给王美兰和凡贵敬酒，自己却喝不下。王美兰问，部队其他战士怎么样？许政委说还有几个受伤了，现在都已无大碍。这时，坐在酒桌最边缘的一个人，猛地站起，又扑通跪下，大声说，阿姨，我的命是孟凯救下的，从今往后，我就代替他给您和叔叔尽孝！王美兰看去，是一个精干黑瘦的青年，正跪在那里，泪流满面。

许政委介绍，这是孟凯的中队长高虎，出事故时，孟凯推开他，救了他一命。王美兰看着高队长，不知咋的，就感到心慌，眼泪瞬间流了出来，这就是和孟凯换命的那个人。她晓得，这事说不定不怪他，可她就是过不去这个坎儿。你是个当官的，让手底下的兵给你挡住钢梁……现在说这些还有什么用？她不需要人伺候，她只是要儿子活着。她见到高队长，就想起儿子的惨状。她摆着手扶起高队长，让他赶紧走。许政委见状，就让高队长离开，不要刺激烈士家属。高队长抹着泪，欲言又止，落寞地走了。看着他失魂落魄的背影，王美兰也于心不忍，好几次想开口叫住他，但始终没有说话。

许政委叹息着说，高队长对孟凯的事一直很愧疚，自请处分。他们中队，这次牺牲了一位同志，伤了两位，现在是人心惶惶，很多战士的家长，都催促孩子离职，特别是那些政府聘任的消防队员，本来就不是现役，收入也低一些。

那怎么成？凡贵闷闷地说，都不救火，老百姓靠谁呀？

许政委有些尴尬，说，都是我们的工作不到位，我们这个地区，几百万人，就是靠着几百人的消防队伍，又要防火，又要救人，真是分身乏术，平均下来，一天要出警三四次，危险多，待遇也不高。我们也难呀……

王美兰也跟着叹息，许政委突然意识到什么，赶紧不说了，只是介绍说，下午有检阅仪式，请王美兰和孟凡贵检阅新入伍的消防战士。凡贵听到检阅，不好意思地说，俺们又不是领导，检阅个啥？许政委笑着说，你们是贵客，是英雄的父母，当然有资格检阅！

训练场上，所有新入伍的消防员都整齐列队，仿佛一面钢铁长城，等待着检阅。王美兰的心里有些激动，她颤颤巍巍地走向这些孩子，想说些什么，却又不知从何说起。很多消防员的眼圈红了，可他们的腰站得更挺拔了。原计划王美兰和领头的消防员握手后，由消防员代表讲话。可王美兰走过来，浑然忘记了刚才的安排。她看到这些年轻的孩子，就想到了孟凯。她不自主地走上去，轻轻抱了抱眼前那个略显稚嫩的小消防战士，喃喃地说，孩子辛苦啦，孟凯走了，你们替他灭火，就靠你们救援了……

小消防战士再也受不了，他抱着王美兰，痛哭着，喊着，妈妈，儿子答应您……

现场哭成一片，很多战士都过来，和王美兰握手、拥抱，不断喊着“妈妈”。他们的目光，就像孩子见到了母亲。钢铁般的队伍仿佛融化了一般，化成了漫天泪雨，再聚成一片泪的海洋。王美兰感到，浑身被这泪水浸泡着，咸咸的、软软的，一颗心似乎都要被泡得狂跳起来。天阴阴地垂下，空气仿佛凝滞了，一片片的白杨叶、梧桐叶，从高高的院墙外，呜呜地叫着，缓缓地飘进，好似牵着一种透明光线。在训练场柏油跑道上方，显现出无数横七竖八的空间分割，又好似一片水银玻璃，被这些光线点点地渗透，最后不断裂开。王美兰一片眩晕，她看到无数碎片中，闪现着孟凯的无数生活片段，可她就是捉不住……

后来，许政委告诉王美兰，本来有几个消防员不想干了，可那次“检阅”后，再没有一个人提出要走。

四

中秋节还是到了。

早晨的风越来越凉爽、清新，那是一种从骨头缝里渗透出的安闲与喜悦。永兴家家户户也忙碌起来，做罐头、卖水果。有的住户有自己的加工厂，也都加班加点，赶着中秋这个节日弄些礼品盒，再卖个好价钱。夹着皮包的小贩子，穿梭在一片片果园，洽谈着生意。凡贵还是那么忙，每天收好果子，就去县消防队当志愿者，通常要忙到晚上才回。孟家的果子也收得差不多了，剩下的工作，就是除杂草、养地，给果树美容保养。这些天忙着做罐头，超市边的摊位也停了下来。

经过几天努力，六百个罐头终于完工。前几年，王美兰只是给孟凯所在的中队送罐头，现在经济条件好多了，她决心每年给整个支队都送，让每个消防员都能在中秋吃上这酸酸甜甜的果肉罐头。她晓得，越是过节消防上越忙，孩子们辛苦哩。

眼瞅着奔六十的人了，王美兰的身体也大不如前。头发每天都掉很多，早上起来扫地，都是细细碎碎的白头发。干上一段时间活儿，就要休息一下，否则就心慌。可中秋对王美兰来说还有一件大事。她特意让已经出嫁的芳玲回娘家，就是为了帮着她把这个中秋弄好。好在芳玲的丈夫现在在非洲出劳务，一个八岁的女儿也被爷爷奶奶接到家团聚，芳玲正好有时间帮着母亲准备中秋的礼物。阳光灿烂，微风徐徐，小院后面阴凉处，整整齐齐地摆放着一瓶瓶水果罐头，有黄桃罐头，也有酥梨罐头，果肉鲜亮，罐头盖子红艳艳的，好像战士庄严的领章。罐头瓶干净透明，闪烁着晶莹色泽——就像一块块美丽的宝石。

刚吃过中午饭，消防的慰问队伍就来了，十几个人、三辆车，支队从没忘记王美兰。每年中秋，也一定会来看望她。消防的领导换了几茬，许政委去了总队，现在支队领导是邱政委，操着一口鲁西口音，长得高高大大，嗓门也大，最敬佩英雄。一群人放下礼物，又拉走了罐头，最后去果园里孟凯的墓碑前，举行了一个简单的悼念仪式，又轰轰隆隆地开车走了。

王美兰有点儿倦，睡了一个小时，才起来，就叫着芳玲往果园里走。往年中秋都是这个节奏，下午去修整园子，等到月亮上来了，在墓前举行了祭拜才能回去。果园的杂草长得太快，香附子、竹节草、小蓬草都贼头贼脑的，一不小心就遮盖住了墓碑。除草的工作很辛苦，要把周围都整得敞敞亮亮，每年中秋早上，凡贵也会把墓碑油一遍，通体墨黑光亮，他也会小心翼翼地捡干净墓地前面的碎石，好像生怕那些东西打扰到了沉睡的儿子。

天色有些暗了，王美兰和芳玲挑着东西，向果园里走。桃子和梨子，挂着亮晶晶的露水，阳光软软地趴在果子上，仿佛是给果子涂上了一层薄薄的蜜。墓碑前面是敬献的花圈，墓碑的两旁是怒放的各种鲜花。墓碑前，还有两棵松树、两棵柏树和那些花儿相映守望。一年四季，王美兰都要栽种各种鲜花，哪怕是寒冬，她也会在墓碑上摆上一些鲜艳美丽的花。孟凯是个爱说爱笑、爱热闹的小伙子，她不能让儿子寂寞。

恍惚间，王美兰发现墓碑前坐着一个男人，自言自语地唠叨着些什么。她赶紧拉着芳玲躲在柏树下。男人说得忘情，竟呜呜地哭了起来，全然没发现她们。这是谁呀？王美兰疑惑地想，那些常来上坟的儿子的战友，她大概都认识，像孟凯新兵连的周连长、支队牛干事等人。芳玲叹了口气，说，人家每年都来，你每年都不见人家，也怪可怜的。王美兰这才恍然大悟，原来是孟凯的中队长高虎。一晃好几年，当时她印象中的高队长，是个黑黑瘦瘦的青年，如今有些胖了，鼻梁还架着一副眼镜，有点斯文。高队长现在的状况，她听人说起过，说是转业去了地方武装部，但具体情况不了解。

高队长在墓碑前摆了月饼，还有两瓶白酒。他自己也拿着个小瓶装白酒，慢慢地抿着。高队长说，孟凯，从前任务多，喝酒也难，现在消防从武警序列改了应急救援，我也脱了制服，转业到地方，有机会多陪陪你了。

高队长高举着酒杯，眼泪顺着脸颊缓缓流动。他苦笑着说，本来应该我是一号枪手，谁让我那天发烧，水枪控制不好，你非要替我……

高队长揪着头发，低声抽噎着，声音非常压抑痛苦。

短短几句话，在王美兰心里却似晴天霹雳，可说这些还有什么用？墓碑后的花丛晃动，王美兰抹抹眼泪，看到孟凯靠在花丛中，小声地说，不怨高队长，生死有命，我轰轰烈烈地活了一回，还有这么多人惦记着我，也挺好的。她摇着头说，我不听！你别劝我，我受不了这些，你中秋节回来，就是要惹我不高兴吗？

芳玲被吓了一跳，说，娘，你和谁说话？王美兰也不说，怕吓到女儿。芳玲狐疑地看着四周，什么也看不到，不禁嘟哝着说，您这病可越来越严重了。孟凯走出花丛，轻轻地攀援，爬上了对面的那棵柏树，坐在树顶，笑嘻嘻地看着他们，也不说话。

高队长听到有人说话，抹干净眼泪，不好意思地走过来，深深地鞠了一躬，说，大娘，我打扰到你们了，我这就走。王美兰看着树枝上坐着的孟凯，叹了口气说，高队长，你就留下帮我们打扫墓园吧。

高队长非常高兴，赶紧接了工具，几个人开始工作。王美兰注意到，高队长弯腰时，头上直冒汗，就问他怎么回事。他讷讷地说，那次事故后，腰受了伤，强直性脊柱炎，现在还成，就是到冬天，疼得下不了床，要躺一个月。王美兰抓着他的手，说什么都要让他休息。高队长拗不过，就坐在旁边，用抹布擦拭墓碑。芳玲和高队长打过几次交道，就笑着说，高队长，你转业后，成了知识分子哩，还戴上了眼镜。高队长脸红了，说，受伤后眼部几根神经受损，视力下降得厉害，没办法才戴这玩意儿，我自己也别扭。芳玲赶紧给他道歉，说自己真是不知道。高队长淡淡地说，这点伤不算啥，我这条命，都是孟凯救下的。

三个人聊着天，不觉天渐渐黑下了，乳黄的圆月缓缓爬升到了天幕。果园也静谧下来，果子们在微风中轻轻摇摆，渐渐睡去，还有些不知名的鸟雀，在叽里咕噜地交谈着，诉说着心事。高大的墓碑，也渐渐隐身在黑暗中，只能看到那些浅浅的轮廓。王美兰打开两个应急灯，瞬间墓碑前出现了一块小小光亮。王美兰拿出六个罐头瓶，打开，满满的都是酸甜的果肉罐头汁。王美兰说，我每年都单独给小凯做一个罐头。他们三人将果罐头汁浇在坟头上，顿时坟上似乎冒出了一股青烟，散发着香气，也摇摇晃晃的，在微风中摆出 S 的造型，好像是在点头致意。王美兰将空罐摆在墓碑前，六个整整齐齐的空玻璃罐，晶莹剔透，仿佛宝石般发着光。几人这才起身离开。王美兰感到浑身轻松了不少，再斜眼看去，那棵柏树上，孟凯的影子，竟随风消失，了无踪迹。

三人就要走出果园，身后风声突然紧了，几声鸟雀鸣叫，也甚惊急。王美兰回头，赫然发现摆在墓碑前的空瓶罐，竟被风吹倒，有一个“骨碌骨碌”地滚下，趺趺撞撞，挨到王美兰的布鞋旁。王美兰把它捡起。金黄的月光下，那个罐头瓶，胖墩墩的，散发着果香，还冒着莹莹的光，好似披着一层眼泪般晶莹的露。王美兰拍了拍它，说，我们走啦，别跟着了。

一个人的归途

一

天幕倒退着，缓慢飞向后方。地平线上，无数莫名的点和线还蠕动着。那条路安静地趴着，软软的，清冽的晨曦，透着股焦油油又湿漉漉的味道。

第二天，她离开 207 国道，进入高速入口。

前方灰中透亮，蹦蹦跳跳，不知是远方的灯还是不知名的碎细的光，细雨下得密但无声，紧紧裹着她。她也是无声的，紧紧握着车把，好似产卵的虹鳟鱼，沉默地奔向上游最湍急的河。

高速路静得怕人，没车也没人，仿佛世界从未有过这样一条车水马龙的道。细雨中不断闪现的路牌告诉她，匝道前进方向是否准确。一条条白亮的指示带，冷冷看着她，仿佛也提醒着，不该违反交通规则。

外面罩了层薄雨披，蓝羽绒服还是湿透了，耳边只有“吱呀吱呀”的声音，那是共享单车压在路面的声音。车子抖着，害咳嗽病似的，挡泥板吸着些泥点，链条也紧得发轴，她擦了把脸上的水，汗水、雨水，也不知有没有泪水。

前方请继续直行……

华为手机宽屏闪了闪，一个清晰且富有磁性的声音传出，吓了她一跳。那是薛之谦，她最爱的明星，就把他的声音设置成手机导航。

骑了整夜，她浑身痛，捏着闸的手也僵硬，指头都乏了。她缓缓停下，费了好半天劲儿，才把自己从单车上摘下，腿疼得几乎站不住了。

她缓过来，靠紧应急车道护栏，拿出塑料纸铺好，再撑开伞，踏踏实实地坐在伞下。

她摘了口罩，贪婪地呼吸雨中的空气，肺里猛地灌进去冷风，不禁打了喷嚏，吓得她赶紧又将口罩戴起，这才感到大腿硌得生疼，坐在地上不想起。

这时必须补充能量。大力水手要吃菠菜才能变身金刚巨汉，皮卡丘也要充电才能施展“超级狂雷闪”。她不吃东西会生病，自己都病了，怎么帮别人？

她掏出保温壶，喝了一小口，润润嗓子，再慢慢地喝。

保温壶是爸爸用过的，又大又结实，不锈钢套，外面还套着防滑细棉网，一瓶子水“丁零咣当”跟了她一夜，居然还是温的。水是她提前兑好的淡盐水，对补充能量好。她又掏出食物，面包、牛肉干、真空包装的卤蛋。

吃东西不能太快，她跑了一整夜，累是累的，饿是饿的，但要先吃软和的面包。她捏成碎块，一点点抿进嘴角，再继续喝水，湿润喉咙，面包是法式手撕面包，冒着黄油香气，牛肉干要使劲嚼，让唾液充分和牛肉混合，再慢慢吞咽，才能消化得充分。

卤蛋有点硬，不过这种环境，又不是BBQ野营，凑合着吧。吃了东西，她的心情好些了，又拿出充电宝，给手机充电。

“嘀嘀”——微信语音显示有留言。

果然是杜宾的声音：“还好吗？天亮了，找地方先休息，别太急。”

她应着，发了个笑脸表情包，鼻头酸酸的。有人挂念，总是好的。

她问了问医院那边的情况。

“都咬牙撑着，”杜宾透着些疲惫，“我刚瞌睡了一会儿。”

坚持就是胜利！她连续给杜宾发了几个皮卡丘胜利手势表情包。

她吞下那颗卤蛋，暂时关了手机，以保持充足电量。为应对这场惊心动魄的大冒险旅程，她准备了三个充电宝。杜宾也教给她很多野营知识。

她必须赶回去，急诊科除了她和杜宾是95后，剩下都是三十七八岁到五十多岁的老将，她闭着眼都能想到科里乱成一团的样子。

她裹紧衣服，细雨透过窄窄的伞边，一点点地渗透过凉气。她的头越来越沉，上下眼皮不断打架。她晃着脑袋，警告自己不能睡，要睡也要找干燥避风的地方。这样睡着了会生病的。可她实在坚持不住了。

就这样睡吧，她抱着那个大保温壶，仿佛看到父亲就站在身边，笑眯眯地看着她，抚摸着她的头发。她的眼角发热，真累坏了，要是有杯卡布奇诺咖啡奶茶，再加上两块肥嫩的炸鸡腿，那就幸福了哇……

二

如怡，你该叫甘如饴，你太甜啦!

大家都喜欢她。她刚从医学院毕业，地道的湖北妹子。有人说她，是一个微胖的、说话甜甜的女孩，又白、又甜，一个胖白甜。

急诊科同事都这么喊。她甜甜地应着，不以为忤，但还是觉得胖了不好，就努力减肥，可珍珠奶茶、炸鸡腿、甜甜圈的魔力太大，几天不吃就馋得睡不着。

其实，如怡只是不想让别人难过。十五岁那年，她父亲去世了。父亲是消防员，救火牺牲的。母亲改嫁后，她跟着奶奶过。她那会儿上初中，发誓长大要当消防员。上高中后，听说女生去了消防也难得上前线，她就转向报考医学院。

她的成绩不坏，班主任苦口婆心劝她，别以为医生光荣高尚，那也是战场，也有危险。如怡不服，说救人总比害人强。话虽如此，但医学院解剖课，别的同学都云淡风轻，捧着热腾腾的方便面，指指死尸内脏，点点尸体器官，她却吐得七荤八素。实习期间，她被分到急诊，陪着病人哭。病人家属不哭了，她的哭声还盘旋不绝，比亲属还伤心。有人就劝：转行吧，你心太软，胆太小。如怡不应承，笑嘻嘻地说，坚持，再坚持坚持就好啦。

她毕业后到区医院上班，主动申请去急诊。旁人不晓得她的想法，只看到这胖姑娘心肠好、心思细、不偷懒，慢慢就接受了她。急诊十三条“男将”加“女将”，除了她和杜宾，都成了家。

主任老胡脾气不太好，可偏偏对如怡不错。有人说，如怡长得像老胡的女儿。也有人说，胡主任闺女死得早，他是爱屋及乌，“移情型父爱”。

说这话的是杜宾，一个高高瘦瘦的男医，比如怡早两年分来，医学院研究生，平时爱看书琢磨事。他不苟言笑，实际也是热心肠。俩人年龄相仿，比较谈得来。他们都喜欢薛之谦，爱打手游，看日本动漫和网络小说。杜宾喜欢推理悬疑类型的《十宗罪》《法医秦明》，如怡却是铁杆“后宫迷”，最爱“大女主”的《甄嬛传》《芈月传》。

年前市里就有“新冠”肺炎的消息了，但尚未确定。区医院也动员，发热门诊收治很多病人，急诊不停加班。老胡脾气更暴躁了，谁上班不戴口罩、不勤洗手，都被他一顿臭骂。

工作一年多，如怡都没休过假。眼看到年根，奶奶身体不好，高血压、糖尿病，心脏去年刚放了支架，大半时间都歪在床上。如怡想回去，犹豫了几次，没说出口。

老胡看出点端倪，问她，想家了？

如怡想笑，可眼圈红了，指甲使劲挠手心，什么也没说。

糊鸡！老胡摘了口罩，眼圈黑黑的，闷闷地说，早去，早回。

如怡支支吾吾地说，我没想回，领导安排我春节值班吧。

男将都在，莫得啥问题，老胡目光有些柔和，又说，你一个小姑娘伢，早点回去陪奶奶，医生也是人，也要过春节！

如怡纠结了好久，还是买了车票。公安县离武汉近，真有什么事，她就是飞也要飞回来。同事大多是武汉人，都随时待命。杜宾老家在山东，自告奋勇留在武汉。老胡说他是男医，留下就留下吧。

如怡悄悄问他，杜宾，你不想家？杜宾听着窗外“噼里啪啦”的鞭炮声，淡淡地说，我和你不一样，父母是生意人，现在在欧洲，打电话让我去巴黎。我一个中国人，春节去国外有啥意思？如果疫情真严重了，我要冲上去的。

真会很严重？如怡小心翼翼地说，仿佛自己也被这个词吓住了。

不好说，杜宾面色沉重，传染科有不好的消息，可咱是医生，也没什么多想的。

我这样走了，算不算逃兵？如怡咬着嘴唇。

杜宾安慰她说，你离得近，奶奶也需要照顾，快去快回，就是别不回来了，那你这胖白甜就成臭鸭蛋啦！

如怡笑着说，大年初五就回，晚一天，王者荣耀钻石号就给你了！

三

你怎么睡在这里！

她抬起惺忪睡眼，听到一个声音吼着。头还是沉沉的，细雨透过那把碎蓝花伞，斜着被风吹到脸上，眼前是一片朦胧。

她只感到灯一闪闪地亮着，猛地擦了把脸，才看清楚，那是一张愤怒的遮着口罩的脸，还有一个大大的银色警徽。

是个中年警察大叔，四十多岁，瘦得像块铁，戴着N95口罩，只看到头发灰白，眼熬得通红。一辆打着闪的警车停在高速路旁。警察披着黑雨衣，正愤怒地盯着她。

她刚想开口，警察对着她就是一通连珠炮，说，苕头日脑！懂不懂交通法？自行车和行人不能上高速，没人教你！不懂法，不为爹妈想想？啥时候了？疫情么严重还乱跑，你老特儿爹不担心你？不考虑他们，不担心自己？一个灵醒的姑娘伢……

警察嗓音喑哑，语速又急又快，还夹杂着方言土语。

她甩了甩雨滴，掏出背包里的证明，努着嘴对警察说，我是医生！要赶回武汉！

医生？警察满面狐疑，警惕地说，把口罩戴好先！

我老特儿爹早死了！不用别人操心！如怡抽出口罩戴好了，心里有点冒火，跑了一夜，刚睡了会儿，就被人臭骂，就算不想和人斗狠，也没啥好声气。

他接过证明信，看了看大红印章，又仔细瞅瞅如怡冻得发白的脸，面色缓和下来，不好意思地说，你莫怪！执勤三天，睡了几小时，头脑不清白，把你瞎款了一顿，对不起！

看到大叔发窘，如怡也有些歉意，笑着说，警察同志，我也莫得办法，道都封了，没出租、没汽车，也不通火车，医院又十万火急。

你个姑娘伢，还蛮扎实！警察叹了口气，怜惜地说，可你这样走，也着实危险。记得要在应急车道溜边走，最好放个手电，打开灯，夹在后车座上，天亮了，但下雨能见度低。虽然是特殊情况，但高速毕竟是高速……

如怡应着，心里有点感动，这是好人，就是脾气暴躁了点。好人都喜欢替别人操心，脾气自然不好，父亲是这样，老胡是这样，警察肯定也是这样的好男人。想到这里，她浑身又有了力气，收了伞，慢慢站起。

她跺着麻木的腿，摇摇晃晃。警察忙扶着她，只是摇头。他突然想起什么，冲到警车，拿出个大保温杯，还有一袋食品，不由分说地塞给她。他说，这是老婆熬的红糖水，滚烫的，我喝了半瓶，在高速关卡又灌了些热的，你多喝些，暖身体。零食你也拿上，多吃点，保存体力，不能生病，好些人等着你救哩……

如怡没接保温杯，扬了扬手中的大保温壶，说她也有水，现在非常时期，要注意接触安全。可为了不伤人家的心，她还是抓了把零食，并表示那都是她喜欢的口味。警察满脸歉意地说，本来该把她带回武汉，可他有执勤任务，只能给她加油了。如怡自然不能让人家送。这么严重的疫情，警察同志也非常辛苦。

辞别警察，如怡继续上路。经过休息，精神好了不少，她看看手机高德地图，行程过了一半，只要再坚持一天，能在天黑之前下高速，就临近武汉市区了，她就算大功告成。吃了东西，喝了水，力气好像又长出来了。她先是推着自行车走了一段，活络了下气血，再骑上去，继续行程。

路上，她遇到好几次盘查，有警察、志愿者，也有下沉的机关干部、社区网格员。大家都敬佩她的勇气，她收到了不少祝福和鼓舞，也有人给她东西。那警察开始有点凶，但对她最热情，不知怎么，这让她想起去世的父亲。

天已完全放亮，雨小了不少。高速路上零零星星出现些车辆，都倏地一闪而过。她没有那么害怕了，打开导航，按照警察的提示，在车座后面放上了手电。

绿色单车稳稳行进着。高速两旁是一片片低矮的山丘，长满灌木和乔木，雨中的香柏、针叶松、国槐、油松，寒冷中倒没有凋零多少，只是笼着一层纱。市里的梧桐该掉了很多叶子吧，不知道今年的樱花还能像往年一样盛开吗？

树木顶端有些鸟巢，但没什么鸟叫，雨中的荒野朦朦胧胧，还没醒来，沉睡着，好似变成了蛮荒世界，只有一座座高压电线塔，被一根根电线连着，如同一个个沉默的黑巨人，宣告着人类文明的努力……

她骑上一段路，就休息休息。她还有一天多的路，不能一下子猛冲，耗尽气力，如果她赶回去累瘫了，就没办法救人了。这也是杜宾教她的。她停下，就给杜宾发语音，每条也不长，就是聊聊感受，讲讲路上遇到的事。

杜宾忙着救人，不能及时回复，但有点闲空就和她说说。病人等上许久排不上检查，更别提住院了。走廊和花圃都挤满了人。医疗设备不够，口罩、防护服都很稀缺，好在全国捐助源源不断送来了。杜宾有时表现得很兴奋，说，咱们这也算是赶上大阵仗了。

有时他也嘟哝着说，太累啦，我要多喝咖啡，你那份活儿，我都替你啦，你回来要请我吃大餐。蒜蓉小龙虾、铁板牛仔骨，还要红烧肥肠段、黄鹤楼烤鱼……

如怡忙不迭地回复，说，没问题，你可千万要等着我，保护好自己！

许久，杜宾回复了一个口含玫瑰的胖熊猫表情包。如怡心跳得厉害，像个吱吱响的小高压锅，烧得脸通红。

医院里，大家看他们走得近，没少打趣，连板着脸的老胡主任，都开玩笑说，你和杜宾“霉得像腐乳”，啥时公开？这么好的男伢，不抓住，被别的女伢撬走喽。

道理是这道理，章程是这章程，如怡也有些急。区医院分来不少年轻女医生和护士，杜宾长得帅、学历高、家庭条件好，很多单身女将都向他暗送秋波，有的更是直接表白。可杜宾沉得住气，不见动静。他能喜欢如怡这样的胖白甜吗？

四

春节前回来，她一直在照顾奶奶。

原先请了保姆，过节也走了。只能靠二叔帮忙照料。奶奶不能久坐，也不能总躺着，躺久了要生褥疮。她给奶奶洗衣服、收拾屋子、做饭、配药、打针，奶奶气色好了不少。二叔感慨地说，还好有你在。

二叔腿脚不灵，年纪不小了，还打着光棍，因如怡父亲是烈士，二叔被安排在县教育局看大门，工资不高，比较稳定。他没事喜欢喝点，如怡给他捎来两瓶高度“白云边”，他欢喜得不得了，拍着奶奶的手说，你孙女懂事，我这当叔的跟着沾光啦！

奶奶摇手，满头白发也跟着摇，皱纹里却笑出了花，说，和你闺女一样！

父亲去世后，母亲就把她丢在家，嫁给了一个荆州生意人。二叔帮衬她不少，特别是上大学，还给她缴学费。如怡现在刚工作，陪他们的时间少，春节要尽孝心了。

电视新闻也让人揪心，特别是“人传人已确定”，这更让她心惊肉跳。腊月二十九，武汉传出封城的消息。她打电话给胡主任。胡主任的声音更疲惫了，疯到板！很多人都向外逃，到处都是疑似病号，大家忙得快崩喽，我收回承诺，你快点回来吧！

但是，一定要注意安全！胡主任又叮嘱。

她赶紧用手机订票，可这时去武汉的票都没有了。她有点急，二叔对她说，县城里扯了条幅，小区也要封，你怕是不好回去了。

如怡下楼看了看，一辆放着高音喇叭的皮卡，缓缓从小区门口行驶而过，一个严肃的声音传出：广大民众配合防疫，减少外出，不要聚会……

声音在空空的大街上回荡，硬硬的，硌得人耳膜疼。

她去了超市，大家都在抢购东西。她折返回家，找上二叔，推着小平板车，抢购了不少米面、蔬菜、鸡蛋、鲜肉，还有卫生纸等生活用品。

如怡回到家，把情况和奶奶说了，奶奶轻声说，小怡，不回去行吗？

她愧疚地咬着嘴唇，说，我是医生！奶奶，医院好多病人等着呢，我得回去！

奶奶不再讲话，眼圈先红了，只是默默地看着二叔。

二叔跺了跺脚，叹气说，和你爹一个板眼！如今你也出不去，要不去县里当志愿者吧，在县医院一样救人。

看着奶奶和二叔，如怡心里也纠结。她又给杜宾打电话。杜宾半开玩笑地说，你还真是胖白甜，人家向外跑，你向里跑，你晓不晓得，医院现在是战场，医生有丧命危险？

如怡坚持要回去，杜宾给她出了很多点子。

大年三十，她早早地包了一上午饺子，准备晚上吃些，剩下的冻起来。她又跑到县防疫中心和荆州市防控中心，找负责人开证明。负责人都很惊讶，但听明白后又都挺支持，忙着给她测体温、检验指标，才开出了证明。等到从荆州回来，已是下午五点多。

她准备了零食、手电筒、几块手机充电宝、雨披、指南针、手套和口罩、防滑高鞫旅游鞋、备用药。犹豫了下，她还塞了把小水果刀。也不知能不能找到车，要有点东西防身。

大年三十晚上，天开始下小雨。杜宾给她发过来照片，惨透了，只能吃两包泡面外加两根火腿肠。如怡回复说，这是减肥餐，我最爱啦，等着我，给你捎点好的。

如怡给奶奶擦了身子。奶奶眨眨眼，低声说，这么快回去，着急看什么人？

如怡羞得脸通红，说，奶奶别玩闹，人家“冲锋陷阵”呢，哪有那心思。

奶奶说，不能总“冲”吧，这几天总给个男伢打电话，心里想得多哩。

如怡抹不开面，便丢下奶奶找二叔聊天。二叔喝着小酒看春晚，没工夫搭理她。她只能回屋收拾东西。找出父亲的大号保温壶，这是父亲留给她的遗物。她洗干净了，抱着它，思绪仿佛又回到了十年前……

县商场煤气罐爆炸，父亲去救火，为了保护战友，二次爆炸时挡在了前面，被炸得一塌糊涂，又被倒塌的主体墙压住，当时就没气了。

很多年后，商场拆除了，改建成饭店。

她依然记得，消防队领导不让看爸爸的遗体。奶奶哭昏了，她顺着震碎的玻璃，在下午惨淡的阳光下，看到黄丝丝的东西挂在玻璃碎碴儿上，那应该是爸爸身体的脂肪团和部分肉屑。

那是她平生第一次接触死亡。她想不通，好端端的人怎么说没就没了，成了一块块肉团。她不能想，父亲当时有多疼……

她不敢想象，燃烧起的浓烟，黑黑的、粗粗的，扭着沉重的身体在商场半空盘旋，连风都吹不散。那不是烟，是死神放出的精怪。

人活着太不容易了，会病、会老，有各种意外，一个人，能顺顺利利、快快乐乐地从生到死，那是多幸福的事！她不要别人像父亲那样，受那么大罪。

也有人说她傻。母亲就说她和爸爸都是苕货，一辈子发不了财。救人有什么好？不如自己有钱。有钱就开心吗？母亲改嫁后，给荆州商人生了个男伢，可她经常挨揍。商人还到外面找女人。母亲不敢管，天天打麻将，醉生梦死。难道这样活着就是幸福？

小时候，她问过爸爸为啥当消防员，又累又危险。爸爸笑着说，不是要啥回报。如果说有，那就是你干了好事，心里痛快，感到活着有意义、有价值，人早晚都要死，但你救了好多人，就是死了，也“死而无憾”！

想到爸爸这番话她都会流泪。她胆子小，可咬着牙也要当医生。急诊的活儿，又脏、又累、又吓人。出车祸的、急性病的、打架重伤的、工厂出事故的，一个个鲜血淋淋，或断手断脚，她每天至少换两身白大褂，每天必须洗澡，否则头发里的异味熏得自己都睡不着。病人死了，她伤心落泪，病人活了，她开心得像过年。

老胡教训她，说，急诊是个见生死的所在，天天这么折腾，仙家也受不住呦。

她重重地点头，可心里还是忍不住。有时吃点零食、打打游戏、看看小说，也是舒缓情绪。可事到临头还是感同身受。前一阵，她救活了一个出车祸的高中女生。姑娘伢很灵醒，皮肤白皙，水汪汪的眼。可惜少了一条腿。在女生带血的衣兜里，她发现一封情书，里面的甜言蜜语，让她又羡慕又感动。都啥年月了，有微信、QQ，还用这么老套的手段追女孩儿，可见是个情深义重的男人。如果那女生有机会继续这份爱情，她甘如怡是多大的功德哇!

她不是胖白甜，是救死扶伤的医生……

窗外雨声淅沥，黑暗中仿佛有无数叹息飘过，天空中似乎挂满了一个个垂着头的身影。如怡不怕，她站在窗台前，竟想得痴了。

五

出门最怕夜路。

如怡从没有单独在外面这么长时间。行程第一天，她先打车到荆州市，又想找出租车去武汉，可说什么也找不到。她只能找了辆单车，走锡海线，先去荆州大桥，上国道，再上高速。白天好说，虽说路上没人，但听听歌，骑着自行车也不害怕。晚上黑漆漆的，要在前方打开手电，并固定在车头，才能勉强看清路。

偏偏又赶上冷雨，好像特意考验她的决心。天又要黑了，看着地图指示，如怡晓得这是最后的行程。只要过了收费站，下了高速路，再走不远，就是武汉市区了。

杜宾不放心她，让她发起位置共享。

她发了过去，手机地图上，显出两个闪亮的红点，正一点点地靠近呢。

没有酡红落日的点缀，天一点点暗淡，好像白天喧闹的青水，静静潜伏入地下，只留下黑暗，还有在黑暗中喘息着的湿漉漉的公路——不断爬向远方。

山丘化身为沉睡的猛兽，树林和田野已面目模糊，只剩下一条条直线与竖线的轮廓，黑黢黢的，有浅有深，远方不知名的点点亮光，还有那束孤单的手电光，陪伴她前行。

她开始是怕的，她和想象的远方互相凝视。她唱歌，唱薛之谦的歌，唱邓紫棋的歌，给自己打气。歌声沙哑难听，早已走调，回荡在空无一人的蛮荒世界。

慢慢地，她安静下来，不怕了，整个人似乎浸润在某种冥想状态。

她好像走了一个游戏设定的黑暗森林，她就是一个精灵女法师，全身是各种神奇装备，系统给她的任务是三天之内穿越森林，赶到病毒暴发感染的 W 市，用特殊净化魔法，打败所有魔兽与异化生物，拯救全世界人民……

请注意，前方二十公里即将到达……

手机导航传来的声音，猛地惊醒了如怡。她抬头看，远方似乎有黑影，蜷缩在路旁，又像在慢慢蠕动。她有些担心，看前几天新闻，武汉因为封城，街上空无一人，居然有野猪闯入市中心。如果人类一年不出家门，是不是城市就会被动物重新占领?

难道，这也是个什么野物?

她慢慢停车，靠过去，用手电照那东西。雪白的光柱下，细细密密的雨中，那东西猛地长高、长大，一件雨衣抖落，露出一张惊悸恐慌的男人的面孔。

如怡吓得尖叫，掏出那把小水果刀，哆哆嗦嗦地打开，却说不出话。男人总比她强，慌乱过后镇定了点，虚弱地问，姑娘伢，你干啥？

能说话，肯定是人，不是僵尸或鬼。如怡也安定点，抖抖地反问，你干啥？吓死人呀。

我来武汉办事，不想被困住了。男人五十岁左右，病恹恹的，浑身是土，戴着个脏口罩，看不清颜色。他站着摇摇晃晃，又说，我要回家，找不到车，只能摸索着走起。

比我还急，如怡嘟哝着，猛然看到男人苍白的脸，紧张地说，你发烧了吧。

男人“扑通”一声又软到地上，带着哭腔，叫着，我不想死哇……

莫慌！如怡反而镇定了，说，我是医生，你先把雨披穿好，莫再着凉。

医生你要救我，男人放松了，重新蜷缩着躺好。如怡的心提得老高，这极有可能就是个疑似患者。她给自己加了一个口罩，在包里找出医用手套，仔细戴好了，又给男人在身下铺了层薄毯。那是奶奶织的，路上她都没舍得用。

她取了自己的碎花伞，遮挡在男人身前，然后说，我包里有吃的和水。

男人感激地望着她，却发不出声。如怡打开包，拿出饼干，拧开保温壶，用备用水杯给他倒了水。男人“咕咚咕咚”灌了几口，吃了点东西，总算有了些精神。如怡包里还有退烧药和消炎药，也都给男人用上了。

男人“呜呜”地哭了会儿，昏沉沉地睡去。他蜷在地上，好似一只小野猫，或一个无助的孩子。一个大男人一把鼻涕一把泪，想必这些天也遭了不少罪。

如怡用手机拨通了110，又发了定位给警方。雨还是又细又密，风却大了，四面八方包围过来。如怡穿好雨披，把那男人挡好，也把自行车挡在身前，但依然防不住，那细雨不停地向衣服缝里钻，冷得人禁不住发抖。

如怡就一动不动地站着，守护着一个素不相识的人。她咬着牙，尽量保持清醒。她也没想到，自己这么能站，而且是在这孤独漆黑的雨夜。她模模糊糊地想，快来人吧，要不然我就化成糖浆，流淌在这条高速路上啦……

约莫一个小时，一辆警车闪着警报开到他们身边。车门打开，跳出个瘦瘦的，灰白头发的警察，如怡一眼认出，竟又是先前骂她的中年警察大叔！

警察也乐了，拍着她的自行车说，又是你，姑娘伢！小甘医生，真是缘分，你还真威武，高速上就开始工作啦。

如怡也笑了，说，也是碰巧了。

警察从车上拿下一套新口罩、手套和防护面具，帮那男人穿好，又给他裹上一层厚毛毯，让他坐在警车后座，嘴里喃喃地说，你个老杆！作孽哟，不舒服还乱跑，传染别人咋办？莫得这姑娘伢，你在路上有大麻烦。

男人醒了，羞赧地缩着脖子，说，女医生了不起，我遇到贵人了。

警察说什么也要把如怡带到收费站。路不太远，如怡把单车挂在警车后面，挤到副驾驶位置。她心情激动，连续给杜宾发了几条语音留言，杜宾却一个也没回。

如怡怏怏的，可一想又释然了，也许他睡着了，也许正抢救病号，也许在吃东西——可今天多险呀，说什么也该安慰一下人家嘛……

一阵困意袭来，她插上耳机，手机音乐点播着薛之谦的《丑八怪》，这也是她最喜欢的一首歌。薛之谦的声音，低沉舒缓，富有磁性，歌声缓缓钻入耳朵：

如果世界漆黑　其实我很美 / 在爱情里面进退　最多被消费 / 无关痛痒的是非　又怎么不对　无所谓 / 如果像你一样　总有人赞美 / 围绕着我的卑微　也许能消退 / 其实我并不在意　有很多机会像巨人一样的无畏　放纵我心里的鬼　可是我不配 / 丑八怪　能否别把灯打开 / 我要的爱　出没在漆黑一片的舞台……

六

下高速时，如怡终于醒了。

她睡得真香，哈喇子都流到袖口上。警察不忍心，要把她送到医院，如怡拒绝了，让他多休息。警察叹口气说，等下一班吧，大家都在坚持。

临走时如怡忍不住想握警察的手，警察忙躲开，说，几天值勤，到处乱跑，你要小心喽。如怡眼圈红红地表示感谢。警察嘿嘿笑着，催促她，等她骑上车，才大声喊，小甘医生，我叫王维汉，江夏区的，保重，有机会再见！

如怡等不及了，下了沪渝高速再走绕城高速，过了收费站，到纸贺路，再走纸坊街、武昌大道、复江道，就能到达医院啦。到了也要先验核酸和体温，才能正式上岗，可她真是等不及了，她要和大家一起“战斗”。

天光已全放亮，雨停了，被小雨洗劫过的大街小巷，寂静得仿佛创世纪初，闪烁的红绿灯、路旁挂着落叶的梧桐、翠绿的忍冬青，还有小石桥栏杆的雨水与露珠都静默无声，仿佛在哀悼，又像在致敬。

毛茸茸的太阳，从远处银灰色地平线跌跌撞撞地爬出，跨过高架桥，攀上电视塔，又跳到越秀国际金融中心的半圆顶，甩走哈欠，依然灿灿的，仿佛一面胖胖的金鼓，在一片片亮晶晶的玻璃上，留下一道道白花花的纹路。

她闭着眼，鼻孔里是地面蒸腾起的水汽，细细嗅，还有热干面的香味、鸭脖的麻辣味、树木湿漉漉的清香气味，弥漫在空无一人的都市。

她从未见过这样的武汉，如怡想，将来也不会吧，这也许是她一生最难忘的城市早晨，不是游戏的“末日都市”，而是一个新的开始……

如怡看手机，杜宾还未回微信。她有点气也有些担心，气咻咻地打过去，电话意外接通了。杜宾哑着嗓，几乎说不出话，她赶紧询问。

老胡中标啦，杜宾伤心地说，昨天晚上送到重症病房，上了呼吸机。

什么？如怡直冒汗，说，胡主任前几天不还好好的吗？

我也咳了半夜，杜宾犹豫了下，嗫嚅地说，发烧、呕吐，还没排上拍片。

别吓自己！如怡有点着急，说，我快进市里了，你等着我！

我要是中了，杜宾说，你亲自送我，我不想一个人离开，我还没谈过女朋友……

你没事的！如怡对着手机吼，你也别得意，一大群女护士暗恋你呢，大不了我给你当备胎！

“扑哧”一声，那边杜宾也被逗乐了，听着情绪好了不少，他又说，有你这句话，也不枉我拼上一场，我死不了，等你请吃大餐呢。

如怡攥着手机，留意着导航，飞快地向医院行驶。位置共享上，两个“嘟嘟”亮着的红点越来越近了。虽说在警车小憩了会儿，她还是软绵绵的，提不起力气，脚板踩在车踏板上，完全没了知觉，但她依然骑得风驰电掣。蓝色羽绒服被晨风吹得鼓胀着，好似一片亮丽的小帆，施展着奇异的魔法，在空如大海的都市街道，飞也似的飘过……

月光下的黄羊

一

那是几年前的旧事了。我和安筠在乌鲁木齐转机，遇到航空管制，等了许久，顺利登机后，又飞了几小时才到了库尔勒。老韦靠在北京越野吉普上，已经等得不耐烦了。新疆太大，飞都要这么久。我和安筠在机场门口，一通乱拍照，发朋友圈。老韦翘着胡子，说:“内地人，高楼大厦挤惯了，到了‘撒着欢’的地方，傻了呗。”

我们和老韦不熟。他和我的同学是好友，我们也是第一次见。同学拜托老韦照顾我们。他这些天正好没事，陪我们在南疆转转。老韦是文联干部，父亲是哈萨克族，母亲是汉族。他有点凶，五十岁出头，身板强壮，浓密的短髭，喜欢叼着黄杨木烟斗。老韦学摄影出身，兼做导演，还是探险家，他刚给单位拍了纪录片，领导让他在家休假。

“闲着就难受，我前世肯定是头野驴，跑着才能活。”老韦搔着短发，自嘲地说。

我们哈哈大笑。不知为何，来了新疆，心一下就宽了，说话声音都大了，嗷嗷的，带劲。安筠休闲装打扮，围着纱巾，戴着路易威登的墨镜，还涂了防晒霜。这会儿，她也不管太阳毒了，爬上了老韦的吉普，打开顶篷，催促快些上路。她上车时还不小心蹭了保险杠。老韦的吉普，保养得油光水滑，经过多次改装，有些张牙舞爪。老韦赶紧过去，摆弄半天，轻轻地摸着烤漆，心疼地说："车可是我老婆，闯沙漠、上天山，漫漫长夜，全靠它了哇。"安筠赶紧道歉，老韦没发火，只不过盯着安筠，看了会儿，小声对我说："你的妞可真靓。"我白了他一眼，表示对这样的恭维，早已麻木了。

来南疆之前，我们做了"攻略"。博斯腾湖、罗布人村寨、库尔勒铁门关，这些地方都必须去，阿克苏的英买力、库车，还有塔里木乡，都是老韦推荐的。安筠想去小河五号墓地，那里有神秘的"楼兰公主"，老韦也曾参与小河墓地的发掘。他磕了磕烟灰，把烟斗放好，发动吉普，摇着头说："那是沙漠，不是闹着玩的。再说，那里现在归军区管，为了防止游客干扰，小河已被列入军事管制地。"安筠不服气地噘着嘴，说："你怎么能去？"老韦挺着肚子说："我是谁？我是中国最高资质的探险导游！余纯顺知道吗？那是我朋友！"

我越发觉得，老韦有很多神秘的地方。

老韦开车，和他的人一样，狂野彪悍，速度吓人。他多才多艺，会汉语、维吾尔语、哈萨克语、蒙古语等多种语言，民歌唱得好，肚子里的故事多，路上，给我们讲故事、唱歌，倒也热闹。安筠对他很好奇，问这问那。

我问："老韦，给单位拍的啥片子？"

老韦说："无所谓的，几天就搞定了，主要拍了自己想拍的。"

安筠也问拍了什么。

老韦丢过来一摞照片。都是天鹅，黑天鹅。火红的喙、黑亮的羽，有的交颈欢唱，有的独自觅食。背景是春天的、雪水融化的天山。

"黑天鹅原产澳洲，天山可不常见，爱上它们，我吃了好多苦。"老韦喃喃自语。

安筠惊叹着："太美了！一切是大自然的恩赐。"

安筠很矫情，外加小白领绿茶气质，不知咋的，我打心眼里腻歪她的做作浮夸。可我不得不承认，老韦确实是个有魅力的老家伙。

安筠似乎对老韦更感兴趣，又问了很多白痴问题。老韦瞟了我一眼，有一搭没一搭地和她聊着天。我索性闭嘴。他俩越聊越投机，老韦的语速越发快了，简直有些滔滔不绝。

老韦说，他拍了很多照片，也拍了半小时长度的纪录片。他窝在天山一个帐篷里两个多月。晚上寒风刺骨，躺在睡袋里，也难以入眠。白天阳光还好，就是山风太大，手和脸都皴裂了。老韦还说，黑天鹅求偶，特别浪漫，既会交颈鸣唱，还会以喙相碰、以头相靠。在天鹅两喙相碰时形成爱心形状，他拍得热泪盈眶……

"嫂夫人不管你？你不用管孩子？"我冷不丁地问了他一句。

老韦猛地打住，脸憋得通红，半晌才说："我们没孩子，去年春天，我们刚离婚。"

老韦像被针扎破的气球，精气神儿全没了，也不说话，自顾自地开车。安筠投来幽怨的眼神，责怪我破坏了氛围。我心里有气，我是“正牌男友”，她倒好，认识一个男人，不到两三个小时，就熟络得吓人。看着老韦吃瘪的样子，我不能再痛下杀手，便就此打住。

新疆的路太长，地方太空旷，开上半天，也遇不到一个人、一辆车。老韦的车速飙得快，开得倒平稳。沙漠公路在孔雀河边，两边的沙枣树、胡杨、巍峨的天山、透着黄色的塔里木沙漠，默默地向后飞速倒退，甚至容不得挥手告别。晚上九点，天还亮着，大团大团火烧云在天边徘徊，映红了我们疲惫的脸。

老韦低声吟唱，少数民族语言，曲调听着熟。他的声音不大，沙哑浑厚，带着点哭腔，旋律很优美。歌声伴着我们一路西行，向着预定休息地。我没打断他，静静地听着，安筠捅了捅我的腰，小声说：“《可爱的一朵玫瑰花》——哈萨克民歌。”

老韦偏偏头，若有所思地说：“年轻那会儿，我就想当‘阿肯’，在弹唱会上出风头，唱歌、跳舞、喝酒、吃肉，还有美丽的姑娘。”

他又用汉语唱起：

那天我在山上打猎骑着马，正当你在山下歌唱，婉转入云霞，你的歌声迷了我，我从山坡滚下，哎呀呀，你的歌声婉转入云霞……

二

接着几天，大家都玩得很高兴，小小的不愉快也烟消云散了。老韦大大咧咧，但也会照顾人，他带着我们在博斯腾湖乘船，在附近的少数民族小酒馆吃饭，特意买了正宗“五道黑”鱼。湖水清澈，养的鱼熬汤也就特别鲜美。小酒馆门面不大，后院飘着牛羊肉香味，门楣上写着几种文字，桌子、板凳油腻腻的，歪歪斜斜，像喝醉的酒客。

小酒馆客人不少，汉族和少数民族都有。我和老韦喝了不少伊犁特曲，出门一阵狂吐，吐完接着又喝。老板四五十岁，也和他熟悉，特意给我们送上大羊肉串、羊排和抓饭。新疆羊肉又嫩又软，不膻。说是“大羊肉串”，因为那串简直太大了，一串能顶上海的五六串，嗞嗞冒油，让人垂涎欲滴。我吃了一块又一块，吃得口滑，又要了一大盘羊排。抓饭也棒，羊肉和米饭混合着浓郁香气，葡萄干、胡萝卜、圆葱的搭配爽口去油腻，让人回味无穷。只是“羊肺子”，我吃着不习惯。据说是将羊肺洗净，将和好的面用水洗出面筋，呈糊状加油和盐，灌入羊肺，扎紧气管，在水中煮。我咬了口，荤香气顶到喉咙，有点受不了。

“喝酒！南方少爷，到新疆熏陶一下，才有男人气概。”老韦坏坏地笑着。

我也不打怵。虽说我是IT男，在苏州长大，但父母都是山东人，酒量是遗传的，我还不相信，三十岁的小伙儿会不如老头儿。几圈酒下来，问题来了：老韦不是喝酒，简直是向嘴里“倒酒”，又急又快，好像那只是几杯凉白开。

我吐过了两次，只能甘拜下风。

我趴在桌上休息。安筠和老韦划拳，她酒量太小，老韦意犹未尽，把老板扯过来，大家继续喝。老韦喝酒的同时，还唱着歌，引发了老板的感慨。俩老男人都是哈萨克族，来了个歌曲对唱。老板娘听到歌声，从后厨跑来，载歌载舞助兴。我和安筠很快被欢乐氛围吸引，也加入了。老板索性在后院点起篝火，很多酒客跑出来，在落日余晖下，喝酒、跳舞、唱歌。

小酒馆变成欢乐的海洋。他们有的唱《玛依拉》，有的唱《阿拉木汗》。店里伙计拿出不少乐器，有热瓦甫、冬不拉、那各拉鼓、都塔尔，这些东西我都不认识，是老韦告诉我的。看着伙计们轻车熟路的架势，载歌载舞吃饭的场景，他们肯定经历了不少次。老板娘岁数不小了，扭动着粗粗的腰肢，有着说不出的自信和活力。

这在大上海几乎无法想象。大家都端着，扮演高等文明人。安筠的脸上，此刻冒出了不少油脂，衣服也脏了，她牵着一个小男孩的手，跳得起劲，毫不在意。在上海，她走到哪里都保持优雅姿态，人多的地方，就戴口罩，对理财客户她也这样，虽然满面春风，但如果有人挨着她，她就客气地用英文说："请保持社交距离。"

醉眼蒙眬之际，几个鬼鬼祟祟的少年偷偷溜走了，想必没付账，跑得慌慌张张、磕磕绊绊。我告诉老板，老板笑着说："几个小巴郎子，认识他们的，别说扫兴的事啦。"

"古来圣贤皆寂寞，唯有饮者留其名！"老韦突然吟出两句诗。

"老韦别转，想阿依仙了？"老板打着酒嗝，醉眼惺忪地说，"㞞货！"

我扶着老韦。他从怀中掏出两个物件，摔到我的手里，说："兄弟，好朋友！礼物送给你和女友。"

我映着火光仔细看去，是黄褐色的物件，煞是好看。

老韦晃着脑袋，说："我打的野狼，在天山上，狼肉被这酒馆老板吃了，狼皮送了领导，剩下些零碎。狼蹄腕骨叫'狼髀石'，这对‘狼髀石’送你们了。”

“干啥用的？”我问。

“辟邪呢，”老韦有点撑不住了，喃喃地说，“让你们腿脚强健，跨越千山万水……”

我赶紧致谢，心头也一热，这粗豪汉子，也是重情谊的男人。

还有呢，老韦凑近我的耳边，小声说：“只能和自己的至爱分享，它象征爱情永恒呢。一只狼，只有两块不离不弃的狼髀石。”

老韦嘟哝着，重重地倒在地上，随即鼾声响起。我强撑着和老板把他搬进酒馆，歌舞盛宴才慢慢散去。我问老板，阿依仙是谁？

老板大着舌头，只是说：“老韦，就是团疯火！女人爱他，也受不了他。”

我要是女人，丈夫几个月躲在天山，拍天鹅、喝酒、睡帐篷、不回家，我也受不了。

“阿依仙究竟是谁？”我不死心，继续问。

老板吐出一连串白色酒泡泡，沉沉地合上眼皮，不再搭理我。

我把另一个狼髀石给了安筠，这才发现，骨头中央钻了小孔，拴着细红绳，正好挂在脖子上。狼髀石是黄褐色的，想来常被把玩，有些包浆的滑润感。

安筠接过狼髀石，不挂上，只拎在手上，慢慢转着，醉醺醺地说：“给了我不能反悔，将来有了新欢，再和我要，那可不行，进了我的账户，就是我的财产，是投资，是收藏，还是理财，我说了算。”

我苦笑着说：“随便你吧，一切看你的决定了。”

三

我们准备去阿克苏。春天快过去了，夏天要来临。这时的新疆最美了。车开累了，停下休息会儿，公路边抛出一线尿，敲着露着浅草皮的地面。我们尖叫、咒骂，和曲折顽强的胡杨成为朋友，远处偶尔路过的红狐狸，呆呆地看着，好像我们是怪异的野兽。

蓝天、白云、青草，寂寞广大的天地，不用考虑那些烦心事了。

西安交大毕业后，我去了上海的手游公司，打拼了六年，熬夜加班是常态，工资涨了几位数，但房价的飙升速度更吓人，浑身肥肉也跟着“繁衍昌盛”，足足长了二十多斤。安筠在金融机构搞风险投资，挣钱和我差不多。她面容姣好，身材修长苗条，属于带出去吃饭很长面子的女友。她刻意节食，每周去健身房，学普拉提和现代舞。私教课一节四百多，一年四五万块。我不让她去，可耐不住她撒娇。她在单位不吃食堂，每次都点高档外卖。高级化妆品与名牌包，没钱多买，总要有几个装点门面，服装也要牌子货，A 货是不可能的。那帮女同事，个个都是火眼金睛，穿得差点就会被她们嘲笑。

杂七杂八的花费，她的工资剩不下，还要我倒贴很多。我索性将大部分积蓄打给她，让她攒着，结果是她比从前买得更多了，特别是“双十一”这样的“砍手节”，让我噩梦连连。

我们这样晃着，眨眼到了三十岁，这才发现，早先潇洒没买房，如今要结婚才后悔了。安筠就不想结婚了，她说，目前状态挺好，俩人都不累。她依偎着我，拍着我日渐隆起的小肚子，说：“人家不想你太辛苦嘛。”

她拒绝见我的父母。母亲有些担忧，说：“你们和结婚有什么不同？你的钱，都给她花，又没有婚姻约束，小心当‘备胎’。”安筠这种细腰丰胸、大长腿的性感妹子，走到哪里都引人注目。她有个上级主管，说是带着她投资，打电话的暧昧语气能酸出柠檬汁。她在健身房也没少惹事，常有帅哥或有钱男人搭讪，说的是塑形马甲线、人鱼线的“健身梗”，要不就是投资理财、融资上市这样高大上的事。也有男人送她礼物，她还和人家吃过饭，却差点“吃了亏”。不是我小气，谁看着女友和别的男人暧昧，都受不了。我说：“你不要对男人媚笑，让人家误会。”安筠委屈地说：“没‘放电’，他们就是垂涎我的美色。”

这样的争吵次数多了，我们都很疲惫，也想过分手，可五六年的感情说分就分，有些舍不得。这次新疆之行，也是对彼此最后的考验吧。

阿克苏在西汉被称为“姑墨国”，也叫“白水城”，现在是兵团驻地。靠近市区，道路两边小商贩多了，老韦停下车，买了小白杏、香梨和哈密瓜。新疆日照时间长，水果特别甜，我们这段时间没少吃。进了阿克苏，整洁的街道，满眼绿色植物，让人感到舒适。我们稍事休息，又赶往阿克苏地区的新和县和库车县。新和县街头非常热闹，我为母亲买了羊毛织成的深红色毯子，安筠买了维吾尔族女式挎包。那些商贩，有的汉语不熟练，比画着和我们交流。东西挺便宜，我都不好意思打价。

买得很“热情”，很快我们就拿不动了，丢在吉普车上，回库尔勒想办法托运。

临近中午，吃点米肠和烤馕，我们开始向库车进发。烤馕又咸又香，闻着还有奶味。我们上了路，才发现带的水不多。老韦自从那天宿醉之后，人又委顿下去，情绪不高。我猜想，可能又触动了伤心事，也不好问。

大家恢复了沉默。走了一段，实在无聊，我开始说起“库车”。我不是文史专家，这方面的知识都来自百度大神。但当我知道，库车是传说的“龟兹”古国，还是精神一振。它是西域古乐舞发源地，也有著名的库车清真大寺。相传，唐玄奘西游，也曾路过此地。跑了半天，我有些疲惫，讲着故事，有些打盹。安筠还是兴致勃勃。

库车的西域风情更浓了。安筠买了十几个“吐哈齐苏甫”，维吾尔语意思是“圆形肥皂”。这是一种圆鼓鼓的肥皂，拳头大小，散发着点膻味。老韦告诉我，这是羊尾油做的，洗衣服不伤手，对滋养皮肤有好处。可这东西太占地方，老韦的车快塞不下了，我忍不住劝安筠少买点，她说：“反正都要托运嘛，我要送闺蜜，健身教练也不能忘。”我还想劝，安筠有点不高兴了，我只能将话吞咽回肚子。

安筠就是这样。她要干的事，五马八牛也拦不住。

我们在库车大巴扎上转来转去，转眼几个小时过去了。安筠又盯上了英吉沙刀。小刀做工精美，精致可爱，吃饭时用它切割牛羊肉，肯定非常舒坦。可这东西不能上飞机，办理邮寄业务也非常麻烦。安筠还要买十把，说要给她公司的男闺蜜同事，连带那个色鬼上司，一人一把。卖东西的老汉很高兴，看到大生意上门，主动降价。

我想了想还是说："别买了吧，不好带。"

安筠停下动作，气愤地看着我，眉毛抖着。这是她发火的前奏。她说："都和老汉谈好了价，怎能不买呢？想想办法，总能运回去的。"

我说："一个女孩，要这么多刀子干什么？别找麻烦。"

安筠的脸色由青转白，愤愤地说："我拿自己的钱买！不就是嫌弃我爱买东西？有话直说，别拿刀子说事。"

争吵突如其来。这些天，愉快的新疆之旅，让我们仿佛忘记了彼此的分歧，重新变回相亲相爱的情侣。可是，生活就这么阴险，总在不经意处龇出獠牙。我们吵了一路，刀子还是买了，后来证明，我的说法是对的，刀子的确不好邮寄，最后只能都送给了老韦。

老韦也不劝，饶有兴趣地看着我们。我们吵完了，他默默地带着我们向回返。

安筠又发神经，非要去克孜尔千佛洞。我们原计划第二天去，顺便去温宿天山托木尔峰。安筠的心血来潮让我更加不满。我说："快下午了，我们到达都天黑了，难道在外面露宿？"安筠毫不示弱，说："天似穹庐，地以为家，这才能体验大自然的神秘浪漫。"我说我很累，再说也危险。安筠冷哼了几声，说："你们这些都市 IT 男，都是宅居动物，你肚子上的肥肉都赶上孕妇了。你看人家老韦，那才是强健的纯爷们儿！"

老韦赶紧摆手，说："小夫妻吵架，别捎着我。"

"你别胡吣，谁是他老婆？"安筠气得拍着车，让老韦停下，说是要撒尿。

老韦停下车，安筠气哼哼地爬下，躲在车后的草丛里，哗啦啦地放尿。我和老韦到了远一点儿的地方。他给我烟斗，我不会抽，又塞来一根雪莲香烟。我平时不抽，可不知为何，那一刻，我的眼圈有点红，毫不犹豫地抓起烟，点燃，被呛了一大口。

“男人离不开女人，”老韦悠悠地说，“可在一起，彼此又会厌烦。”

老韦从怀中掏出银边小酒壶，抿了一小口，我想提醒他，开车不喝酒，喝酒不开车，可还是忍着没说。老韦慢悠悠地讲起他和“阿依仙”的故事。

老韦和妻子结婚多年，开始俩人都疯玩，没要孩子，三十多岁，想要了，却发现要不上了。老韦的老婆是少数民族舞蹈演员，比他小五岁，身材保持得挺好。老韦是野驴性子，喜欢冒险，一年时间，总有大半在外，要不就睡在单位，和一群朋友喝酒唱歌。老婆和单位一个三十多的男人好上了。老韦对妻子有感情，他憋屈，也曾想拿刀杀了那人，后来想想，自己也不对，可对是否离婚，他也拿不准，直到遇到阿依仙。

阿依仙是巴州的小学音乐教师。他俩在一台晚会上相识。老韦唱歌厉害，他说自己要不是读了大学，一定会成为“阿肯”。阿依仙也能歌善舞，俩人一首接一首地对唱，从《喀什噶尔女郎》到《草原之夜》，从《玛依拉》到《达坂城的姑娘》，把整台晚会气氛推向高潮，傻子也能看到这俩人眼中迸发出的“十万伏高压电”。

“我的心都被她唱得化了，”老韦眯着眼，喃喃地说，“她就是仙女。”

“你们在一起睡了？”我问。

老韦难得脸红了一下，那是“水到渠成”。阿依仙已结婚，还有个四岁的小巴郎子。她回去后，毫不犹豫地离了婚，还追到了老韦单位。老韦承认，这些年，他也有过艳遇，但这次的确动了心。恰逢妻子要离婚，他真的考虑和阿依仙结成夫妇。

“你为何不行动？”我接着问。

“我和老婆在一起，毕竟二十年了，二十年时间，就是两块石头靠在一起，也磨得光滑无比了。”老韦叹息着。

“难道没有其他原因？”我不太相信。

“当然，我也不想再被管住。”老韦干脆地说，“我快老了，不想被老婆孩子困在家里，只想死在美丽的天山，我要拍出最美的天山的图片，让世界记住天山，也记住我。”

这对阿依仙来说有点残忍。她为了爱情放弃了所有。我猜想，那对狼髀石，肯定是想给阿依仙的，不知为何，却给了我和安筠。老韦还说，陪我们游历南疆，也是为了躲阿依仙。她现在疯了一般要找到他。他心里很矛盾，对于再婚的问题。

安筠撒完尿，见我们聊兴正浓，自顾自地在车上打盹。老韦唱起歌：

人们都叫我玛依拉 / 诗人玛依拉 / 牙齿白，声音好 / 歌手玛依拉 / 高兴时唱上一首歌 / 弹起冬不拉，冬不拉 / 来往人们挤在我的屋檐底下

远处，几只黄褐色身影，飞速地在草丛中奔跑、隐没，露出几道闪电般的痕迹。

我猛地起身，要拿石头打，被老韦制止了。老韦说那是塔里木野兔，哈萨克语叫“火焰”，人们在野外看到它，会摆脱噩运，

迎来新生机。

“啥好事？从新疆回去，我们就分手。”我有些沮丧，我和安筠的事，也讲给了老韦。

“还有挽回余地，‘狼髀石’她没还给你呀。”老韦眨着眼说。

四

我和安筠闹别扭，互不理睬，老韦给我们牵线，过了大半天，我们才勉强搭话。又玩了几天，把地方转得差不多了。安筠突然提出，还没去过沙漠，想去看看。

英买力附近就靠近塔克拉玛干沙漠。老韦对是否带我们过去，有点犹豫。我们丝毫没有野外生存的经验。但安筠嚷着要去，说不到沙漠，不能叫去过南疆。没办法，老韦决定带我们去塔里木油区附近的沙漠看看。

从沙漠公路一路行驶，景色渐渐荒凉，绿色减退，黄色一点点地冒出来，慢慢地侵蚀了整个世界。坐在车里，满眼的苍黄，细细的沙子也从门缝挤进，钻进我们的头发和耳朵。安筠再次包裹严实，可神情颇兴奋。

公路走到尽头，我们终于踏上沙漠，软软的，上下颠簸，被黄色包围，陷入一种大自然的严肃冷漠。看向远方，胡杨林畔，孤零零的井架子，是石油井队的，也是我们的路标。

安筠在沙漠疯狂扭动、尖叫，把墨镜狠狠地丢在沙子上。她也有很多压力要释放。无尽的荒凉，我们如此渺小。没人在意我们。老韦递给她水，她也不喝，只蹲在沙上哭泣。

我开玩笑说："美哭了？这可遂了你的心愿。"

安筠没回答。我们在沙海走了一会儿，天色渐暗，老韦说，沙漠有些地方，导航效果差，要早点赶到附近的县城。我们回到车上，吉普车一路向西，车开了大半个小时，安筠突然冒出一句："我们分手吧。"

我蒙了，什么情况？分手不能这时候提吧，太煞风景了。

我强忍愤怒，冷冷地问她为什么。安筠说，她认识我时，年龄太小，现在她清楚自己想要什么了。我给不了她想要的。我说："你想要啥？"安筠继续说，万总比她大二十岁，但成熟稳重，事业发展前景广阔。他答应给她套现房，在松江大学城，一千多万，房产证写她的名字。万总带她看过房，而且他正在办理离婚手续。万总为了她，也牺牲了很多。

是那个"色鬼老总"。我扯着头发，眼泪在眼眶打转。我太相信她了。她和万总肯定不是一天了，之所以讲出来，看似无意，也是思虑再三。在新疆摊牌，比在上海闹起来好。等我们回去，该吵的吵完了，自然回归冷静务实。但我算什么？六年的时间、感情，还有我所有的金钱。这些也许都不能衡量。

老韦开着车，有些尴尬，咳嗽着，这更引爆了我的情绪。我明白，她就是要当着别人把事情讲出来，虽不给我留情面，但我碍于外人在场，也不能太过分。可我也是人，也有七情六欲和尊严。我恶毒地咒骂她是绿茶婊。安筠不甘示弱，讽刺我没本事、没钱，只有大男子主义。我们彼此伤害，都朝对方七寸打着，鲜血淋漓。

安筠大声说："就喜欢和老万做爱，他的活儿比你好。"我再也不能忍，伸手打了她。这是我第一次打她，也是最后一次。如此突兀，又如此自然。我们早上还在宾馆酣畅淋漓地做爱，相约回去后结婚。不到一天，世界全变了。难道是沙漠的缘故？

我们的撕扯影响了老韦。吉普车撞到胡杨树根上，彻底熄了火。

老韦撅着屁股修了半天，也没鼓捣好车，就拍着车座，狠狠地骂娘，我们顿时也“熄了火”。老韦担心地说，鬼地方，晚上危险。我们离县城数百里，走回去不现实。他拨打电话，却被告知晚上有狂风，沙漠能见度低，救援队不敢贸然开进，只能等天亮。

我和安筠有些心虚。老韦阴着脸，从车上搬下小帐篷，分给我俩两把狗腿刀。他寻找地势高的地方，有些许枯草和胡杨，安置好帐篷，将吉普挡在前面。帐篷很小，我们三人挤在一起，我和安筠只能脸对脸，互相搂抱。我呼吸着她身上的芳香气味，也只能忍受。

火烧云退却，墨色天空藏着无尽神秘。狂暴的风来了，像成千上万的人呼喊，风刮起树枝、沙粒，敲打着帐篷，发出“啪啪”的怪响。帐篷气温骤降，冷得打牙。帐篷摇摇晃晃，仿佛大海的孤舟，随时会被巨浪颠覆。我感到安筠在瑟瑟发抖，心下叹息，搂紧她，轻轻拍着她的肩膀。安筠开始抗拒，后来顺从了。她的泪水，大滴大滴地滴落在我的怀里。

我听到她的嘴里，默默地念着什么，似乎是“对不起”。

想起我们平时的百般恩爱，我的心软了，可此情此景，还让我说些什么？

“我们会死吗？”安筠颤声问。

老韦叹息着说：“沙漠凶险，早告诉过你们。”

“你不是探险家吗？”我说。

老韦自嘲地说:“可你们不是啊。我一个人,怎么也能活下,你们这些城市娃,哪见过这些。”

安筠抽泣着,声音越来越大。我也懊恼,糊里糊涂地置身险境,我也是鬼迷心窍,陪着安筠发疯。我这些年习惯服从安筠的命令,如今这个地步,只能挨着,乞求老天爷。

“情侣埋黄沙,死得其所,可怜我老汉当‘熄灭的灯泡’,陪你们死。”老韦幽幽地说。

安筠猛烈挣扎着、喊叫,要挣脱我的怀抱,从帐篷逃走。我努力安慰她,埋怨老韦说:“别吓她,没被风沙淹没,倒被你吓疯了,跑丢在沙漠里。”

老韦冷哼几声,说:“女人嘛,就这样。你这家伙,活该当‘绿帽大头’。”

我有些恼怒,也无可奈何。老韦塞来两个木片,让我们握着祈祷,是黄杨木切开的,上面有暗红色,似经文的东西。老韦说能辟邪。我们只能听他的,默默祈祷着。

时间过得太慢。我几乎是听着风声,一秒秒地数着时间。狂风仿佛无穷无尽,不一会儿,我们的帐篷周围积了不少沙。老韦努力从缝隙中把沙子向四周推。我和安筠也帮忙。不知过了多长时间,风渐渐小了。我们累得筋疲力尽。

老韦掏出小酒壶,抿上几小口,又让我们喝点,驱赶寒气。他又开始小声哼唱。我问他唱的什么。他说,哈萨克称呼死亡为“阿尔热瓦克”,送葬仪式叫“加纳扎”,他会唱送葬歌,有的歌词是从巴塔诗歌中演化来的。

“我们真要死了?”安筠带着哭腔。

“体验一下死亡感,有什么不好?”老韦说,“也许我们今天就死，也许，我们都是幸运儿，明天就会获救，最起码，挽歌能让你更加善待生活。”

我侧耳听去，老韦第一遍用哈萨克语唱，接着用汉语唱了第二遍，听着是：

群山绵绵，如骆驼的峰冢，黄沙漫漫，如哭泣的野风，百灵飞走了，喜鹊嚎叫悲恸，孤独的白鹰，再也等不到伴侣的爱情！

歌声悲怆，有无限感慨和伤感。我联想到自身，不禁潸然泪下。

风一点点地小了，似乎要停了，我心头一喜，刚想探出头，到帐篷外呼吸新鲜气息，老韦扯住我的胳膊，沉声说，他去拿些引火之物，必须点起火，让我守在这里。

我奇怪地问，这是为何？

老韦又问安筠身上带着英吉沙刀没有。安筠掏出两把，老韦打开，让安筠一只手拿一把，用来防御，狗腿刀太沉，女人舞不动。

我们被老韦如临大敌的样子搞蒙了。老韦紧张地说：“有狼，可能早盯上我们了。”

五

我们点燃篝火，材料不够，把安筠买的东西填了进去。好看的维吾尔族花布袋，胡杨木雕人偶，还有罗布人村寨的木质碗和筷子。羊尾油做的“吐哈齐苏甫”，可派上了用场，正好辅助燃烧。老韦说，火堆不灭，狼群不敢靠前。

篝火熊熊燃烧，在漆黑的夜色中，格外显眼。我说：“没看见有狼哇。”

老韦不答，只是让我侧耳听。火光闪亮，我仔细听，果然在远处，依稀有动物低嚎的声音，时断时续，时隐时现，并不明显。

我说：“你真灵，这么远都能察觉到。”

老韦“嘿嘿”笑着说：“多年的野营经验换来的，我和狼群没少打交道。”

老韦饶有兴趣地问我：“狼群扑来，你会独自逃命吗？”我说：“肯定逃不走，不如大家死在一处。安筠虽和我摊了牌，但毕竟是‘前女友’，我拼命也要护她周全。”

老韦欣赏地说：“好汉子，咱们该结拜‘阿哈印’，男人就要有气概。”

“离婚想必也要很大勇气吧？”我问老韦。

老韦拨弄着篝火，说，从前，他有自制火药枪，现在只能用夹子了，否则根本不怕几只狼。狼他可打过好几只。橘红色的火光映衬着天幕，极目处点点星光，我这才发现，风停了，天幕澄净透亮，星光灿灿，月亮仿佛一块圆香帕，又大又亮，散发着诱人的金黄色泽。它映射着荒凉沙漠，愈发让人感到自然的伟力与人生无常。

我从未见过这样的月亮。我赞叹着。兀的，远方似乎有生物在迅速接近。我爬起，一通乱喊，胡乱舞着刀。野物在不远处停下，怔怔地看着我。安筠的哭声更大了。

老韦凑近篝火，点着烟斗，美美地抽了一口，笑着说：“傻小子，乱喊啥，别惊了神物，看到它，是上辈子的福气。你小子要走运喽。”

我擦了擦眼镜，仔细辨认，是一头美丽的黄羊。月光下，它身材修长，黄褐色的毛又细又软，细弯的尖角，像一对可爱的兵器，白茸茸的尾巴，轻轻地抖动。最美的是那双眨动着的大眼，忽闪忽闪，善良、纯洁，有着无限高贵的东西……

我屏住呼吸，不能移动分毫，许久，黄羊消失了，远方的狼嚎也消失了，世界回归了宁静。老韦长长地舒了口气，说，安全了。我有点怀疑，这就完事了？可看着老韦肯定的目光，也没说啥。安筠受了惊吓，有些发烧，吃了药，沉沉地睡去。老韦去车后座，摸出两瓶伊犁特曲，还有些牛肉干，我们在篝火旁，吃喝了起来。

黄羊引走了狼群，老韦说："这是它第二次救我了。"

老韦说，他多次遇险，最凶险的有两次。一次在小河五号墓地。两块黄杨木片是墓地辟邪之物。回去的路上他差点被风沙埋葬，成了第二个"彭加木"。他三天没吃东西，一天没喝上水，凭着毅力和野外生存能力，最终走出了险境。

"第二次遇险，是我自己'作'的，"老韦苦笑着，"我当时想死。"

那时老婆出轨，老韦又遇到阿依仙，特别烦闷，冒险二进罗布泊。戈壁、荒漠、巨石，无法预知的野物，还有无边无沿的死寂。神秘磁场的干扰让他的卫星电话失灵，他凭着经验，靠着星星辨别方位。第三天，他断粮了，凭着直觉他感到一群狼远远追在他的后面。

"害怕吗？"我问他。

"不怕是假的。"老韦说，第五天晚上他又渴又饿，睡在一道窄窄的山梁上。那是牧羊人常走的小道，仅容一人通过，两旁是陡峭山崖。晚上山风寒彻骨，他怕掉下去，就把自己捆在道旁一棵树上，手里紧紧握着狗腿刀。他设计好了，这里是一夫当关，万夫莫开，狼只能一只只地扑上，他只要杀死几只，堵住小路，后面的狼只能干瞪眼。

"你和狼搏斗了吗？"我问。

"它们在山路底下聚集成一团，不断嚎叫，扰乱我的心神，"老韦说，"狼是狡猾的动物，它在寻找时机，等我疲惫大意时再冲上来。我紧张万分，丝毫不敢合眼，和群狼对峙了一夜。奇怪的是，第二天早晨，我迷迷糊糊醒来，狼群撤走了。"

"野狼被你吓退了？"我笑道。

"怎么可能，"老韦又说，"天亮后，我到了山脚，才发现一只黄羊剩下的毛发和血污。狼群发现了它，吃掉了，又看到我不好对付，才放过了我。我用尽所有力气，将黄羊剩下的部分埋了，立起一个小圆坟，坟头的小木牌，是用刀削的胡杨木，上面写着我的名字。"

"为什么这样做？"我不太理解。

"黄羊是代我死的，"老韦说着，眼圈湿润了，哽咽着说，"人要信些什么，才会懂得放手成全，为了别人，也为了自己。"

我没再问。老韦断断续续地说，他获救后，在月光下，对着两只牧羊犬，说了一夜话，喝了一夜酒，也哭了一整夜，想着那只黄羊。老韦承认，他当时发誓，如果那只黄羊再救自己一次，他就娶阿依仙为妻，生孩子、挣钱，再不去冒险了。

那晚我也喝醉了，也痛哭流涕，我仿佛也看到了那只黄羊，月光下，它迈着曼妙的舞步，独自舞蹈……

六

和安筠返回上海后，我查了不少资料。南疆野生动物很多，有黑鹳、鹅、马鹿、野狼、野驴、塔里木兔等，但黄羊现在难见了。由于人类的捕杀，它们越走越远，只能在最荒凉的、人迹罕至的地方，才能看到它们的身影。如此说来，我们是幸运的。

安筠嫁给了万总。他们的婚礼盛大而隆重。我将我的那块狼髀石送给了安筠，并祝他们幸福。我不再熬夜加班，也常去锻炼身体，体重减了下来。半年后，我遇到了张茜。她在杨树浦的一所小学当英语教师，长相平常，但性格温和，对我父母非常好。我们在元旦结婚了，并商量着去一次南疆。

我给张茜讲了老韦的故事。她非常惊叹。问我阿依仙长什么样子。

我拿出了一张照片。这是一年前，老韦寄给我的。照片上，一个俏丽瘦削的女人，幸福地依偎在老韦身边。她的皮肤有些黑，眼睛却又大又亮，仿佛曾在哪里见过。

照片后面，有老韦写的一行粗犷的钢笔字：

感谢黄羊。

爱情买卖

一

梅雨季节，黄昏，小雨很密，贼头贼脑的，摸得你的心发痒。

我想出门。我在屋里转了六十六个圈，步子很慢，拖鞋拍打着地砖，地砖上有好些油渍，粘在鞋底上，像奋力阻止我的诅咒。

父亲死前，我们就住在这栋回迁房里。这也是面粉厂并购前的最后福利。父亲死后，狭窄的两居室宽敞了不少，我还是感觉他躲在瘸腿书橱后面，蜷缩着腿瑟瑟发抖，头发里有面粉飘落，或者鼓着腮，潜藏在水缸深处，吐着泡泡，默默注视着我。我长得像父亲，他也胖，藏起来不容易。

母亲闭着眼，喝着桑叶茶。她很瘦，看到肥肉，都会不由自主地颤抖。她不许父亲跟她同床，让他睡在沙发上。她的肉从皮肤下逃走，只留下一道道褶皱。她躺在油腻的躺椅上，挠着肚皮上那块白藓，吐出茶根，讨厌地说，你转得我头晕，你真是作死。

我想出去。母亲却说，雨凉，风也不小，不要去了。

要少吃哇，母亲强调，别像你那死肥鬼老爸，太胖了，追不到女人的。

母亲露出被茶叶染得黑黄的肿胀牙龈，笑着。

我晚上只吃一碗蛋炒饭。我做的炒饭好吃，不过多加了一个蛋。

我回到屋子，打开手机。我约定和“闲看花开”在这个时间聊天。我盯着墙上的钟表，迟迟不愿打开微信。

离婚后，我不愿和陌生女人接触，相亲我也不去。两个人，牲口配对似的，对摆在台前，唇枪舌剑地“杀价钱”。“买卖”太诡异了。我不想被当成牲口，母亲骂我假清高。你不过是失业在家的厨子，你以为自己是贾宝玉？

有“两百多斤的贾宝玉”？如果有，肯定是我。可惜，没有。

我不是贾宝玉，也不是种猪，我下定决心，就算风干成老腊肉，也绝不跳进不喜欢的“锅”。半年前，我离开了团结湖酒店。我炒菜不难吃，前妻都不说我做的饭难吃，是老板经营不善饭店倒闭，关我屁事。母亲从不说我烧的饭好，她皱着眉头，不断抱怨，说，花生油放得太多，浪费钱又堵塞血管，想害死我啊，你就是“啃老”的败家子。

这些事，我只对“闲看花开”讲。

我想对交通广播电台深夜节目《田姐夜话》谈谈，她很不耐烦，哼哼唧唧地应付我，我随口骂了她一句，挂断了电话。

没人听我絮絮叨叨讲这些，只有“闲看花开”。我问过她，为啥喜欢听我说无聊的事？她说，我都闲得看花开了，也不差你这点破事。

她主动从“附近的人”加了我，四十多岁的女人，年龄和我差不多，头像照片气质还行，就是眼袋有点大，脸上肌肉松弛。

我问她要照片，她不给，想来照片也不一定是真的，我没计较，虚拟世界嘛，不必太认真。

我手贱，加上了她。我不想搞女人，也不晓得她是不是妓女。我只是无聊罢了。

深夜，下着小雨，我打着应急灯，在微信里和“闲看花开”瞎聊。母亲不让我开灯，说浪费钱。手机屏幕一闪一闪，我关上声音，只能看到一行行字，不断从蓝色屏幕蹦出来，像一列列整齐的黑蚂蚁。我们聊得很嗨。我好像看到了父亲，他藏在天花板里，从年久失修的裂开的三合板材之间，露出眼，调皮地眨着。他鼓励我和女人交往。我有些担心，他太胖了，会从天花板掉出来。

那个雨夜，噩梦开始了。

二

母亲还没睡。下雨天她的风湿病会犯。她的呻吟声，从外屋传来，若有若无。自从从肉联厂内退，她身上毛病不断，舍不得花钱治疗，只按照收音机指导，弄点土方子，金银花、桑叶、枸杞、柠檬片，还有乱七八糟的东西，她用热水泡好，大口吞服。她说，是在肉联厂冷库冻出的毛病。我不这么认为。

她呻吟半个小时，会慢慢睡去。母亲睡相不好，打呼噜、磨牙，还常会骂人，通常是骂父亲。我听到叽里咕噜的骂声。父亲肯定趴在床底，抖成一团。我打扫房间，常在母亲床底发现些面粉似的粉末，肯定是父亲留下的。我拈起一小撮闻了闻，有股冰海鲜的怪味，想必父亲前些日子躲在冰柜。

这栋破旧的单元楼，生活永远乏味单调，外面有沸腾的生活，我却丧失了闯进去的勇气。我还在发微信。“闲看花开”给我各种指令，我按照她的要求，聊天或发短视频。不知何时起，我的生活已离不开“闲看花开”了。

开始我们只闲聊，天南海北，乱七八糟。我很惊讶，我居然这么能“尬聊”。我和前妻好几年说过的话，都不如和她说的多。她的性格有些多愁善感，常转发鸡汤文、情感类小散文，搞得像文学青年。我说，你这个状态像“笔友”啦。她惊讶地问，“笔友”是啥？是互相交换钢笔，还是“炮友”别称？我被她逗笑了，说，你是啥文化？我可是正经职业中专，烹饪专业毕业。咱们这个年龄的男女，咋不晓得“笔友”？我喜欢《知音》和《女友》，那时的刊物，登载寻找笔友的启事，也是男女交往方式，类似陌陌这类交友软件，我认识了几个女的，常给她们写信，我还写过小诗呢。

你还写诗？笔友还联系吗？“闲看花开”问道。

那都是上世纪的事啦。我那点浪漫心思，早被油烟味熏没了。笔友也早不知落在何处。我现在是啃老宅男，失业的无聊家伙。

聊天时间长了，我要求视频。我对她有些好奇。她让我在抖音注册小号，专门给她一个人发生活短视频。我可不干，太麻烦，我有时间还要打游戏呢。《王者荣耀》要练级，《英雄无敌》这样的老款单机游戏也是我“怀旧的菜”。我没时间弄短视频。我问她，为啥不愿意和我微信视频，发照片也好哇。她说，我长得丑，怕吓到你。你们男的喜欢美女，看到我就没兴趣了，还不如朦胧点好。

老女人都古怪。我怀疑，她是残疾，或烧伤过，要不就是超级大胖子。丑肥的“乔碧萝”，都能修图成网红，不就是开个滤镜，多操作几套工具？再说，她让我发视频，我却看不到她，这不太公平。我想了想老女人挺可怜，就发了一个生活照。她收到后，居然给我发了一个百元红包，说是奖励我。我眼疾手快，迅速点了接收，贼兮兮地说，人丑不怕晒。我虽然胖点，年轻时还挺清秀，眉眼五官说得过去。虽然现在身材走样，可颜值这块，在老女人面前还是有些小自信。

“闲看花开”也晒图，都是摆拍各种美景和美食图片，五星级酒店吃早餐、高级料理店享受寿司、西藏雪山朝圣、大兴安岭看森林这类东西。我心里说，这可好，改“凡尔赛版”图文鸡汤啦。我试探着问她，你是富婆？怎么这么闲？她说，前夫有几个钱，离婚后我靠出租公寓过活，日子凑合吧。

也是离异的。我有点心动，嘴上说，富婆爱小鲜肉，没工夫搭理我这肥腌肉。

小鲜肉有啥好，太轻浮，男人还是老点有味道。“闲看花开”说道。

“闲看花开”口味真重，连我这样油腻的大叔都会欣赏，我真“热泪盈眶”了。话虽如此，我也没当真，没傻到求包养、求同居的地步。我只把她当一般朋友。她那么闲，这让我羡慕。我也闲，但没钱就麻烦了。母亲催促我去找工作。

我吃过中午饭，在打游戏。自从不上班，中午到下午三点多，是固定的游戏时间。早上起得晚，九点多，早饭就省掉了。上午我上网、看影视剧，或看看闲书。我翻出少年时热爱的温瑞安武侠小说，看得津津有味。无所事事的感觉太爽了，再也不用听老板的呵斥，也不用担心上班迟到。

日子宁静舒适也让我越来越懒散。下午，我陷在阳台的黑色躺椅上，昏昏欲睡，淡蓝色耳机线垂下，从那股电流冒进我的耳朵，是张国荣的粤语歌《风继续吹》。迷迷糊糊的梦中，我仿佛看到父亲慈祥的面孔。他胖胖的头颅，似一个发面团。笑嘻嘻地拍着我的肚皮说，胖胖崽，想吃烙油饼还是牛肉包子？父亲活着的时候，是面粉厂最会做饭的员工。我当厨师也是受到他的影响。此刻，黄茸茸的阳光映衬下，我闻到父亲身上淡甜的面粉味。我的眼角挂着几滴眼泪。我太想念他了。此刻的阳台，如同被春日阳光烫伤的白铝锅，散发着聚集而来的团团热量。我燥热无比，下身肿胀得难受。老婆的身影又冒了出来，她冷冷地盯着我的下身，满眼都是鄙夷。可她的手还是伸向我的裤腰带。我哆嗦着，老婆的脸又幻化成一张从未见过的丑脸。她有大大的龅牙，猿猴似的眉骨，烂眼圈里还滴着黄水。她笑着说，我是“闲看花开”，我会让你舒服的……

我在母亲的怒骂声中惊醒，这才发觉，裤裆竟湿了一片。四十多岁了，居然还梦遗，我真是太闲了。母亲用鸡毛掸子抽打我的胳膊，“啪啪”作响。她警觉地看了眼我的裤子，羞怒的表情更加不可遏制。我吃光了家里的菜，而从不去买菜。我宅在家里后，我们就是各做各的饭。母亲瞧不上我的厨艺。从小到大，她从没有肯定过我。她最常说的话就是“像你那个死鬼老爸般烂没用”。

你必须找工作！母亲怒吼着，你必须交生活费！我生了你，养了你，还要给你养老送终？真是个没卵子的废物！

三

你打了老妈？“闲看花开”问我。

我被母亲打了。事实就是这样。我怎么敢打母亲。我从小到大，都是被她打。

你够屄的，也够衰，一把年纪，没女人泻火，还没几个岛国动作片？

我真没有。自从老婆离婚，我对那种事提不起多大兴趣，专心在家当“唐僧”，谁承想，做梦也能搞出事。可能我必须找点事做了。

我到劳务市场转了转，活儿还是有些，送外卖不行。我年龄大，又是肥人，跑不过精瘦的小子。干这行都是些带鱼似的家伙，像一张张卡片，飘着就飞速送来吃的。我不行，我只能点外卖。送快递也不好，我不习惯被人管得太紧。4S店招人洗车，我不会开车，也讨厌车，只能作罢。最后我发现，成衣厂要男工，只是干粗活、打扫卫生啥的。我面试了一下，我有本地户口，虽然年龄大了，好在他们不挑，就让我上了岗。一个月三千多元，加上补助能到四千，虽然不多，好歹也是收入。我回家告诉母亲，她铁青的脸色，终于缓和了一点儿。我干了半个月，十五号发工资，给了母亲两千元，她撇了撇嘴，终于不再找我麻烦。

有了工作，不能和“闲看花开”常聊天了。我只能晚上回去，和她聊会儿。她非常不满，连续发了几个“金鱼冒泡”图，在微信里说，这点钱，有啥干头？要不，你就整天陪我聊天，我给你五千块，包含全勤奖啦。我苦笑着说，别拿我开玩笑，我找个活儿可不容易。

我是想好好干的。可我干了一个月，整天被工管骂，就辞了职。母亲对此怒不可遏，也无可奈何。我说啥也不愿再去成衣厂了。

她为啥骂你？“闲看花开”问。

我说闲下来，我总要找大号衣裤，自己试穿一下。

你在工厂很闲？“闲看花开”不解。我说，累得要死，上厕所不能超过两分钟，我一刻不停地忙着打扫，处理衣服废料，还要清洁厕所。

那不是很好嘛，干活正好可以减肥。“闲看花开”说，送上张“棕熊跳舞”动态图。

好个屁，累得头昏，放个屁都要夹着，生怕耽搁时间。我抱怨着，顺便还了她一张“痛哭的唐老鸭”图。我俩喜欢在微信“斗图”，有时斗上几十张，玩得不亦乐乎。

你为啥偷着试穿衣裤？“闲看花开”又问。

成衣厂女人多嘛，那些女工，像养鸡场的白羽母鸡，手脚运转飞快，发出“咯咯”叫似的缝纫机的声音。我答非所问。

缝纫机不是“咯咯”叫，而是“嗒嗒嗒嗒”，像撞针撞击在人的心上。“闲看花开”纠正我说。她说，这和你偷试衣服有啥关系？我不同意，在我的眼里，“机器”就是“咯咯”叫着的。女工像一群勤劳的、摇着屁股的母鸡。我不喜欢母鸡，但我也承认，的确有几个女工让我动心。她们身材好，脖子白皙纤细，像混在鸡群里的天鹅。

我不是“辞职”，而是被“辞退”。我试穿大号衣裤，也是借口，我借机和一个管大码服装的女工搭讪。她的腰真细，乳房很翘，我时常想象把她压在身下的场景。尽管我使出浑身解数，她也不为所动，还向主管举报了我。这种糗事自然不能和“闲看花开”说。

你为啥不再去当厨师？“闲看花开”又说。

我累了，我说，我是个好厨师，可我讨厌油烟味，也不喜欢收拾厨房。

一个不喜欢当清洁工的厨师，肯定不是好裁缝。“闲看花开”调侃我。

“离家出走”的短暂生活，很快结束了。我恢复到从前的状态。母亲又焦躁起来。她开始持续不断地找我麻烦。嫌弃我起床晚，不打扫卫生，不洗澡，也不爱换衣服，诅咒我吃饭时噎死。最主要的责骂，还在于我没钱给她。她把厨房锁起来，让我做不了饭。那把大号铁锁，就像一只巨大的铁问号。我只能挨饿打游戏，将吃饭改为吃零食，或者点些便宜外卖。我一天只吃得起一顿饭。我再也不能在阳台晒太阳，母亲说，这妨碍她吸收阳光。阳台是她的，房子也是她的。她必须为自己的健康着想。我只能退守到那间属于我的小屋。从少年起，那间小屋就是我唯一的天地。现在，我的地盘也只有这么大了。

一天，我看到她带着一个贼眉鼠眼的老头偷偷溜进来。老头是她跳广场舞认识的。母亲穿着一件大红舞蹈服，紧身健美裤，这让她干瘦的身体显出几分健美。她的脸红扑扑的，泛着几朵“老年桃花”，她脖子上的青筋因为过于兴奋，跳个不停。她把那养生的、自配的桑叶茶，也给老头喝。俩人依偎在阳台上，说着情话。老头的手，在母亲的衣服里不断游走，好似一条贪婪的老蛇。

我路过阳台，他们并不回避。母亲挑衅地看着我。我低下头，看到父亲的脸从肮脏的地板中冒出来。那张圆滚滚的胖脸，似乎有着无限悲哀。他的脸慢慢与格子花瓷砖变成了一样的花纹，又慢慢变黑、发肿，像杂粮面馒头。他心肌梗死，最后离开世界时，头和脸都大了一圈，也是这样子。他的脸上带着忧愁，眉毛扭结。

我避开母亲和老头，去卫生间。母亲叫住我，说，不准在家里上厕所，小区有公共厕所，离得也不远。家里的水费最近又花了不少。我点头答应，母亲歪着头，看了看阳台上的老头，又看看我，冷冷地说，你最好在下月搬走，我和你温叔两情相悦，他要搬过来，你也想看到妈妈晚年幸福，所以你自食其力吧。

我没说话，回到小屋，打开电脑，登录了QQ。我不想用手机，我需要面对一个大一点儿的，会发光发亮、会说话的东西，讲讲心事。“闲看花开”的QQ号也一直在线上。我发语音告诉她，我今天糟透了，母亲要赶我走。她说，那你就搬走呗。我回答道，我没有钱。

工作这么多年，怎么没积蓄？“闲看花开”有点不理解。

我要求她打开摄像头，和我视频，否则今后再也不理她了。停了几分钟，她答应了我的要求。我打开摄像头，画面里是个模糊的女人，衣着老旧。她戴着一个加菲猫面具。“闲看花开”说，这是她的最大限度了。她不能让我看到脸，这是她的底线。

我同意了，就在摄像头前，我的眼泪“吧嗒吧嗒”地掉了下来。这是无声的泪，没有抽噎，没有号叫，我就这样默默地哭。

“闲开花开”非常惊讶，说，为什么？她不让你住，你就搬走吧。我讲起了我的事：我的积蓄很少。职业学校毕业当上了厨师，我每月都要将一半以上工资交给母亲。母亲说，这是回报她的养育之恩。这样持续了二十多年。妻子之所以和我离婚，也是受不了我婚后还要将大半工资交给母亲。再加上我们没孩子，她终于离开了这个家。二十年前，房子还便宜。我计划搬出去买一个小单元。母亲不同意，说她只有我一个儿子，我要照顾她，将来这房子就是我的，没必要浪费钱。我没办法只能同意了。就这样，我这个四十多岁的男人，没有自己的房。但现在我要被母亲赶走，不知到何处流浪。

你为啥不愿再当厨师？“闲看花开”问。

这件事上，我也撒谎了。我不想当厨师，很重要的原因，是我的味觉退化了。我做的饭不是咸了，就是淡了。我去医院检查过，医生也说不出啥，我只能离开团结湖酒店。酒店老板指着我的鼻子大骂，说我就是骗子，有病还在酒店上班，把他的生意全搅黄了。只有炒饭这件事，我有把握。即使完全没有味觉，我也能做出好吃的炒饭。

你太惨了。“闲看花开”的声音充满了同情。

我咬了咬牙，决定明天找地方搬走。我受够了母亲。我要工作，哪怕被别人骂，去工地搬砖，去掏下水道，也不要再面对母亲和那个猥琐老头。

你可以不离开。“闲看花开”突然开口。她摇动着加菲猫头套，声音听上去很有磁性，不像四十多岁女人的声音，虽然有点小沙哑，倒像是哑嗓的少女。有钱人就是懂得保养。

你可以继续住，还可以让那个老头滚蛋。“闲看花开”的声音充满诱惑。

不要安慰我，更别耍人，我惨透了，没时间陪你瞎聊。我气鼓鼓地说。

我说真的，“闲看花开”停了一下，飞快地在屏幕前打了个响指，说，你只要陪我聊天，随叫随到。就这么简单。我每月给你发六千元工资。你交给母亲三千元，并让老头走，今后不再干涉你在这个家的自由。

这样也可以？打个响指，就有六千元？她是“女灭霸”？我怀疑自己的耳朵。可事情偏偏就这么怪异。我成了“专业陪聊”。也许，她就是富婆，有钱人的世界，我真搞不懂。

四

我将三千元放在母亲身边，说我已有了工作，是“网络主播”。母亲非常疑惑。她不理解，为啥对着摄像头尬聊，就能挣钱。我又不是美女或帅哥。主播是虚拟的，钱是真实的，母亲摩挲着那些钱，得到了我的保证，每月都可以有这些钱。她终于下定决心，赶走温老头，也对我开放了“空间使用权”。我又可以自由自在地在阳台打盹，使用厨房和卫生间了。我明白这不是长久之计，可我不想改变。我喜欢宁静安稳的生活。

某天晚上，贼兮兮的温老头，失魂落魄地站在我家阳台下，吹着一把绿色小喇叭，那是他们广场舞的装备。小雨淅淅沥沥下个不停，小喇叭的声音被淋湿了，肿胀而呜咽，最终哑了口。母亲咳嗽着，始终没有探出头看他一眼。老头还是不了解母亲。她是一个非常坚定的女人，没有男人能改变她的主意。

收到第一笔工资，我和“闲看花开”的关系变得微妙了。我们不再是普通朋友。她成了我的“雇主”，我成了“打工仔”。这种感觉不太爽。好在“闲看花开”没什么过分要求。她发微信给我，我要陪她聊天，和她交流购物心得，更多的时候她喜欢听我讲童年和青年的故事。她很少说自己的事，就喜欢听我聊。我从最初的童年记忆讲起，讲到少年的叛逆，青年对爱情的渴望，中年的失败和困顿，父亲的死和妻子的离开。我讲得越来越流畅，越来越投入。我的表情越来越丰富，肢体语言也越来越灵活。我好像忘记“闲看花开”的存在，全心全意地投入到了回忆。

深夜，为了不影响母亲休息，我关上灯，只有电脑屏幕闪烁着蓝光，仿佛是来自另外一个世界的入口。我变成了一个喷吐咒语的男巫，对着奇异的光芒诉说，对着迅捷无比又无处可见的电波讯号诉说，对着虚空诉说，进行一次又一次灵魂召唤。我又看到了父亲。他端着大大的棕色水杯，里面泡着胖大海。面粉厂工作的人，肺部都不太好。父亲喜欢喝胖大海。他就站在身边，肥胖的身躯，似乎也变得轻盈，隐藏在屋内的黑暗中。他咳嗽着，被荧屏染成绿色的小眼，闪烁着奇异的、喜悦的光芒……

我想起很多自己以为已遗忘的往事：童年第一次吃冰糕的感觉、九岁时掉进冰窟窿差点淹死。我向“闲看花开”描述了冰水呛入肺部的绝望感受。我记起了初恋，那是我第一个喜欢的姑娘。一个白净羞涩的女孩，有着天鹅般的脖颈。我忘记了她的名字，但依然记得那种感觉。我不敢表白，每天晚上放学，偷偷地跟踪她回家。她要经过一片白杨树林，我小心地跟着，树叶被风吹得响动，我胆战心惊，又燃烧着激情，我生怕她发现我，又渴望着她的发现。

“闲看花开”喜欢这些故事。她时而落泪，时而欢笑。她说，你该去当作家，太会讲故事啦。听说我是流行歌曲爱好者，她让我给她唱歌，都是九十年代的老歌。我高中时喜欢刘德华，常在街头唱一首歌一元的“卡拉OK”，现在的孩子不能想象那场景：萧瑟的秋风，落寞的江南小城，大排档前还零落地坐着些烤串爱好者。我的父亲，一个谨小慎微的面粉厂中年工人，拎着酒瓶子在一个个摊前转悠，执着地寻找能为他付账的熟人，像个落魄的诗人。父亲没啥钱，被母亲管得死死的，他又喜欢喝两口，只能用这种没出息的方式讨酒喝。不远处，我刻意躲避着父亲，然而，简陋的话筒和摆在摊前的电视机吸引着我。我的初恋，就住在不远的那栋灰色的小楼。她的家在三楼，如果打开窗，就会听到我的歌声。我用粤语唱刘德华那首《缠绵》，“爱得越深越浓越缠绵，会不会让天红了眼，爱得越深越浓越缠绵，不问有没有明天”，歌词写得太好啦。我的歌声饱含深情，那扇窗却从未打开过。

后来女孩怎样了？“闲看花开”问。

她学习很好，考上一所不错的大学。在大学，她不再羞涩，成了学校的风云人物，当了学生会副主席。一个帅气阳光的官二代爱上了她。我恰好有个不错的同学，和她考入同一所大学。每年暑假回家，我都要去找他玩，向他打听女孩的消息。

她的人生很成功。“闲看花开”说。

可她没有嫁给官二代。大三那年，一个同宿舍女同学，嫉妒她的爱情，用滚烫的开水浇在她头上……她重度毁容，变成了“怪物”，无法承受，割腕自杀了。

结局反转太大啦，“闲看花开”说，肯定是你编的，搞得我好伤心哇。

这就是命运，我叹息着说，不是每个女人都像你这样，可以当富有的包租婆，还可以买上六千块钱的爱情故事听。

说得也对。“闲看花开”打出一行字，沉默良久，又说，鉴于故事非常感人，要对你特别奖励，希望下一个故事同样精彩！

我的微信跳出个鲜艳的小红包，我大吃一惊，这次打赏了一千元呢。我惴惴不安地说，我现在是你的员工，陪你聊天是正常工作，超额打赏，我很不好意思。

这有什么，“闲看花开”满不在乎地说，就当奖金啦。

母亲对我的“工作”非常好奇。她常打着各种借口，闯入我的“直播室”，在镜头中进进出出。“闲看花开”很不满，母亲就不敢再打扰了，但会悄悄地试探我。当得知“陪聊天”是我的工作，她大为惊叹，也流露出羡慕的神色。母亲说，我最喜欢聊天，你改天把我推荐给富婆吧。我只要两千元就好。我没好气地说，你觉得她愿意和您老人家聊吗？母亲因为我的鄙视大为恼火，但转念一想，也无奈地同意了我的判断。

过了几天，她又对我说，富婆不会看上你了吧？

我说，你儿子是小鲜肉吗？连你都恨不得赶我走，一个中年富婆，凭什么看上我？

说得也对，母亲搔着头皮，苦思冥想，她的头皮屑像纷飞的小雪片，落到桑叶茶里。她的脸皮皱纹堆叠，那些很深的皱纹，是雪花膏无法掩盖的。岁月刀砍斧斫的痕迹没有让母亲变得慈祥，反而更加狞厉。她对我的金钱来源不死心，总想把一切把控在手里。她威胁我说，胖胖崽，你是老娘肚子里爬出来的，你肠子里有几根蛔虫，我都一清二楚。不要和我耍花样。老温和我说了，你可能利用网络搞非法色情活动，如果发现了，我要大义灭亲噢。

我不理会威胁。贼老头还不死心，想搬进来。我怀疑他想霸占这套房。我在这里长大，房子也有我一份。我不会让他们的计谋得逞。我的办法就是少和他们接触。所以一天到晚，把自己锁在小屋，只有母亲出去活动，我才走出房门。我一天只吃一顿饭，也是在她不在时偷偷做的。母亲受不了整天待在家里，她的大部分时间都在跳广场舞，和老头打情骂俏。晚上回来，她辗转反侧，疼得呻吟。她有胃病，肝功能不好，所以吃得少，瘦得可怕，时常发低烧，心脏也出过问题。我还年轻，可以熬过她。我必须等她死，或彻底躺在床上。

我买了哑铃和瑜伽垫锻炼身体。我把锻炼视频发给“闲看花开”，她也非常喜欢。她说，我锻炼的样子，像只胖企鹅。我在抖音和微视注册小号，只有她一个好友。只要她不出门，有时间，就会通过各种工具和我聊，或看我录好的视频。我渐渐了解了她的生活规律。她睡得很晚，起得也很晚，喜欢泡夜店，去高档酒店吃饭，也去健身房和高级养生中心。每个月她都外出旅游，有时是国内，有时也去国外瞎转悠。

几个月下来，连工资带打赏，我收到“闲看花开”好几万，比我在酒店当一年厨师挣的钱都多。这让我信心大增。我每天做俯卧撑、玩哑铃，跟着网络上的瑜伽教练进行燃脂训练。我慢慢瘦了些，气色也越来越好。我和“闲看花开”的关系也越来越亲密。我甚至有了种错觉，她就是我最亲密的女人。我不敢向那方面想，怎么可能？差别太大了。她只是一时兴起，过段时间就会厌倦我，毫不留情地抛弃我，寻找一个新的可以聊天的男人。可我怎么办？我还能再回到成衣厂扫废料？还能忍受朝九晚五的限制和无休止的管制？

我突然很害怕失去“网聊”这份工作。我幻想着，能否真当“网红”，我先后试验“吃播”和“日常播”，但业绩很差，既不如“酒场鲁智深”这样有特色的中年吃播男，也没有小鲜肉的颜值，能靠唱歌跳舞获得打赏。奇怪的是，我对着“闲看花开”口才很好，面对广大观众就张口结舌、呆头呆脑。试验过几次，我的“网红”事业彻底失败了，我也缺乏坚持的勇气，只能老老实实地做“一个人的主播”。

她还是最喜欢听故事。我千方百计，绞尽脑汁地回忆，当故事缺乏的时候，我就翻找当年的《读者》和《女友》。那上面有很多有意思的故事。我尝试将很多小说和电影的故事，改编给她听，她也说不错，但还是说，以我为第一人称主角的掺杂着回忆和虚构的故事最真实，最有代入感。她喜欢的，打赏往往也很多，别人的故事听起来假假的，索然无味，打赏自然就少。

下雨的夜晚，特别适合听故事和讲故事。为了直播，我换上干净的黑西装，扎上领带，特意刮了脸，修剪了头发，看着年轻了不少。这一次，我讲了刚参加工作时认识的女人的故事。我只是一个国营大饭店刚上岗的见习厨师，二十出头。张姐比我大六七岁，长着一张娃娃脸，倒不显岁数。她结婚了，有个四岁的女儿。张姐爱笑，喜欢跳舞，厨艺不高，但仔细认真，很受大家欢迎。她教会了我很多东西，一些老师傅的私藏秘诀和绝招都偷偷告诉我，特别是怎么做蛋炒饭。

你的绝活儿就是从她那里学会的？“闲看花开”说。

的确是。她帮了我很多，我永远不能忘记，那双长睫毛的眼，还有甜美的笑容。她有意无意地握着我的手。温热滑腻的感觉，让我心惊肉跳。

你们在一起睡觉了？

我把第一次给了张姐。我什么也不懂，慌乱之中，几分钟之后，就弄脏了她的裙子。我们躲在厨房的那间杂物室里。那是深夜，我们不敢开灯，借着月光，我看到她红润的皮肤，泛着点点汗珠。

你们为什么没有走到一起？

我的心隐隐作痛。我爱张姐，那是一种深入骨髓的爱，可我害怕被人们指责。我们的奸情很快暴露了。元旦快到了，饭店组织联欢会，那年元旦，天空飘着小雨，大家又跳又唱，非常热闹。张姐穿了件红色女式软绒大衣，她突然拉住我，用半是疯狂半是哀求的语气说，上台唱首歌吧，我晓得，你最拿手的，是刘德华的那首《缠绵》。我点头答应，她又说，你要在唱歌前，向大家宣布将这首歌送给你的爱人——张芊！

你说了吗？“闲看花开”也有些激动。

我没说，我甚至没说这首歌是送给她的。张姐哭着跑出联欢会现场。她在雨里奔跑，像一团红色的火花，她在涌动的车流中，趺趺撞撞地飘动，像一条流动的血蛇。这团火花或者血蛇，最终被一辆摇晃的汽车撞得粉碎……

她死了吗？“闲看花开”哽咽着说。

我哀伤地点头，眼泪适时地挤出一点儿。“闲看花开”太容易动情，简直不像四十多岁的中年妇女。不过，无论哪个年龄的女人都相信凄美的故事。可哪有那么多悲情？张芊没死，也没出车祸，都是我编的。她尖叫着逃走，被丈夫狠狠打了一顿。她的丈夫到单位闹了一场，我被迫辞职，去了团结湖酒店。“闲看花开”也许不想听到这些真相。她居然发来五千元红包。我的心里乐开了花，盘算着如何用这笔钱买点游戏装备。

意想不到的事发生了。“闲看花开”在微信发来几行字：

你讲得真好，虽然我不爱你，但我爱上了你的讲述。现实生活中，我不能成为你的爱人，就让我们在虚拟世界成为恋人吧！

我拒绝了，不是我假清高，我只是打份工而已。虚拟世界相爱也许不麻烦，可我还想保持点可怜的尊严。我可以“卖”隐私故事，“卖”时间，但我不想“卖”我的爱。尽管，我也没啥爱心可卖。这世上，除了死去的老爸，没什么人真心爱过我。张姐只能算半个吧。

世上的事物，都有价，你的爱也并不值钱！

“闲看花开”生气了，打出一行字，不再回应我。我发微信，发现已被拉黑了。

我有些茫然和担忧。我的“主播生涯”，到此为止了？

五

离开“闲看花开”那段日子，我非常焦虑。她不再回应我的呼唤。我不明白，自己为何如此倔强地拒绝了她。不就是“虚拟恋人”吗？没啥了不起。就是真的娶她也没啥。我这样的人，还有女人喜欢，就算不是富婆，长得丑，我也该知足。

我期盼她再次联系我。

母亲对我的一举一动非常关注。我不再直播，她勉强挤出来的笑容也就消失了，好像绽裂的美丽水泡。温老头的身影，再次晃动在我家。威胁我的东西，又缓缓地逼迫而来，带着沉重的影子。我暗自哭泣，决定离开。我四处寻找着父亲的影子，希望他能出现，挽留我、安慰我。春天过去了，他却消失了，门缝、橱柜角、卫生间镜子后面，甚至厨房案板下面，都没有他。逐渐燥热的空气，弥漫着紫色微尘。阳台的光变得刺眼，仿佛要将躺椅上的我烤成一片金黄的、淌着油的厚面包。

我收拾行装，准备搬走。母亲进来，拉住我的手，面色哀戚。我讽刺地说，不用赶我，我自己走。母亲瞪着眼，号啕大哭，沉重的眼袋坠在她的脸上，似两块松弛的月牙形年糕。她告诉我，自己得了癌症，肝癌，她很害怕。温老头也不会再来了。我不动声色，甚至有几分暗喜。我观察着母亲，她清瘦的脸，蒙着一层灰蒙蒙的死亡气息。她的慌乱，不像假装。她平时很忌讳说癌症这类话题，如今提出来，恐怕是有所求。

她说，手术需要大笔钱，她的积蓄不够，让我拿出十五万。我说，没钱，我很快就搬走。母亲试图抱住我，一股冰冷的气息，传到我的身上。她很少抱我，我记忆中的拥抱也只是在幼年时期。突如其来的热情让我无比慌乱。母亲说，只要我能给她凑够钱，就将房产证上的名字改成我的，并写下遗嘱，将所有东西都留给我。你死了，所有东西不也是我的吗？我冷冷地说。母亲凶狠地把我推在地上，咬牙切齿地说，胖胖崽，不给我凑手术费，就赶紧滚出去，我会写遗嘱，一分钱不给你。

突然而至的难题，让我颇费脑筋。我真没那么多钱。我准备搬走时，手机响了，是“闲看花开”的微信。她先发了几个表情包，沉默许久才说，本不想和你联系，可我实在无聊，还是找你聊聊吧。我这个月还支付了薪水呢。

我将家里的情况告诉了她，并说，只能找到出租屋后，继续直播了。“闲看花开”说，十五万嘛，小意思，只要答应我的条件，就转给你。

“闲看花开”答应一个月内将钱转给我，条件是和她签“虚拟合同”，一个月内，遵从所有要求。我必须光着屁股，全裸，拿着身份证念一段誓言。如果我不守信，这份视频就会曝光在各大网络平台和社区。

网贷全是这种套路。我也只能不要脸，先要钱了。凑足了钱，母亲会写下遗嘱，将房子的名字改为我的，我才能安稳度过下半生。

“闲看花开”的语音留言，仿佛沙哑的幽灵之音。她说，这一个月，你是我的爱人，我会付你钱，你必须满足爱人和雇主的一切要求，这是你的责任和义务。你能做到吗？

我打了个寒战，隐隐感到后悔。我难道和魔鬼做了什么可怕交易？

我拿到第一笔三万元钱，心里稍微安定了点。我将转账记录给母亲看，她非常满意，乐颠颠地去医院交了部分费用。她拒绝住院，要在家里监视我，直到我拿到十五万为止。我爱你！亲爱的老公！你是我的啦！“闲看花开”勇敢地表白。“老公”这个词如此遥远而陌生。我这个网络虚拟的“老公”，拿钱买来的一个月的“老公”，并不喜欢称呼她“老婆”。

开始“闲看花开”并不过分，甚至有几分甜蜜。她要求我说情话，念各种爱情箴言，表达各类肉麻的海誓山盟。我勉强应付，按照她的吩咐做，她兴奋不已，老公老公，叫个不停，我直想呕吐。她还要求我汇报每天都干了什么，事无巨细，这让我想起有很强控制欲的前妻。后来，“闲看花开”的要求非常怪异，她要求我讲最痛苦难堪的记忆故事，爱情故事听腻了，她要更刺激的，她说，你要宠我呦，老公。

我想讲讲母亲的故事。母亲在肉联厂冷库上班。她抱怨说，她的人生是失败的，原因不是她初中毕业后，就在冷库挨冻，而是嫁给了一个窝囊丈夫，生了一个窝囊儿子。母亲年轻时有几分风情，身材瘦削高挑，就是眉眼长得凶。十一岁那年，我亲眼看到了母亲的出轨。那是夏天的一个下午，母亲和冷库主任张伯伯在床上滚来滚去，母亲发出快乐的呻吟。我吓傻了，呆呆地站在门口，看着他们翻滚，像两张热情的烙饼。张伯伯首先发现了我，尖叫着跳起，套上裤子，飞快奔出我的家门，好似一头受到惊吓的大象。母亲赤裸着上身，从床上跳下，抽了支烟，冷冷地盯着我，说，胖胖崽，你要告诉你爸，我就打死你。母亲打了我一个耳光，鼻血顺着嘴唇流下，成了两条暗红色的小溪。母亲的手是冷的，带着冰屑刺骨的疼，还有冻带鱼的腥味，狠狠地拍在我的脸上。我的右边脸颊高高肿起，耳朵全是轰鸣声。

你告诉爸爸了吗？“闲看花开”问。

我跑到了河边，步伐很慢，我从小就是胖子。那是条肮脏的小河，就在如今已废弃的国营东风化工厂的后面。夏天的阳光刺目，河水泛着黄色刺鼻的氨水味，还有一堆堆绿色或白色的泡沫。那一刻，我第一次想到了死亡。母亲说要打死我。我想象自己仰面躺在这条小河里的场景。泡沫会涌入我的口，将我泡成一具巨大的肉山，无数蛆虫会在我的身体里欢乐地唱歌。这简直是天下最可怕的事。

你到底有没有和你父亲说？她又问。

我当然没说。张伯伯年底发奖金，多给母亲发了几百块。母亲买了大衣，笑得开心。当我肿着脸，见到父亲，他似乎什么都明白了。他流着泪对我说，没关系的，胖胖崽，这不是你的错。父亲还给我买了两块甜美的巧克力蛋糕。

“闲看花开”对这个故事不满意。她没有打赏。她气咻咻地说，你们男人就是贱德行，没钱时，怕老婆；有了钱，就去找鸡、养情人。你卖什么惨？母亲也非常生气。每次我直播，她都在门口窃听。她暴跳如雷，说我污蔑她的清白。我没好气地说，编故事好不好。故事不刺激，人家不给钱。母亲没了脾气。她搔着头皮，喃喃地说，日怪，还有这么痴线的女人，陈芝麻烂谷子的事，有啥说头？

六

“闲看花开”要求越来越多，条件越发苛刻。她让我表演吃肥肉，让我学猫叫狗叫，在小区下面的健身器材旁，跳钢管舞。我咬牙忍耐，吃肥肉吃到吐，我学的猫叫，吸引了很多寂寞的母猫。我跳钢管舞，也引发了小区老头和老太太们的震撼。他们以为我是精神病。我只要满足“闲看花开”的要求，就会听到她的甜言蜜语，得到奖赏，最高一次一万元。我看着不断增多的存款，慢慢陷入疯狂，也陷入了对她百依百顺的受虐快感中。脸皮算什么，总比在车间累死累活地扫地，在灶台汗流浃背地炒菜要好。

母亲喘息着，脸上露出病态的嘲讽，说，天上掉馅饼，也不晓得有没有毒，你就傻吃吧。

我管不了这么多，我现在要赶紧凑够十五万，把房子拿到手。她对故事的要求也更高了，我只能讲了和老婆离婚的事。老婆是肉联厂大集体工，农村出来的女人。她的远房舅舅是肉联厂财务科科长。她长相平常，胖墩墩的，性子温顺。母亲正是看中这一点，才把她介绍给了我。我刚被国营饭店撵走，人生处在低谷，老婆对城里人很向往，对我还好，我没啥更好选择，就同意和她结婚。我们的婚后生活，平平淡淡，就是要不上孩子。

没有去医院检查过？“闲看花开”说。

检查过的，说是输卵管堵塞，要治疗，花费不小，而且可能还要试管婴儿。我们哪有那么多钱。这件事就拖下来。母亲对老婆看不上眼，经常打骂。老婆被打急了，也和她对打，也破口大骂，说的是乡下土语。我一点儿也不懂。老婆原来也不温顺。那些打架的日子，杯子和凳子乱飞，头发和头发缠绕，母亲扯住老婆的耳环，老婆扒下母亲的上衣。她们滚来滚去，像两只丛林里的母兽，鲜血和喘息声让狭小的房间更加拥挤嘈杂。我和父亲只能下楼去，到小区凉亭待上几个小时。我们相对无言。父亲的病已比较严重了，但还没有戒烟。我忘不了，他溃烂的眼角，还有忽明忽暗的烟头在黄昏暗影中，发出红灯似的警告。

她们谁厉害？恶婆婆还是悍老婆？“闲看花开”又说。

母亲当然打不过老婆，但她骂人厉害，还专门对着老婆的下身猛踢。老婆向我摊了牌，我要留在这个家，就和她离婚。否则俩人搬出去过，和母亲断绝关系。我不能决断，老婆就离开了我。她临走时，哭得一塌糊涂。她有些爱我的。尽管我说不上多爱她。

她说，怀不上孩子总是对不起我，就偷偷塞给我几千元，都是她辛苦攒下的。我不能要她的钱，她一个乡下女人，生活也难。我说，你还有啥要求？她说，给我做碗蛋炒饭吧，我最喜欢吃你做的炒饭。我流着泪，用心做了一顿，她吃得特别香。这也是我做得最好的一次炒饭。当老婆艰难地背着行李，推开房门，走了出去，我才意识到，这些年我们其实已经有了感情，只不过，我一直忘不了张姐……

我的眼角有点湿润。这个故事是真实的，完全没有虚构。不知为何，我竟忘记给故事加料，就这样直白地讲出来。我抱歉地说，不好意思，故事干瘪无趣，不算钱了，算是赠送吧。“闲看花开”沉默着，我惴惴不安。过了许久，她才说，这是这些天我听过的最好的故事。我说，真那么好？她说，真实的故事最感人，也让人感慨。我要奖励你。我的微信跳出一个红彤彤的转账红包，竟是两万元。我很高兴，都忘记了刚才回忆前妻的悲伤。

老公，想不想最快速地挣到十五万？“闲看花开”问我。我没反应过来，“闲看花开”在视频里发出低低的声音，左摇右晃，好像喝了不少酒，她还是戴着该死的加菲猫面具。她神经质地笑着说，当然可以，我说行就行。我看了看，还有七万元左右，如果你答应我的要求，今天晚上就都转给你，我亲爱的老公。

老婆，我要怎么做？我答应着，声音有些颤抖。

先脱光衣服。她的声音依旧沙哑。

我扒下上衣和裤子，露出凸起的肚腩和腿上浓密的毛。

转几圈，摆个 POSE 我看看。她又下命令。

我笨拙地扭动，很丑，我听到“闲看花开”刺耳的尖笑。她恐怕真有些精神异常，谁会喜欢看老男人的裸体？无所谓，这世界本就是疯人院。她疯了，只要我不疯，就有钱赚。她马上赏给我五千元，又下了一道奇怪的命令，她让我炒饭，炒出一锅香喷喷的饭。

我光着屁股跑，找各种配料。冰箱有剩冷饭，鸡蛋和葱花是现成的。我还拿了青豆、香菇、洋葱和火腿。我疯癫的样子，把母亲吓坏了。她说，四十几岁的人，怎么不知羞耻，在妈妈面前不穿衣服。我飞快地说，我要直播，不要打扰，今天我就能赚到十五万。母亲追着我，要在我的腰间围上一块布。我扭动着，摆脱了她，将食材拿到厨房，打开手机直播。

我的动作无比娴熟。蛋炒饭做得好坏，关键看配料和火候。火腿切丝和香菇丁搅拌，目的是提鲜，洋葱要切碎，防止油腻，青豆可以增加口感和炒饭的色泽，“扬州炒饭”常用它来点缀。炒蛋也很关键。一半蛋液，要在热油里搅成“金丝”；另外一半，要在米饭炒得变硬时淋下，然后爆炒，才能变成金黄颗粒。程序我太熟啦，闭着眼也能做好。油烟不断升腾，火光映衬着我沉重的肉身。我还按照“闲看花开”的要求，唱起那首很久不唱的《缠绵》。我的声音已变调，缺乏感染力，可我依然唱得撕心裂肺，兴高采烈。

“闲看花开”始终疯狂地笑着，还伴随着抽动。

我仿佛又回到青春时代。死去的初恋坐在锅台上，瞪着眼，盯着我，一言不发。张姐站在身边，鼓励着我，你行的，能做好这顿饭。前妻则抽着烟，悠闲地吐着烟圈，时不时给我鼓掌，烟灰都掉到我的脚面上，我也毫无察觉。父亲还藏在天花板上，下面女人多，他不好意思露面。他躲在缝隙里，担忧地看着我。他的眼里含着泪水，眼泪“吧嗒吧嗒”地落下，险些掉到锅里，破坏了炒饭。父亲有什么担心的？我马上就会有钱，继承这套房子，把贪心的温老头撵走。我会走上正轨，治好嗅觉的病，重新变成一个优秀的厨师。我会娶妻生子，过上幸福生活。我看到手机不断振动着，一个个大大小小的红包，从天而降，仿佛是血红的魔丸，五百，一千，两千，三千，一万……

蛋炒饭终于做好了。它们安安稳稳地坐在盘子里，冒着热气和香气，像一群听话的娃娃。我陶醉着，冷不丁打了个寒战，这才发现，裸体实在太冷了。我问“闲看花开”，老婆，可以穿衣服了吗？她继续笑着说，老公喔，还差两万块，答应我最后一个要求，马上转给你。我说，老婆吩咐吧。

很简单，割开手腕，把血滴在饭里，给我快递过来，我就在网吧包间里，等着吃呢。“闲看花开”撒着娇。

我感到了恐惧。她不是绿茶婊，也不是寂寞的富婆，她是疯子。我对着屏幕，破口大骂，要和她一刀两断。“闲看花开”的沙哑声音还是那么平稳，就飘浮在幽暗的、充满油烟味的厨房。她说，老公，别怕，割开一点点就好，我喜欢看血。我说，回家割你自己的烂 × 吧。她不生气，继续说我会补偿你，只要你割了，我不只打给你两万，还会追加三万，流点血嘛，大男人怕什么，就可以轻轻松松挣到五万。我套上内裤，准备关上视频。她又说，语气里有点威胁，你不割也可以，我就把你所有视频做成系列片，在各大网站和暗网上放映，包括你假装做爱的呻吟，还有打飞机的那些视频喔……

我的眼泪不争气地淌下，双手不停颤抖。我被这疯子控制了。我不能想象那些画面出现在网上的场景。我颤巍巍地举起一块刀片，对准自己的手腕。我仿佛看到，父亲化作一阵青烟，缠绕在我的手臂上，试图阻止我，可我不能停止。我只能继续表演爱情。爱的极致就是死亡吧。母亲也从外屋冲进来，她抱着我大哭，吼叫着，胖胖崽，不要和这个歹毒的女人聊天，钱我们不要了。再这样下去，你就是不死，也要疯掉。你要是疯了，死了，我依靠谁？

寒光的刀片，凑到了手腕，我听到血液“汩汩”流动的声音。它们也迫不及待了。

我吃了有你鲜血的饭，你就永远是我的人了。你一辈子别想摆脱我。“闲看花开”的笑声，继续从手机传来，像暴风雨中的海妖在哭泣……

七

团结湖酒店关门后，换了新老板。原来的二厨徐师傅，升任了大厨。我和他原本关系不错。他听说了我的事，很同情我的遭遇，打电话让我回去。他还说动新老板，给我涨了工资，毕竟现在物价涨得太快。他说，嗅觉的毛病，慢慢治，你炒不了菜，就打扫厨房，管着配菜啥的。咱们都是老伙计，我肯定罩着你。

我又有了工作和固定薪水。新老板人很好，还给我安排宿舍，和两个年轻人住在一起。我很高兴，能搬出母亲的家。经过那件事，母亲不再逼我，她也承认，所谓癌症，都是骗人的。是她和温老头想出的馊主意，要榨干我的钱。她答应我，拿出部分钱，补贴我在市郊买个二手小房。我的新宿舍就在大成路，高架桥附近。晚上睡觉有点吵，也无所谓了。我听着室友的鼾声，看到高架桥上飞奔着一辆辆汽车，发出各式各样震动、轰鸣和黑黑的尾气。楼下有家二十四小时便利店，我睡不着，去那里买最便宜的啤酒。我蹲在路边，喝着啤酒，吃着三块钱一包的卤香干。春夜星光灿烂，好似大海游船上的点点灯火。

想起这几个月的事，仿佛做了一场噩梦。虚拟世界是可怕的。我从未这么有钱过，也从未如此疯狂。我只是一个安静的胖厨师。

我被送到医院，母亲报了警。警察做了笔录，很快逮住了“闲看花开”。该死的女人，让我险些丧命。过了几天，警察说，她想见我。我想也是，她一直戴着面具，我倒要看看，这个歹毒的女人，到底是啥人，是奇丑无比的怨妇，还是个疯子。

警局的审讯室，我见到了她。小女生，十六七岁，长得白净，身材不是很好，有些臃肿，穿着挺时尚，浓妆艳抹，眉眼间全是戾气和不耐烦。她啃着指甲，敲着手铐。

老公是你吗？我们终于见面啦。她笑着，这不是我听到的“闲看花开”的声音。她马上说，我用了变声器，这才是真正的我。

我冲上去，打了她一个耳光，被警察拉开了。我一个四十多岁的老男人，居然被一个未成年小女孩，弄得割腕寻死，太丢人了。

她哭泣着，蹲坐在地上，嘴里喊，老公，我没想真逼死你。

真是神经病。我离开审讯室，头脑一片混乱。现实和虚拟之间，竟有着如此大的差别。一个好心的中年男警察走过来，递上一支烟。他告诉我，女孩家里开工厂，挺有钱，她很叛逆，小小年纪就不上学，到处胡混。我们问过她，为啥这么做。她说，你长得像她老爸，她的亲妈就被她爸逼得割腕自杀了，她恨父亲，纯粹拿你当了他。

她还说了，警察摸着下巴，嘴角有点若有若无的笑意，她喜欢你呢。

我没说啥就离开了警局，而警局那扇黑色大门内就关着年幼的"闲看花开"。我突然明白了，她的微信头像，可能是她的母亲，甚至微信号可能都是她母亲的。她见我时的口吻、穿着，也是母亲的。她在虚拟空间扮演了母亲。她努力模仿一个中年人的爱情经历。可她不是母亲。活人永远不能了解死人的秘密。网络世界也不行。

她给我的钱，她的父亲说，不算数，因为她未成年，必须退还，但可以考虑补偿。我算了一下，大约有二十万了，都还回去，真有些肉疼，就等着警方处理吧。

一个月后，我买了房，在离母亲家不远的小区。我没钱装修，还暂住在职工宿舍。晚上，汽车的轰鸣声中，我常做噩梦，梦到"闲看花开"，梦到死去的父亲。如果真有一个为所欲为的虚拟空间，我会用扮演父亲的方式想念他吗？我惊醒后，去便利店，买了几瓶啤酒，用隔天的报纸垫在屁股底下，坐在路边看着浩瀚的星空。星辰灿烂，好似无限虚空的电子屏幕，我想起那碗带着血的炒饭。那天起，我再也不吃炒饭，也不再做炒饭了。

母亲赶走温老头，依旧每天喝着桑叶茶。她坐在阳台的躺椅上，就能看到我的房子。她喜欢上了和我视频，提出各种要求，我也无可奈何，此刻，她正吐出口茶渣，淡淡地说，胖胖崽，你哪里会做买卖，还是搬回来吧。

南　方

除夕之夜，李江华踏上了远去上海的列车。

鹅毛般的雪花，把这个偏僻北方小城笼罩起来。车站冷清，车上人也很少，广播里播放着喜气洋洋的流行歌，旋律反复回荡在空旷的车厢。

李江华坐在靠窗户的一张卧铺，试着向外望去，白花花的一片世界，全然模糊着，看不清楚。他掏出烟，默默点上，烟钻进李江华的嘴，又失望地钻出去，化作一团空虚的雾，盘旋在空气中。

这里有人吗？一个男人彬彬有礼地问李江华。

李江华抬头看去，一个四十多岁的中年人，个子不高，瘦瘦的，皮肤白皙，戴着眼镜，看样子像个工程师，只是头顶微微脱发，上面还沾着一点儿没有融化的雪花。

李江华说，没人，坐吧。

中年人把大衣脱下，认真地挂在车厢挂钩上，坐在了他对面的卧铺。李江华这才发现，他穿着一件质地良好的毛料西服，西服领子上围着一条整洁的花格子围巾。

中年人看到李江华瞅他，也报以热情微笑，自然地说，今年冬天真冷呀。

冷呀，李江华漫不经心地回答说，谁说不是？

李江华原在一家大型国企给老总做秘书。后来企业亏损严重，老总调走了，去一个县级市做副市长。老总要带李江华一起上任。李江华跟了他这么多年，深知他的底细，就主动提出下海办公司，说要在市场上做出成绩，给领导做坚实后盾。领导对他的决策很满意，他的生意也做得红火，不过几年就有了规模。今天，他把老婆和孩子丢在家，撒谎说来上海做生意。其实，他是去找情人，一位温柔的女大学生阿琪。

李江华好几年没坐过火车了，平时有专车，事情急了坐飞机。他当时正在这个河北小城做生意，这里去上海没高铁，火车也只剩下了绿皮慢车。李江华急着见情人，将就着上了车。

绿皮慢火车，现在真不多了，上了车，李江华有点久别重逢的新鲜感。

火车发出“呜呜”的鸣叫，像一声悲伤的长叹，滑过了寂静的雪夜。接着，火车开始缓缓移动，慢慢地，火车速度加快，到后来，又变成了一种稳定的节奏。

李江华转动身体，艰难地挤在卧铺上。李江华上大学的时候很瘦，还是篮球队长，现在却成了体态臃肿的胖子。他平时也不太讲究穿着，只要穿得干净整洁就行，这也是多年秘书生涯养成的习惯。现在，他常穿一套灰色普通西装上班，西装扣子却一丝不苟，皮鞋擦得一尘不染，领带也打得很专业。看起来，还是办公室主任的派头，在一帮财大气粗的老板面前总有些寒酸。但李江华不在乎，他在乎的是实力，再说，正因为他这身打扮，公司员工谁也不敢懈怠。

李江华想着，斜眼向对面看去。中年人拿出一个玻璃杯子，在外面套上了白色毛线精心编织成的杯套，走到车厢口接了热水，然后小心翼翼地喝起来。

车厢广播的内容变了，传来了热闹的鞭炮声和歌舞声，原来是在转播中央电视台的春节联欢晚会，里面依稀传来诗歌朗诵的声音。李江华笑了笑，都什么年月了，大家还喜欢诗歌?

李江华曾有一段时间迷恋诗歌，常给现任的老婆写情诗。他长得不英俊，当年就是凭这个手段把老婆追到手的。他在单位搞文字工作，出过一本诗集。后来，引起了上面的注意，成了领导专职秘书。说起来，他也是一个不大不小的文人。现在，自己做了老总，喜欢别人称呼他诗人，而不是老板。他总觉得“老板”这个词，太泛滥、太庸俗。他又把当年的诗集印了几百本，专门送给领导和新朋友。这一招还真灵，李江华在圈里得了“儒商”的称号。有精明的老板说，李总，你这是超级炒作呀，明修栈道，暗度陈仓，真是高明。为此，李江华也得意了好一阵子。

歌声又响起来了。不知为什么，李江华平时很喜欢女孩子甜美的嗓音，但今天听了却不舒服，心里感到烦乱。他想，反正闲着也是瞎想，不如和对面的老兄聊聊天，打发一下时间吧。

听你的口音，是南方人吧？李江华主动问。

中年人抱着瓶子发呆，听到李江华问他，回答道，我的老家在南方，来北方工作多年了。

李江华笑着说，南方人就是和我们北方人气质不一样，你们的文化温柔含蓄，北方虽豪迈但粗疏有余。

中年人说，南方有什么好？我老家在上海，地方太拥挤，人也太会算计，不够舒展。我每次回家乡，人家都说，我在北方待了这么多年，简直变成了一个北方乡巴佬。

你做什么工作？李江华又问。

我是市机械学校的教师，先生你是什么职业？中年人反问。

小商人，做点小生意。李江华说。

做生意不容易哇，大年三十还要出门。中年人同情地说。

李江华为自己的谎言感到有些得意。毕竟，他这个老总也不白给，哪能让人一下子就认出了身份？逗一个穷酸的教书匠还不是绰绰有余？

可不是嘛！他煞有其事地说，现在生意难做，钱难挣呀。

那你舍得离开家人吗？中年人说。

李江华的脸上有点不自然。他出来的时候，老婆连问都懒得问一下，孩子也不太在乎，只让他多留些钱，春节和同学们一起去打网游。老婆知道他在外面有人，却不说破，两人还维持着表面关系。李江华知道，老婆也有情人，还是他的大学同学。他得知这件事后很是恼怒了一阵子，后来想，何必呢？反正大家谁也不干涉谁。把财政大权攥紧了，老婆不过是带着线的风筝，飞得再高，也逃不出他的手掌心。离婚，对孩子不好，还要分她一半财产，这就太不划算了。

不过一想到他在火车上忍受颠簸之苦，老婆却和情人在床上卿卿我我，李江华就感到心中燃起一股莫名的怒火。

他干笑了几声说，我也是没办法，人家催得紧呀。

中年人的目光变得有些忧郁了，他慢慢地说，还是不要这个时候出来，老婆会很挂念的。女人的心都软，一听鞭炮的声音，眼睛就会落泪。

女人心软吗？李江华暗暗想，女人才无情无义吧。就是阿琪吧，谁知道她整天在上海干什么？说不准她也在用他的钱搞男人。

李江华说，你们南方人就是多愁善感。我羡慕你们。不瞒你说，我从前也是诗歌爱好者，那时候，我心目中的女孩就是江南美女，《西洲曲》云：采莲南塘秋，莲花过人头。低头弄莲子，莲子清如水。那是什么境界！

李江华似笑非笑地总结说，南方的女子都是水做的，北方的女子是泥做的。

中年人说，此话怎讲？

李江华说，水一样的皮肤，水一样的性格。泥嘛，自然是又粗又干巴了。

李江华说着，阿琪的影子又在他的脑海里转了一下。南方女孩身材就是好，皮肤也白嫩，还会撒娇疼人。想到这里，李江华心跳就有些加速。阿琪虽说浪了一点儿，可真是十分销魂。

他简直有点迫不及待了。

中年男人羞涩了，温和地笑着说，还是你们北方女人好，南方女孩太爱钱。好一点的又心太脆，喜欢编织一些虚幻东西。北方女人也做梦，但长大了人就踏实起来，一心一意过日子，不像有些南方女子，简直一辈子都在做梦。我妻子就是南方人，她一直都像个做梦的人。

做梦不好吗？李江华听了中年人的话，心中也有了一点儿感慨。谁说有梦不好？他年轻时也有许多梦想，他想做北岛和顾城一样的诗人。那时，同学们喊他“做梦的诗人”，那是真诚的。现在，他在梦中也盘算着商场竞争，哪还有什么浪漫？哪还有什么诗？不过是捣鬼罢了。

中年人看李江华不说话，连忙又说，北方的女人还真是有很多好处，北方女人不小心眼，我妻子就总和我闹别扭，而且每次都是我给她赔罪。

还是南方女人好。南方女人会保养，懂得生活品位。李江华坚持，有一点强词夺理的味道。

李江华说，我老婆是北方人，原来还有点淑女样子，现在，除了喜欢吃肯德基、打麻将，就是追肥皂剧，简直一塌糊涂。女人的气质，需要文化去培养和熏陶，而且也要有一点儿悟性。北方的女人悟性差，她们的目光都在物质的东西上。

会保养有什么用？中年人苦笑说，早晚都是要衰老，谁也逃不了。重要的是，珍惜生命过程。有时候，我倒希望有一个北方妻子，多一点儿活泼的生活气息。

两人正在有一搭没一搭地说话，不知什么时候，火车在一个小站停了下来。车厢广播也停了，没有了春节联欢晚会吵人的喧闹声。俩人把车窗打开，猛烈的北风闯了进来。车站上没什么人，依稀传来几声冷清的鞭炮声，隐约看到几盏不停闪烁的信号灯和几个列车人员单薄的影子在不停晃动。不过，雪倒也停了。披着雪的火车，温顺地趴在站口，就像一位多情的南方女子在小睡。

中年人放下杯子，望着窗外景色，若有所思地说，我听列车员说，大年三十晚上，鬼魂就会在铁路四周游荡。它们会聚在一起，寻找回家的路，和自己心爱的人团聚。

李江华不禁向铁轨的方向看了一眼，身上不由自主地打冷战。他摆了摆手说，老兄，你别说这些神神道道的东西。今天可是除夕佳节，就算没鞭炮，也该高兴才是。再熬些时间就能到上海了。想想吧，上海多有意思。我最喜欢去浦东开发区，南方的城市就是好，又干净，又文明，美女也多。

中年人垂下眼睛，安静地说，春节的上海也很冷清。清晨的寒风吹来，你独自在外滩走着，望着连绵的江水，心情就会像枯黄的叶子一样落寞。

不是有许多游客吗？不是有许多人吗？李江华忍不住纠正中年人的错误。

人多有什么用？人多了反而更感觉冷清。中年人淡淡地说。

李江华突然对这个中年人有点刮目相看。他佩服地说，南方人就是南方人，说出的话都是那么饱含诗意。

中年人的目光直直地盯着车窗，像没听见李江华的话，而是在自言自语地说，其实，每一年除夕我都要回南方，十几年了，从未间断。

你是回去和老家的亲人团聚吗？李江华问。

我在上海，早就没什么亲人了。中年人说。

那你为什么还向南方跑？你舍得家中的妻子？李江华好奇地问。

中年人摇摇头，想了想，像下了很大决心似的说，我恨南方，我更恨上海，因为我的妻子就埋在那里。

弟弟的直播

一

老郝叹息着，在抖音直播间凝视着自己。那是张即将衰老的脸，瘦长脸型，浓眉，眼睛匀称细长，皱纹阴险地藏在额前。有点苦命相，也能找到点残存的英俊。

手机抖动，脸也跟着抖，哭泣似的，好似被魔法附身的宝物摄取了魂。

手指转得飞快，调整美颜参数，使用各类工具，这让他更加“粉嫩”了。直播间的粉丝夸他长得帅，有点“老年贾宝玉”的风流味道。

他开始“唱歌”。只会对口型，不会演唱，声音沙哑如破裂的瓦罐。然而，他的口型对得好，自然流畅。粉丝也知道是假的，但还是有很多人点赞。《三月里的小雨》《大约在冬季》《一场游戏一场梦》，都是年代老歌。

他给抖音直播间放了几个烟火效果。美丽的火焰、淡紫色的光晕，在他的脸旁，不断变换着点与线的轨迹。直播间色调也可以变化，他简直爱上了自己，就像垂死的猫爱上仁慈的王子。他忍不住又给自己的脸上加了一个虚拟墨镜特效。

快点讲弟弟的故事吧，“超市龙傲天”。网友们催促。

这是他的网名，没啥寓意，就是很“牛 ×”的意思。

也有粉丝留言，求他别唱了。他慢条斯理地喝了点水。茶杯是九十年代的风格，印有郭富城头像的搪瓷杯。那时郭富城留着蘑菇分叉头型，非常流行。

亲人们多支持哇！他在直播间拱手作揖，再放出几个沙漠流金效果，配合网络神曲《她会魔法吗》，气氛越来越火爆，直播间人数噌噌上涨，很快到一千了。鲜花、大火箭、豪车，各种小礼物大宝贝都刷起，直播间五彩纷呈，简直像春晚直播现场。

老郝眩晕了，作为“建军烟酒超市”的老板，他还是个不大不小的“网红”，有五千粉丝，每次直播，都有数百人听他讲故事。

相比唱歌，他更擅长讲故事。他不是“棉袄姥爷”“东北大妞”那类博主，人家有唱歌实力和专业出身，情境设计得也好。老郝还是喜欢诉说，他要感谢抖音。从前他也爱讲话，没人愿意听他讲，就连烂柿饼脸的肥老婆、送快递的儿子，也不要听他讲。他们说他讲话啰里啰嗦，全无趣味，也没什么用，锤子钱也搞不到。

说起弟弟的故事，那话就长了。

二

诸位亲人，那是多年前的旧事了。

我在北方某县城长大。父亲早年当过民办教师，后来在供销社工作。我们兄弟三人，大哥是大学毕业，在政府当领导，弟弟是老小，最得父母疼爱。

1988年夏天的一个下午，我和老三去水塘耍水。那是一个改变命运的下午，天很热，也很平常。我们都在读高二，我的成绩很差，弟弟比我强太多，家里人都说，弟弟能考上大学，像大哥那样。我水性比老三好，弟弟游泳像摇摆的母鸡。那天下午，学校有课外活动——学习“小英雄赖宁”，同学们都杵在操场听演讲。我们偷偷溜了出来。

大喇叭里，刘金花声嘶力竭地朗诵演讲稿。多年后，我听说，刘金花下岗了，在家带孩子，她老公是跑运输的。我还记得，多年前她勾人的声音。这娘儿们就是灾星。我们兄弟的噩梦全都因为她。

水塘就在学校后面，不是很深。十年后，那里被浙江房地产商买下，填平后盖起高楼，再也找不到曾经的痕迹。我对弟弟说，跳进去洗澡，很凉快的。老三有些犹豫，他挥舞起细麻秆似的胳膊，说，老师说过，水塘有危险，淹死过人。我啐了他一口，说，高大头的屁话，你也信？学习好的孩子就是这德性，跟屁虫。弟弟的脸涨红了，扭动着身体，咬着唇说，我不是不敢去，你不要侮辱高老师。

高大头是弟弟的班主任，最喜欢弟弟，经常表扬他。我薅了一把弟弟的头发，悻悻地说，未来大学生，黑猫白猫，捉到耗子就是好猫，我现在热得要死，就是要游野泳。

诸位网络看官，莫嫌啰嗦，马上就到高潮，别着急哟。

我这样大胆，当然是有原因的。那片池塘，我早就去过，没啥问题，里面还有不少鱼。我盘算着摸几条，回去后让老妈煎着吃。我妈最喜欢吃鱼，肯定会表扬我。弟弟是胆小鬼，如果他不敢下来，也就罢了，如果下来，我肯定要捉弄他一番。

弟弟脱掉“铁臂阿童木”的黄色汗衫（短衫是出口转内销产品，妈妈托人在青岛买了一件，只给了弟弟），小心翼翼地叠好，再脱下短裤，一点点地蹭着挨到水里。他四处张望，好似羞涩的女人。我哈哈大笑，说，谁要看你的屁股。

弟弟被激怒了，划动胳膊，细小的影子，在水面游动。我只看到他的后脑勺，起起伏伏，仿佛一块发了霉的年糕。我想提醒他，注意水草，不要往深水游。还没说出口，弟弟的脑袋摆了摆，没了下去，我揉揉眼，老三的手也消失在水面。水面清凉而安静，什么也没有发生。一只灰翅的雀疯狂叫着，从头顶飞过。我似乎闻到新鲜鸟屎的气味。灰雀点了一下水面，倏地飞远，他妈的再也没了踪影。

灰雀就是老天的启示。那天起，我就变得有点迷信了。

面对网友的一些质疑和谴责，我一一回应着：

网友“会笑的解语花”，我没想害死弟弟。我水性不错，那时脑筋混乱，头脑里都是弟弟被淹死的画面。很多年后，我不断回忆，下午四点多，夕阳有点沉，漂在湖面，碎玻璃似的，水的气味又臭又腥，我突然想起湖水淹死过人的传说。我应该像英雄少年赖宁那样，跳入水中救人。我救的还是弟弟，更没啥说的，可我当时吓傻了。

网友“贞子小姐姐”，你是90后？你不晓得小英雄赖宁，我不奇怪，可你不该怀疑我，那不是讲惊悚故事。

……

诸位看官，老铁们，欲知弟弟的故事，且听下回分解，别忘刷礼物呦……

三

疫情起来后，丰原小区也属于静态管理范围。

老郝管着两家电商的收货点，疫情期间，他担任淘菜菜的小区团长。每天早上六点开门，进货。下午，网购的菜来了，他顶着日头，给大家分配。他教年轻人如何在深夜抢菜，有的家里是孤寡老人单住，他主动送菜上门。小区封了栋楼，说有密接者，他也抹着眼泪，把菜捧到楼下，让人家用吊绳吊上去，他还冲着人家划拉“V”型手势——大家都说，老郝这个小老板，真是个好团长。

老婆暗地骂他老骚包，有这精力多想想儿子结婚的事。

小超市的工作琐碎熬人，老郝有时会算错账，老婆又骂，骂他是窝囊废。

下午五六点之后，老婆替他几个小时。九点，还要老郝来收摊。老婆白天不出去，小区广场舞也不让跳，她迷上在家搞瑜伽。她又肥又短，老郝见到老婆龇牙咧嘴地拉筋、劈腿，担心这不是瑜伽功，而是老婆的眼神，长长短短的，痛得要人命。

不管再忙，黄昏那几个小时是属于老郝的。老婆知道他搞直播，也不大管他。据老郝说，也能搞到钱，反正老郝时常给她从微信转钱，说是网友打赏的。老婆觉得，老郝肯定认识了几个不正经的老娘儿们，否则谁给他打赏？

无所谓，五十岁了，啥没见过，有钱就好。

儿子结婚要钱，老郝真没钱，没钱就没房，没房就没儿媳，没儿媳就没孙子。

小超市没顾客时，他在里面货物间，拉上窗帘搞直播。小超市人多，他就回家，在卧室里搞。不能当着别人的面搞，因为老郝在直播间挺会撩骚的，讲个俏皮话，唱个歌儿，很灵活。可平时看到有点姿色的女人就脸红，结结巴巴。

那天忙到六点才等来老婆换岗。老婆带了饭，辣椒炒大肠，外带一小盘猪血。她难得贤惠了一次，给老郝弄了喜欢的口味。老郝眯起眼、搓着手，开了瓶洋河大曲，说，今天难得哟。老婆说，赶紧卖唱，多搞点钱。

老郝嚼了几口大肠，不知怎的就没了味道，又绵又韧，像几块抹布。

老郝灰溜溜地走了，饭没吃几口，心里堵得慌。他转回家，儿子躺在床上玩手机。疫情起来，快递公司停了工，儿子天天就是打游戏、看视频，脸色却越来越阴沉，闲得没钱闲死，真比忙得有钱忙死要痛苦得多。

你搞直播，别加小区的好友，人家都知道了。儿子伸着脖子，鼓着腮吹气。

儿子矮胖敦实，圆鼓鼓的脸，鼻子像被踩扁的青蛙，没有丝毫遗传老郝的高颜值基因。这段时间窝在家里，眼看着肥肉像肥皂沫，不断增长。老郝让他多锻炼，也没啥用。他就是一无是处的“懒宅”，如今因为疫情就更有理由耍赖了。

不用你管，老郝硬硬地顶了一句。

直播间就靠女老吴那几个广场舞大妈打赏呢，他又没出卖色相，也没干啥违法乱纪的事儿，不就网络聊天嘛，现在的年轻人思想这么封建?

老郝走进卧室，关上门，安好直播架，迫不及待地开始了一天最美好的工作。

诸位亲人们，我又回来啦，想死你们了！

疫情期间，大家多多保重哇，少出门，多锻炼，有空听“傲天”讲故事……

四

弟弟没死，他像块小肥皂，泡在水里，肿白而涨大。

高大头和其他几个老师寻到了这里。可能是我尖利的喊叫，吸引了他们。

高大头给弟弟做胸部“按摩”。浑浊的湖水从弟弟的鼻子和嘴巴逃出去，翠绿色的，像一群惊慌的小鸟。

我闻到一股恶臭，“哇”地吐了一地。

弟弟睁开眼，直勾勾地看着我，说，老二，你欠我一条命。

大家莫名其妙，只有我晓得，弟弟怨我不肯救他。我是想救的，英雄赖宁的身影不断闪现在脑海。我那时蒙圈了，挪不动脚。

弟弟从鬼门关走了一遭，性情大变。他原来挺乖，学习好；这件事后，可能是脑子的确进了水，他的成绩直线下降，很快连我都不如了。他抽烟、喝酒，和县城西关的痞子混。高大头很痛心，他欣赏弟弟，努力挽救品学兼优的好学生，拍着弟弟的脑袋，说，是不是真进水啦！可没有水从里面涌出，让弟弟堵塞的智慧变得清明。

弟弟依然一天天沉沦下去，就像神秘的水塘。我在梦中多次见到，弟弟一点点地沉入水中，我站在旁边，什么也做不了。

我和老三中学毕业，双双在家闲着。我沉默寡言，在县水泥厂当临时工，累得又黑又瘦。弟弟和流氓打架，差点被砍掉了耳朵。

父亲摸着他红肿的耳朵，泪光闪动。

老三摆了摆脑袋，有点不耐烦，说，摸个屌，烂命一条，死不了。

父亲从不责备弟弟，正如他从不表扬我。假如我昏倒在水泥厂，他只会绕过我，装作若无其事，好像我是一袋沉默的水泥；但哪怕弟弟杀了县长，他也会毫不犹豫为他掩埋尸首，尽全力帮他逃亡。

“窗边的小豆豆”，你是80后吧，你们大部分是独生女，不了解大家庭的感受。所有孩子里，父母总要偏心一个。没有理由，就是这样。这许是前辈子因缘，大哥是拿来炫耀的，弟弟是拿来疼的，只有我，算个屁。是个可有可无的“闲屁”。

“决定命运的时刻”很快又到了。

父亲郑重地找到我和弟弟。他抽劣质纸烟，眼被烟熏得红肿。他静静地吸烟，让烟雾遮拦着他的眼，就像隐藏在水塘里的鳄鱼。

老二，你让一下吧。父亲说。

我有些摸不着头脑，这是啥子事？

我问父亲，父亲不说，只盯着我看，许久，缓缓地挤出几个字，老三脑壳不灵醒。

难道我很聪明？我愤愤地想，肯定有好事，否则父亲不会这样。

父亲转过头，嘟哝了几句，我也没听清。他拍着屁股上的尘土，连同烟雾缭绕的身影，飞快消失了。母亲进门，宣布了“大喜事”。父亲要提前退休，弟弟可以“顶班”，补进县信用社工作，全民工，铁饭碗。当然，大哥在这事上也帮了忙。

可惜，名额只有一个。

老三脑壳进过水呦，母亲拉过弟弟，“当当”地弹了几下，像弹一个空罐头瓶，遗憾地对我说，你身体壮，水泥厂的活，你弟也干不了。

老三翻着白眼，欠揍的德性，好像好事落到他头上，理所当然。

我咽了口唾沫，看看弟弟的脑壳，像泡在水中的棉花套，就使劲地点点头。母亲这才长长地舒了一口气。弟弟吹了几下口哨，谦虚地说，哪个想要坐银行柜台，烦死了。

那天我跑出去喝酒，喝得烂醉。这也太偏心了，哪怕“石头剪子布”猜拳，我也能心里平衡一点。我想敲弟弟的脑壳，对这个烂棉絮包讲，你的命还给你了，现在我们两不相欠。

“会笑的解语花”，咱们是同龄人哇，谢谢你的大火箭！这都是大家庭害的。如若不然，以我的能力和颜值，现在早就是信用社领导了，哪里会沦落到离开家乡几千里，在这南方城市，开个蝇子大的小卖部，困顿一生……

五

直播时，老郝哭了，也不知是为弟弟，还是为自己。那期直播效果非常好，涨粉一千多，打赏也翻了几倍。

你给予直播以艺术的光芒！“会笑的解语花”私下留言，狠狠夸赞了他一番。

“会笑的解语花”是小区的女老吴。这几句夸奖，老郝倒非常受用。

女老吴的丈夫，在非洲做粮食生意，一年难得回来。女儿在加拿大读书，也难得回来。疫情大起，一家三口，被隔在三个国家，只能每天视频报报平安。

她五十多岁，从某文化单位退休。白胖，喜欢化妆，穿黑丝，鬓角白发染了，猛地看去，好像四十岁左右，她还喜欢用香水，很远都能闻到。

女老吴原本生活充实忙碌，上午健身，下午美容，黄昏广场舞，晚上打麻将。疫情期间，美容院、健身房和麻将馆，都关门整顿，广场舞姐妹组合也风云流散，各自居家抗疫，修身养性。女老吴空有满腹精力无处发泄，满腔的爱无处给予，只能移师抖音，靠发短视频、假唱K歌，打发艰难沉闷的抗疫岁月。

女老吴喜欢文艺，没啥造诣。无意之间，她刷到“超市龙傲天”的抖音，才发现那个帅气忧郁的大叔，原来就是门口小超市的店长。老郝的老婆也跟着跳广场舞，女老吴这样有钱又美的贵妇，从不拿眼皮夹她。可当她得知，帅气的“龙傲天”，居然是这个肥短婆娘的男人，心里着实为老郝鸣不平。“好汉无好妻”，时也运也，都抗不过命。

女老吴原不喜欢网上买东西，她更喜欢逛奢侈品店，生活用品就在超市解决。如今疫情严峻，就是女王也要亲自下单抢菜。别人抢菜，都是焦虑满满，女老吴下单，却胜似闲庭信步，只在意每天要有东西买，这样就可以拿货时和“龙傲天”讨论艺术。

老郝白天忙得像条死狗，没时间搭理女老吴。感谢抖音，还有直播时间，女老吴化身“会笑的解语花”，成了“超市龙傲天”的铁杆粉丝，还带动一群广场舞、健身、美容的中老年妇女，每天都给老郝点赞刷礼物。直播间里，女老吴对姐妹们说：你们瞧仔细“傲天”哥，就是不开美颜，单看侧脸，也有几分郑少秋的味道。姐妹们哈哈大笑，都说老吴口味独特，人家都是泡“小鲜肉”，她却钟爱“老咸鱼”。

女老吴不以为然：“小鲜肉”适合当夜宵，“老咸鱼”是酱菜，每餐必备，慢慢品味。

疫情愈发不妙，核酸改成一天一测，老咸鱼“龙傲天”依然没被拿下，女老吴有些不爽，也没办法，线上聊得亲热，线下互动却少得可怜。小区不让聚集，老郝经营小区唯一的超市，要大家隔着一定距离，戴着口罩，快速拿走预订的东西，这可苦了女老吴，只能在抖音里撩来撩去。直播间不用戴口罩，能舒畅地交流。

这几天状况不错，也是疫情影响，很多人开不了工，在直播间闲逛的人就多了。老郝给老婆的钱多，胆气就壮，声音也粗了不少。

晚上九点，老郝直播完，再去小超市收摊，就有些疲惫，可儿子也指望不上，饭不会做，家务不肯干，疫情之前还能送快递，如今闲在家里，人像长了毛的烂肉。

多和儿子谈谈心，讨不到女人，别抑郁了。老婆看着“吭哧吭哧”垒货、汗流浃背的老郝，小心翼翼地说。

老郝丢下箱方便面，擦擦汗，心肝肺里的小火苗被浇了酒精，不可遏制地盛大起来。

泡女都不会，老郝气咻咻地说，不是整天在游戏里嘛，也能认识女玩家的！

老婆冷笑说，儿子脸皮薄，不像你，直播间那个浪劲儿，我都脸上发烧！

你在我的直播间？老郝鼓着眼，愤愤然地说。

撩骚我不管，老婆没好气地说，别陷太深，当心被老妖精吃个精光！

老郝面皮充血，仿佛一棵被扒光的老玉米，瞬间成了赤裸的水果。他嘶吼着，还不是为了多挣点钱养家……

说了几句，老郝有些心虚，嘟嘟囔囔，也不知是辩解还是自嘲。老婆见惹烦了丈夫，也不敢多言，转移话头说，直播间老说你弟弟，这也不好。

艺术加工！老郝说，直播和说相声、唱评弹一样，都是编故事，郭德纲还整天编排于谦的父亲，王老爷子的故事呢，怎能当真？

老三混得比你强？老婆赶紧转移话题，小心翼翼地说，结婚这些年，你不谈家事，不带我见你家人，虽说距离几千里，但现在联系方便，这里头到底有啥事？

老郝冷笑着说，我爹就是他逼死的。

六

自己不上进，谁也没办法。

父亲对老三太溺爱，最好的吃食、最好的衣服，要什么，从来都是说一声就行。长大后，父亲也强调他脑壳进过水，身子骨弱，让我把好岗位让给他。

大哥开始不同意，他说老二相貌堂堂，扎实肯干，老三不成器，当不得好待遇，只有好好磨砺才行。大哥不愧是县委办公室副主任，眼光很毒辣，可惜父亲不听。

老三会装，会哄老人开心。他常买些父母喜欢的小零食。他在街头学会霹雳舞，跑回家跳给父母看。父亲高兴地哈哈大笑，夸他是个艺术家。

溺水事件之前，他有些怕我。被救上来之后，人却无耻了。他总在我耳边叨叨，他当时有多惨，他诡异地笑着说，老二，我在水里听到你骂呢，说淹得好，淹死你个混蛋。

我本是不怕事的人，可老三有些邪乎，我总感觉他在水里被啥不干净的东西缠上了，才如此荒诞。这么一想，我又有些内疚，不愿和老三一般见识了。

老三刚到岗位，工资高，制服鲜亮，还有个人样。他喜欢穿信用社发的黑西装，在我面前溜达。我刚从厂里回来，旧工装全是泥，腰疼得伸不直，放尿都弯着腰。老三点上支高档红塔山香烟，装腔作势地吐着烟圈，说，老二，看我这派头，像不像周润发？我苦笑点头，说，放过我吧，欠你的，都还了，还要怎样？

老三吹着口哨，满意地离开了。有那么一刻，我真羡慕弟弟。如果那天掉到水里的人是我多好，能坐在银行办公室，穿着制服西装，“哗哗啦啦”地数票子，真是美死了。

我明白，即使我掉进水塘，父母也不会让我去信用社——除非弟弟考上大学。弟弟之所以没考上大学，全是溺水所致——如此说来，我自作自受，罪有应得。

好了些日子，老三原形毕露了。附在他身上那只鬼蠢蠢欲动。老三热衷企业吃请，也爱上了跳舞。他虽只是业务员，但因为哥哥的关系，也参与信贷业务，总有企业家请老三吃饭，给他送礼。他照单全收，还把礼物提回家炫耀。父母忙着给他介绍女朋友。

“会笑的解语花”，我只有羡慕嫉妒恨的份儿。虽然我长得还行，但家人对我的婚事也不上心，父母只想让我干着临时工，先熬几年再说。

老三很快出事了。他胡乱担保，别人请他吃饭、喝顿大酒，再找个小姐，他就稀里糊涂地签字。那人拿了贷款，消失得无影无踪。信用社账目填不上，领导找到了家里。

父亲感到耻辱。他早些年干了近十年民办教师，在当地很受人尊重。后来在信用社工作，谁也不能挑出半点理，虽然后来内退了，但大哥当了县城领导，父亲走到哪里，说话还是腰杆笔直。老三让父亲丢了脸，他在一天内好像老了十岁。

后来？当然是全家人帮老三“集资还债”。父亲本来帮我和弟弟都留了份彩礼钱，给我们结婚用，结果也都拿出来。父亲悲哀地看着我，喃喃地说，老二，帮一下吧，老三他脑壳进过水，不太灵光的。

我望着父亲，那一瞬间，那张苍老的脸似乎有阴影爬过，类似水草般的东西，散发着阴险邪恶的气息。这让父亲的眼角都耷拉下来，不停流泪。

网友“贞子小姐姐”，我真不是讲鬼故事。直播间有规定，鬼故事只能讲民国以前的，建国后没鬼。我是遵纪守法的好公民，你别捣乱，让我扣分呀。

老三吓得逃到河南躲了一阵，单位看在父亲和大哥的面子上，没有算他旷工，只把他调离信贷口，成了一个普通员工。

你们以为这样就完了？弟弟继续作下去，他要把这个家拖向地狱！欲知后事如何，且听下回分解，亲们，我要去收摊啦。

最近疫情紧张，大家咬牙坚持，坚持就是胜利！

七

老郝琢磨着，把直播停几天，晚上总唱歌讲故事，累了。老婆见他挣得钱来，满心欢喜，不愿意他停播，让儿子帮着打理小店。最近没啥生意，存货卖得差不多了，主要收集大家网购的东西，再分发下去。这活儿看着不重，可操心，哪家哪户弄错了，就是麻烦事。

三十三号楼有户人家，男主人是从上海回来的，虽然没啥反应，小区却很紧张，每天测核酸，封了三十三号楼，楼外拉了警戒线，吃喝用度，都要从楼下运上去，平时有志愿者和小区物业管理人员帮忙，老郝因是购物团长，也帮着送过不少次。

女老吴住在三十四号楼，紧挨三十三号，生怕被传染，楼也不敢下，闷在家玩手机视频。老郝和女老吴同住一个小区，地位却截然不同。老郝住在七号楼，是最早一批居民，户型只有七十五平方米，这还要感谢老郝的岳父。当年岳父力排众议，借钱给老郝买下这套房。岳父没儿子，只有两个女儿，拿他当儿子待。老郝不负众望，细心照顾岳父。老人家几年前去世了，走之前还夸赞这个女婿。可说起来，老郝这个外乡客，总有“倒插门”的意思，平时有些怕老婆。女老吴则不同。三十四号楼和三十三号楼，是小区最晚建的两栋复式单元楼，足有一百八十平方米，是丰原小区“小豪宅”。老郝没少羡慕两套楼的住户，如今看到三十三号楼被黄色警戒线封住，颇感慨了半天。

傲天兄，能单独陪我聊聊吗？

下午三点，小雨骤起，春天还没过，小区又闷又热，仿佛一个倒扣的熟鸡蛋，老郝半躺在椅子上打盹，脸上唰唰地出汗，被那信息惊醒了。

这一天老郝是料到的，但没想到这么快。自从开直播，“会笑的解语花”是绝对铁粉，不管打赏、点赞，还是刷礼物、拉人气，人家花了心血。加了好友，见到现实版女老吴，老郝也没失望。虽说不是倾国倾城，但相比肥短的老婆，算是“七仙女”了。更何况，人家还是退休女干部！有闲情，又有闲钱。桃花运早十年，说不准老郝早按捺不住，跳了出去。他早年是帅哥，否则岳父也不会招赘他这样一个穷北方人当女婿。老婆出嫁时，嘴里像倒了蜜，不断冒着甜甜的气泡。早些年生活不易，他在这南方城市扎根，生儿子，养活一家人，实在没闲心搞别的。感谢抖音，感谢互联网，让这世界人与人接触变得更容易了。如今老郝是“美人迟暮”，虽说力不从心，毕竟有女人倒追，感觉还是相当“酸爽”。

居家抗疫很枯燥难熬哇。老郝沉吟着，手抖抖地，不听使唤地打下几个字。

空虚、寂寞。退休的女人原本如此，先前还有很多事填充着，如今整天闷在家里，都快疯掉了，傲天哥哥，救救我……

女老吴发了语音，很火辣。老郝瞄了四周一眼，没啥人，业主订的网货，要五点才由指定的大卡拉过来。小超市灯光昏暗，货架子上只零散放着肥皂、蚊香和毛巾，地上堆着各种包装纸盒，烟酒货柜在里面，散发着一股陈年潮味，绿色塑料珠子的窗帘，隔着点风，隔不断星星点点的雨声，与潮味搅动在一起，变成了某种莫名的悲哀。

给你讲故事吧，要到高潮了，你是铁粉，拥有提前专享服务。老郝说。

女老吴发来一连串“？”，老郝赶紧躲到小超市里间，开了私聊，当俩人头像都挤在手机小框，老郝仿佛再次闻到女老吴身上的香水味。他深深吸了口气，缓缓地说：

有段时间，我们有种幻觉，老三变好了，又变成了聪明懂事的好学生。

我们帮他平了亏空，大哥还给他说了亲事。老三长得有点瘦弱，不如我英俊，但他有个好工作，还是有姑娘愿意跟他。县水利局张科长的女儿看上了他。那是位好姑娘，还是中专毕业生。

我在水泥厂吃了几年水泥粉，苦受着，也挣不到钱，就迷上了养鸡，养了上千只鸡，钱是大哥帮着借银行的。我起早贪黑，就想着小鸡场能走上正轨，也讨个媳妇。但事与愿违，鸡都得了鸡瘟，不声不响地死掉了。它们离开我，连个招呼都没打一下。

我只能回到水泥厂。水塘的鬼影肯定是衰鬼，他让老三倒霉，更牵连了我。

那是 1997 年春节，香港回归那年，我爱上刘德华的那首粤语歌《世界第一等》：“人生的风景 / 亲像大海的风涌 / 有时猛有时平 / 亲爱朋友你着小心 / 人生的环境 / 乞食嘛会出头天 / 莫怨天莫尤人 / 命顺命歹拢是一生……”歌词写得多好，可世界能等我吗？

还是说那年春节。全家人喜气洋洋，老三要订婚，大哥也要升迁县委办公室正主任，父亲身体比从前好了很多。为了大年三十的团圆饭，母亲准备了整整一天，晚上吃的是羊肉馅饺子，你们南方人吃不惯，真是香，我至今还回味着。

那时北方的冬天真冷，月亮又大又亮，屋外的冰溜子挂在房檐，从屋里看去，就像挂着一排亮晶晶的串珠，煤炉烧得旺，饺子热气腾腾，大家欢声笑语，大哥与大嫂还唱了柳琴戏，我喝了不少酒，这是我在家里过的最后一个春节。

轮到我给父亲敬酒的时候，院子大门让人撞破了。一声巨响，震得玻璃都簌簌发抖。那些人开着农用车来的，有十几个，拿着棍棒，凶神恶煞。为首的是个肥壮汉子，他穿着白衣白裤，在空中撒着纸钱，在院中的那棵大柳树下大声叫骂。

大年三十到别人家闹丧，是非常恶毒的诅咒。父亲一生都要脸面，从未经历过这般事，他颤巍巍地走出去，大哥也跟出来，呵斥那些歹人。肥壮汉子递过来一叠按着鲜红手印的欠条，让我们家还债。

都是弟弟欠下的。他爱上了在地下赌场耍钱，一年欠了近百万的巨款……

父亲的脸先是惨白，又浮起一片病态殷红。他羞愧地笑了，声音却比夜枭还难听。

老三逃走了。他丢下筷子，将最后一个饺子，麻利地塞进嘴里，抹了抹嘴，抓起黑皮衣，消失在夜色中。他身后跟着一群疯狂债主，他们点起火把，开着农用车，在春节夜晚的田野，追逐着逃亡的弟弟。他们不断飘动，犹如夜空飘过无数星光，闪闪烁烁，总是无法靠近。

父亲瘫倒在地上，脑中风，那是过年期间，医院值班的少，人没抢救过来。

后来我也离开家，南下到陌生的城市。我多年未回过家，也再没见过老三。

有人说他跳入一条河，被淹死了，也有人说，他顺着河游走，最终逃到缅甸湄公河，成了一个船员。没人知道真假。总之，老三在我的生活里消失了。他的一生都与水有关。我总觉得，是那条水鬼，附在老三身上，才让他做出那些荒唐事。

他气死了父亲，我这辈子不会原谅。也许他逃走后会后悔，可人生哪有后悔药？

让你失望了，“会笑的解语花”，我终于讲出了这个故事，心里好受些。二十多年了，我可以松口气了。

我们何时相见？算了吧，疫情这么厉害，两情若是久长时，又岂在朝朝暮暮？

认识你，也是我的缘分……

八

老郝坐在阳台上。

和阴暗潮湿的小超市不同，这间阳台又长又大，采光还好。打开密封的窗，阳光照进，老郝把腿搭在晾衣架上，春天浩浩荡荡的风温暖地包裹着他。阳光晒久了，有些皮疼，紧绷绷的，老郝看到几只灰雀，围着他叽叽喳喳乱叫。灰雀似乎有些眼熟，也许就是几十年前，老三溺水的池塘上空飞舞的那几只。

阳台在五楼，有点高度，老郝举着手机，眯起眼，思忖着，如果有遮阳板，遮住反光，直播效果也许更好些。

楼下乱糟糟的，穿着蓝色防护服的医务人员，仰着脖子喊他，还有几个绿衣服警察，也扯着嗓子喊。黄色封锁警戒幅，横七竖八挡在楼前。还有，就是远处三三两两散开的，戴着口罩的围观群众。他毫不费力地认出老婆和儿子的身影。

老郝有些眩晕，这一天早晚要到来，他确切知道，可无能为力。他低下头，看着楼下蚂蚁般黑黢黢的人群。这不是直播间啊，怎么会有这么多人关注他？他赶紧打开手机，进入抖音，这也许是他人生最重要的一场直播了吧。

女老吴躲在靠阳台的窗帘后面，头发散乱，眼袋发肿，慌乱地戴上口罩，带着点哭腔，说，老郝，先下来吧，别想不开！

直播间里擦出的爱情小火花，一发不可收拾。老郝在直播间“大火箭礼物”的攻势下，最终败下阵，答应到女老吴的公寓约会。跟老婆谎称要在小区里的小凉亭直播，偷偷去找女老吴。正当俩人情浓意浓，楼下突然乱了，开来几辆防疫中心的车，加上一群大白，封住了三十四号楼。据说是三十三号楼居民，趁着管理员不注意，冒着生命危险，通过阳台搭板，跑到三十四号楼打麻将。

这下惨了，三十四号楼也要封掉了。

老郝提着裤子，往楼下赶，最终被拦在楼下。时间长了，老郝出不来，老婆孩子都知道了。老婆去过老郝直播间，晓得他俩有点腻腻歪歪，如今事情败露，自然大闹了一顿，可也只是在手机上吵吵。老婆说了，反正老郝是倒插门女婿，隔离期结束，马上就去法院，让他净身出户。儿子不管闲事，埋在床上打游戏，只让母亲暂时关了小店，回家给他做饭。

一场直播一场梦，“超市龙傲天”不过一个晚上，就被打回原形“郝建军”。小区防疫的人通知他，啥时封闭解除，才能离开三十四号楼，否则法律责任自负。

老郝懵懵懂懂想起，儿子谈过一个女孩，人家要买个新房。老婆劝他几次，让他卖了现在的房，再贷款给儿子买新房。他们自己弄个破旧小房对付。老婆声称，她可以住在新房，给小两口看孩子。小旧房老郝一个人住就行，不耽误他直播。

老郝如果净身出户，这些麻烦都省了，当然，还有更方便的解决方式……

老郝情急之下，有了想跳楼的冲动。老婆和儿子并不上前劝说，都戴着口罩，站在外围看。防疫要求必须严格执行。女老吴也不凑上前，怕伤着自己。老郝骑在铁丝网上，扭头对女老吴说，解语花，怎么还不进直播间？房间里人数都要上万啦。

都是闹着玩的，都是假的！女老吴怒吼，有点情绪失控。

人这辈子不就是真真假假？老郝毫不在意，又说，热闹一阵算一阵啦！

女老吴抽噎着，说，她现在没啥钱了，丈夫和她已经离婚，女儿在国外开销很大，她只想和老郝玩玩，没想和老郝结婚，也不想涉足他的家庭。

没关系，老郝说，我也骗了你们，直播不就是讲故事嘛。

老郝给她展示了几条短信，是家乡的高大头老师、刘金花同学发来的。直播还真是厉害，这两位多年没见过面的友人，居然找了过来，在抖音空间里把他大骂了一顿，说他无中生有，胡乱编排故事。

老三的事，都是假的？女老吴问。

老三是有的，老郝苦笑着，手指敲着晾衣架，在水塘淹死啦，我没把他救上来。

后面的故事，都是你胡扯的？

有真有假，老郝说，我就是“不成器的弟弟”，乱贷款、欠赌债、气死父亲，都是我干的。我没在水泥厂干活，也没养过鸡，我就是个不成器的骗子，我偷走了弟弟的人生，可还是一事无成。我从家乡逃走二十多年，当初那个未婚妻，也不知是否再嫁了，那些赌债，也不知他们怎么帮我对付的。直播让我和过去又连接在一起啦。

女老吴一时无语，想了想，又说，你现在生活也稳定了，为何不回去看看？咋想着在抖音里讲故事？

老郝没有回答，将脸扭向手机，激动地说，亲们！今天才是案情揭秘！小礼物刷起来哟，还有跳楼秀的小福利送大家哇。谢谢网友，不担心封号，今天是最后一天啦！

直播间弹幕乱飞，礼物很热闹，不断有人询问“龙傲天”搞的是真是假。

老郝不再解释，他口干舌燥，很想喝点水，再唱一首刘德华的《忘情水》。他把手机拴在阳台窗户上，脱掉上衣，露出松弛垮塌的皮肤。底下的人一片骚动，女老吴叫了一声，厌恶地关上阳台玻璃拉门。春天如酒般浓烈的气息，从高空坠落，仿佛将他吸入了一个奇异空间。那里有无数璀璨焰火，飘舞的飞机、汽车、大火箭、金钻等各式卡通礼物。

那是直播间？老郝不晓得，可他愿意死在那个美丽新世界。大部分卑微又恐惧的人，都生活在谎言之中，有别人的谎言，最可怕的是自己的谎言。那就是一个个牢笼。一个谎言，需要无数谎言去证明它的真实，时间长了，自己都会把谎言当真实。至少，在直播间，他可以做“超市龙傲天”，一直做下去，有女粉丝，有掌声和打赏。

恍惚之间，老郝仿佛又变成了蹲在湖边发抖的少年，那种弱小而生的恐惧无处不在。几十年了，他走了几千里，也没有走出那个池塘。幽暗昏沉的下午，空中传来学校操场刘金花同学深情的朗诵，池塘冒着无数蓝色气泡，仿佛有无数漂亮的褶皮水鬼，戴着白色口罩，从湖水中缓缓游动而来。

老郝的左脚伸出了阳台，空荡荡的，却似乎有着水的质感。他感到一阵前所未有的轻松愉快。他的耳边响起了女老吴尖利的叫声，可他已无所畏惧。

他最后瞅了一眼手机，直播间粉丝直线上升。如果再有一盘辣椒炒肥肠，一碟炒猪血，再配上洋河大曲，人生就要达到巅峰喽……

小陶然

一

深冬白日，雪飘飘洒洒。天色灰铅铅的，快八点了，老邱才挨挨蹭蹭地踱到陶然居，吃上一顿迟来的早餐。陶然居隔着一条马路，就是麓城的定慧寺。老邱爱寺里的钟声。八点整，定慧寺早课刚下，院里老槐树下那口青铜钟敲响了，“嗡嗡”的响声，发闷，但传得远，刚走到饭馆门口，钟响荡漾过来，揪住老邱的裤腿，弄得他一个趔趄。

柜台收银的小凤，瞥了他一眼，嚷着，邱叔，肉丝面给你留着呢。

小凤飞快跑到后台，端出热气腾腾的面，“咣”地摆在他面前。

老邱道谢，懒懒地吸溜着面条。小凤又拿上了一碟炸得红澄澄的花生米。

邱叔，别睡太晚，你看你那黑眼圈！小凤关切地说。

女孩不过二十出头，胖头胖脑，朴实、热心，见不得倒霉的人。

老邱点头，继续吸溜他的热面条。他习惯人们用这样怜悯的语气和他讲话。开始，他还强颜欢笑地说，挺好，谢谢关心。次数多了，懒得解释了。

花生米挤在青色瓷碟中，冒着诱人香气，闪着油光。老邱小心翼翼地，将花生米一颗颗地用筷子数着，从碟子拨到吃光了面的面碗里。然后，再一粒粒地，从面碗将花生米数到碟子中。刚炸好的花生米，滑溜，老邱的筷子夹不准，滴溜溜乱转。

老邱数得认真，小声嘟哝着，额头冒了汗。用餐的人少，没人注意他。老邱抬头，看到窗外电线杆上站着一只枯瘦的喜鹊。它缩着脖，勾着爪，盘在电线上，铁铸般冷硬。微风吹过，雪花沾在喜鹊身上，一片，两片，喜鹊黑白相间的身躯，仿佛变成一个白球，只有长长的黑喙，尖尖的尾巴，伸出来，证明这是个活物。

钟声最后敲了一响，仿佛是叹息，渐渐扩散在街头巷尾，像水的波纹。漫天浮雪，好似也颤抖了一下。喜鹊也晃了晃，再次执拗地钉在电线上。

倒霉鸟，不知找窝避避？有伴儿吗？该不是冻死了？老邱心下惨然，天地不仁，这喜鹊餐风披雪、受饥忍渴，它怎么能叫“喜鹊”呢？

老婆在医院走了，老邱的生活节奏被打乱了。原来他很早就做好早餐，小米稀饭、溏心蒸蛋，翠绿小莴苣咸菜，稀饭里还切了细细的火腿丝。老婆吃不惯医院的饭。她生病后，脾气更大，动不动就骂人，摔东西，疼狠了更是喊着老邱的老娘骂。

年轻那会儿，老婆就和老邱的母亲不对付。现在，母亲早过世了，老婆也身患重病，可还记着十几年前吵架的细节，翻箱倒柜地耙出，掸干净历史尘埃，拎在嘴边示众。老婆口角有点歪，讲话不清楚，但这不耽误她骂人。老邱也不晓得，女人何苦为难女人？芝麻绿豆的事儿，咋有这么多深仇大恨？

老邱嘻嘻笑着，早起，给老婆弄早饭，再送过去。累是累，气是气，可看到老婆被化疗折磨得憔悴不堪的脸，老邱也只能忍着了。

几个女病友，都敬重老邱，赞美老邱心细，对女人好。老婆找到老邱是上辈子的福气，这就是传说的“真爱”。老邱“嘿嘿”笑着，不搭话。

老邱在市文联上班，挂着副主席，处级干部，算是闲差。宣传部陈部长挺关心老邱，让他把工作都放放，全力陪护老婆。老婆这肝癌晚期，陪护也就是尽尽心意。儿子小邱是深圳一家化工公司的中层，没时间陪护，就给老邱微信上分几次转了几万块钱，说，实在对不起妈，订单搞定，马上就回，这点钱，给妈妈买营养品，一点小心意。

老邱看着小红包，一个个跳出屏幕，很像几把血淋淋的红色小刀。

老邱一笔钱也没接，都点了“拒收”。他在微信上，用语音对小邱说：“小心意”留着吧。你妈快病死了，你还在挣钱。有“意思”吗？

人到了这份儿上，很多事就是“意思意思”。“意思”既是给快死的人看的，也是给活着的人看，更是给自己看。

意思到了，心也就安稳了。

老邱晓得，小邱在深圳房贷很高，工作压力大，抠门很正常。

小邱结婚，老邱只给了房贷首付，儿媳意见很大，但老邱实在拿不出那么多钱。小邱也晓得，按照老爹的脾气，微信转的钱老邱多半不会要的。

果然，老邱拒收，小邱在微信上发了一个“遗憾痛哭”的表情包，没了下文。

这就是“远走高飞”的儿女吧。

其实，“意思”到不到，也是“没意思”的事。“意思”再大，再感天动地，也糊弄不了阎王爷。

老婆几年前中风，歪了嘴角，行动不灵了。去年又查出肝部癌变，化疗，遭了老罪。她是清晨突然走的。医院抢救了几次，下了死亡通知书。老邱慌乱着，几个老乡帮忙，换老衣，洗脸，拾掇好了，给拉到了火葬场，走那边的程序。家里也搭起灵棚，走家乡风俗的程序。小邱也坐飞机赶来，臊眉耷眼的，进门就号啕大哭，倒捞了“孝子”名头。

老邱冷着脸，没搭理他。儿子的算计，人死了，飞一趟什么事都办成。如果单是看病人，就得飞两趟，甚至更多，不划算。

老邱木头般坐着，向送丧的人致谢，不说话，也不哭。大家都称赞老邱坚强。过几天，程序走完了。市郊鹿耳山，风景不错，老邱给老婆准备了一块墓地，就埋在了那里。小邱又飞回深圳了。小邱有些内疚，嚷着说，让老邱多去玩玩，放松心情。

老邱还是送儿子去了机场，叮嘱他早点生小孩，别太拼命。回来路上，出租车里，老邱望着窗外倏然逝去的风景，想起儿子六岁那年，他让儿子骑在脖子上，一手领着老婆，全家人去南林公园玩。那一幕好像就在昨天。老邱张着大嘴，呜呜咽咽地哭，鼻涕淌在手背上，泪水打湿了出租车沙发套。司机不知为啥，也不敢劝。

老邱哭够了，才想起亲友送的白包，好像儿子都带走了，名单却不知放哪里了。

没了老婆，家里安静了，静得吓人。老婆脾气大，风风火火，年轻时爱笑爱闹，在机关医务室工作。老邱家是农村的，老婆家庭条件好，父母都是铸件厂干部。老邱长相一般，个头不高，苦瓜脸，性子蔫蔫的，但他学习好，是省城师范大学的高才生。岳父母看他老实，就找人促成了婚事。老邱说不上爱老婆，也说不上不喜欢。他一个山沟的穷孩子，上了大学，当上干部，还娶了城里女人，有啥不满足？

他习惯了老婆发脾气，吼叫，指使他干各种事。如今，都没了，所有气息和影子变成了尘埃。家里空空荡荡，好似身体被生生摘走了什么，走路都漏风。“漏风”的老邱，顺着耳朵、鼻孔，溜走很多精气神，生活也不规律。原来每天早起，现在却醒得很晚。

晚上睡不着。老邱睁大着眼，看着黑暗中飘浮在空房间的尘埃，老婆还没走，就站在房间某个角落，喋喋不休地对他说着什么。他怎么也听不见。刚要闭上眼，老婆又跑来，在他耳朵边吹气。他爬起，打开灯，还是什么都没有。

他叹息着。这个老婆，活着不让他安生，死了也不放过他。

陈部长看到老邱萎靡不振的状态，关心地说，你还年轻，再向前走一步？这样下去，不是办法。

老邱也明白，可真要续弦，心里没底。他刚五十出头，虽然“发际线高”，但常年搞文化工作，戴上一副黑边眼镜，文绉绉的。他是处级干部，公务员工资也稳定。但老邱谨慎，对续弦有些担心。他这个身份、岁数，去婚介所，有些难为情。

他依稀想起，第一次和老婆相亲的场景。八十年代末，他大学毕业，分配到文化局给局长写材料。文化局局长学戏出身，喝了酒后，常在办公室里关着门吼上两嗓子。局长也是话痨，开会能把群众说昏过去。但局长不喜欢别人说话。他欣赏老邱这个沉默寡言、颇为实干的年轻人。局长张罗着给老邱介绍女友。老婆那会儿打扮时髦，性格开朗，和老邱一见面，就打开话匣，津津有味地说了半个小时。老邱没见识过几个女人，上大学时更自卑，没和女同学说几句话。一个时髦的城里姑娘，干部子女，又在机关工作，浑身都是雪花膏味，和他说说笑笑，他怎能抗拒？

结婚，有了孩子，性格差异显露出来了。老邱爱静，老婆爱动；老邱性子宽和，老婆急躁；老邱爱文学，老婆更爱钱。更要命的是，老婆和老邱的母亲关系恶劣。母亲在麓城待了两年，就回了乡下。没过几年，就去世了。老邱没少掉眼泪。老邱的母亲，年轻守寡，拉扯他长大。母亲没跟着老邱享几天福，就被城里儿媳妇气得减了寿。

婚姻就是鞋，合不合脚只有自己知道。可穿鞋的人，开始都图新鲜热闹，哪能想到凑合着挺下去，要吃一辈子苦头？

母亲死后，老邱的话越来越少，文章却越写越多。也是因祸得福，老邱婚姻不顺心，散文写作竟然更加得心应手。那些文字，回忆家乡，想念母亲，书写自然，描写朴素人情还真闯出条路。老邱获了散文奖，成了麓城市乃至省里有名的散文家。老邱也因此受到提拔，调入文联，成了分管文艺创作的副主席。

陈部长大手一挥，说：“寻个老婆，还不容易？我让工会冯主席帮你！”

二

冯主席，白白净净，有点“娘炮”，五十多岁的男人，下巴不见几根胡须，溜光水滑。他是机关有名的“婆婆嘴”，最喜欢保媒拉纤——特别是二婚。用他的话说，结婚像荒山里遇狼，第一次全凭大胆和运气，打死了狼，大获全胜，胆怯被狼撵，终不免亡于狼腹；这二婚，要靠算计，购买武器，提前准备，充分评估，力争万无一失。但也有风险，人算不如天算，再好的计划赶不上变化快；这三婚就成了妥协，狼和人都怕，相安无事又相互提防，胜利喜悦无从谈起，还要担惊受怕。

婚姻心理学上讲，第二次婚姻幸福的机会更大。男人经过一次婚姻，再也不是幼稚小男生，更成熟也更富有智慧，知道如何经营婚姻……

冯主席“嘚啵嘚啵”，上了一个小时“婚姻真理课”。

老邱听人说，冯主席老婆是“母老虎”，俩人在家也吵架。冯主席热爱这份“媒公”兼职，就好比武松改行成了杀猪匠，英雄豪情无处施展，只能将哨棒换了杀猪刀，只要过了瘾，权当又成了“打虎英雄”。

老邱性子蔫，只听着，倒被冯主席以为“偶遇知音”，兴奋得唾沫星乱飞。

老邱实在受不了，说：“冯主席，我再婚这事，靠不靠谱？”

冯主席一拍大腿，说：“老邱，你是‘钻石王老五’！关键你想寻啥样的？有条件吗？”

老邱搔搔头，想了想，说:“没啥条件，只希望投脾气投缘。我不挑。”

冯主席面露难色:“保媒最怕遇到‘闷骚’的主，嘴上说没条件，实际条件高得上天。还有的说不挑，那是找梦中情人，难上加难！”

“先给你讲讲，麓城二婚市场行情吧。”冯主席郑重其事地说。

老邱有点好奇，敢情还有这么多说道?

冯主席的样子很专业。他打量着老邱说:“你这条件，基本可找三十到四十的女人，离婚、丧偶，都没问题，运气好，能碰上老姑娘。”

老邱不信，说:“老冯，为了喝口喜酒，不能信口开河，我可是秃顶大肚子的老鳏夫，又不是潘安宋玉，这么抢手？”

冯主席挺直身子，自信地说:“你不了解，男人有点身份地位，又是丧偶，不愁找。女人二婚，那是打折处理，行情不一样哇！”

按照冯主席的说法，麓城是普通三线地级市，人口两百多万，说开放不甚开放，说保守也不甚保守，关键是女多男少，“优质男性资源”不易找。一般而言，五十多岁丧偶独居、经济条件好、地位不错的男人，都能找到四十多岁、三十多岁的女性。

“五十多岁丧偶女性呢？”老邱追问。

“只能找六十多岁或七十多岁的男性。”冯主席说。

性别歧视，老邱惨然，可想到自己的“优越性”，又有点兴奋。

冯主席很激动，望着老邱，眼睛闪亮，“奇货可居”的意思，还透着点“羡慕嫉妒恨”的神情，好像巴不得死老婆的不是老邱，而是自己。

老邱有些将信将疑，还是回家想想，到底要找啥样的。

老邱回家，把老婆遗像拿出来。老婆高鼻梁、大眼，人高马大，配他绰绰有余。但他模糊想起，上大学前，他暗恋过一个村里姑娘，小巧娇羞、皮肤白，性格温柔极了。

温柔！老邱眼前一亮，对了，就找温柔的！

老邱骚骚哒哒地把意思讲了，冯主席说："有目标就有方向，陈部长和我说了，你这事儿关系到干部队伍稳定，保准完成任务！"

冯主席办事效率高，没过几天，给老邱约来一位，人民医院护士，三十九岁，无孩，丧偶一年多了。

见面地点，老邱约在陶然居。这家饭馆饭菜香、环境好，早上有早餐，晚上关门又晚，还可以喝下午茶，适合老邱这样没人疼的老鳏夫。再说，老邱愿意听定慧寺的钟声。

老邱刮了脸，换了新夹克，人显得年轻许多。小凤见到他，撇嘴，说："邱叔，春天要来了？"

老邱有些窘，说："叔的人生，下了半辈子雪，就不能有个迟来的春天？"

小凤笑着说："我给叔安排僻静雅间，祝叔成功！"

老邱挺满意，小凤这孩子，别看是乡下丫头，可心善又会看眼色。

老邱要了一壶红茶，等了会儿，来了个女人，个子不高，小巧玲珑。她告诉老邱，自己在医院工作，不再说别的，只低头喝茶。白衣天使，老邱有点喜欢。他当女人害羞，就没话找话，和她瞎扯。女护士倒不怵，老邱有问，就有答，但也不主动。

老邱说了半天，也惊讶，这些年他从没和一个女人说这么多话。

"你有病吗？"女护士突然问。

什么？老邱有点蒙圈。

"我是问，身体有啥病吗？"女护士低低地说。

"挺健康，"老邱嘿嘿地笑着说，"都是些小问题。"

"到底有啥病？"女护士抬起头，锲而不舍。

老邱无奈，说："谢顶，痔疮，中度脂肪肝，轻微神经衰弱，还有脚气，灰指甲……"

女护士掏出小本，认真记着。老邱更奇怪了，这是相亲，还是来看病？

女护士记完，用中性笔敲着本子说："还叫没啥毛病？你看看，问题还少？"

老邱说完，也被吓一跳，敢情自己是个病人！

"还有，"女护士打量着他，说，"看体形，超重不少，前列腺还行？"

老邱脸红腾腾的，感觉让人扒光了绑在烤肉架上，上下左右地翻烤，还撒上孜然辣椒面，刷上热油……

要戒酒、戒肉，多运动，早睡觉……女护士说起来没完。

"从前有过大的病史？"女护士又逼问。

老邱支支吾吾，到底说出五岁得过肺炎，住过医院，十一岁淘气，摔断胳膊，打过石膏。十六岁，在学校爬围墙，偷跑出去租小说看，被扎穿过左脚……

女护士眼神愈发严肃，笔下唰唰地记录不停。

老邱慌了，这是"几个意思"？

他偷偷发短信，问冯主席，女护士何方神圣？她是"孙猴子请的救兵"吗？

女护士不记了，盯着老邱看，眼圈发红，哽咽地说：“大哥，别嫌我烦。我真怕了，我们家那口子走的时候才三十八岁，尿毒症，受老罪了，整天做CRRT。”

“那是啥？”老邱问。

“CRRT是持续性肾脏替代治疗，包括持续性静脉－静脉血液透析滤过（CVVHDF）和持续性静脉－静脉血液滤过（CVVHF），比普通透析好点。这尿毒症太受罪，人不能排尿，从后腰上都能渗出黄黄的尿结晶……”

女护士一边讲，一边哭，老邱想到老婆癌症的惨状，也陪着哭。女护士说了一个多小时。好好的“相亲会”，成了“诉苦会”，一男一女，相对而泣。

临走，女护士表态说，老邱人挺好，如果俩人发展，要求他婚后每月提供一次体检报告……

俩人离开陶然居，下午四点多了。小凤嘻嘻哈哈地说：“邱叔，厉害哇，第一次见面就聊得人家寡妇‘嗷嗷’地哭。”

老邱懊恼地说：“是我被聊得‘哇哇’地哭，这是造了啥孽……”

定慧寺的钟声响得也乱。小凤说，这钟声最不靠谱，除了和尚早课晚课比较准时，平时花二十块钱敲一下，没板没眼，不听也罢。

三

老邱给冯主席打电话，气哼哼地说：“你推的啥人？就是没走出丧偶之痛的疯狂妇女。”

冯主席说：“人家重感情，总比老公刚死，就喜笑颜开的女人好吧？”

老邱承认，但“每月体检”架势受不了。女护士有“疾病密集强迫恐惧症”，神经不太正常，可能医院干久了，都有点职业病。

冯主席见老邱不满意，又发动关系继续寻找，组织出面的事儿，还搞不定？

老邱见了不少，不是他看不上人家，就是人家看不上他。有的女人借相亲推销产品，有的女人开口就让老邱买这买那。还有的女人一上来就盘问老邱的存款和房子。有的看起来不错，但话多、苛刻、挑剔、自以为是，特别是男方出轨离异的女人，对全天下男人都有成见。

最夸张的是一个女律师，四十多岁，老公跟着小三跑了。她和老邱去渔歌舫吃鱼头宴，先是咒骂了一个多小时前夫，又非说鱼头有异味，逼着饭店倒赔两百元。趁着她讨价还价的空当，老邱飞快逃走了。

老邱当时想，如果包厢在一楼，他真想跳窗户逃生。

吃鱼都能整出这么多事。老邱原以为老婆厉害强势，可将她和奇葩女律师一比，简直是“柔弱小妖”与“强悍大魔王”的差距。

前前后后见了七八个都不合适，老邱有点泄气。有人给老邱出主意还是去大型婚介公司靠谱。冯主席不让，说这是挑战他“职业媒公”的声誉。他又介绍了一个女教师，在麓城九中教语文。冯主席电话中，神神秘秘地说，三十四岁，老姑娘，没结过婚，长得好、温柔。老邱，你遇到我当媒人，真是几世修来的福气……

老邱的心脏没缘由地“怦怦”地蹦了几下，好像一只熟睡的绿皮大青蛙，被几只飞虫逗醒，一蹦吃一口虫，有点“惊喜小高潮”。

老邱嗫嚅地说：“不合适吧，女孩和我儿子差不多大。”

“虚伪！”冯主席批评他，“你是合理又合法，又不是包二奶！”

隔着话筒，老邱都能感到冯主席喷薄而出的“酸劲儿”，全是碳酸味。

这次见面，老邱准备更充分。他先去浴场泡澡，让搓澡工“咯吱咯吱”地搓了个白里透红。接着，又去买了一件高档米黄色风衣，搭配白衬衣，深蓝色领带。他特意带上去年出版的散文集《蓝水河的呼唤》送给女教师。

还有一束玫瑰。老邱这次真动了心思。

刚到陶然居，小凤眼尖，连忙给老邱道喜，说：“邱叔，浑身上下透着喜气，又来相亲？真行，越战越勇！”

老邱答应着，说：“哪里，赶鸭子上架。”

也怪，自从去相亲，老邱对生活又有热情了，工作勤快，话比从前也多了。虽说不成功，但总能抱点期待。生活还是有点期待，才能“有意思”。

老邱这次不点红茶，点了一壶龙井。他起身接茶壶，恰好碰到一个女人身上。女人身材匀称，气质不错，笑眯眯的。茶壶的水洒了女人一身。老邱道歉，心想，坏了，不会是女教师吧。谁想，包间又进来一个年轻女人，瘦瘦的，穿米黄色大衣，戴着淡红色围巾。

小凤过来帮着收拾，对被洒了茶水的女人说：“大姐，别介意，这是邱叔，来相亲的，慌着呢。您是和邱叔相亲的女朋友？”

女人忙摆手，退了出去。这时，年轻女人说：“我是冯主席介绍的。”

小凤忙道歉，又笑着对老邱说：“邱叔，真不是打听您隐私，上次那阿姨，一把鼻涕一把泪，太吓人了。”

老邱也觉得好笑，中年大叔相亲，惊天地泣鬼神。他说：“这次保证不这样，千万别围观，不好意思。”

年轻女人主动介绍说，叫谢红。老邱赶紧让座，也介绍自己。俩人相互寒暄。老邱偷眼看去，谢红化了点淡妆，白净瓜子脸，还戴着金丝边眼镜。

年轻，知性美，看着也“正常”。

有了上次的经验，老邱不那么猴急，学会了矜持。他先送散文集，再送玫瑰。老邱观察了一下，谢红接到散文集，是惊喜，拿到玫瑰，表情羞涩。

按照文学家的揣摩功夫，老邱判断，谢红喜欢文化，也没怎么交往过男人。

谢红说话细声细气，春风化雨，又像小溪流水，潺潺湲湲。谢红说，上学时，整天忙学习没考虑婚姻；上班，又忙工作，就给耽误下来了。

老邱也聊了丧偶状况，不好意思地说：“年龄差距有点大，委屈你了。”

谢红说：“成熟稳重的男人，有责任感，也能更好地参悟人生。”

老邱忙不迭地说，参悟，参悟，共同参悟。

老邱偷眼看去，谢红没恼，还笑了，两个酒窝，真好看。

谢红又说，报上看过老邱的散文，有悲悯之心，又称赞老邱选的地方好，素雅、干净。

老邱说：“心里烦闷，在这里消磨时光，听听定慧寺的钟声，静了许多。”

谢红眼中透着惊喜，说自己也喜欢定慧寺。老邱开玩笑说，人家都说，和尚收钱，让人乱敲钟。

聊了两个小时，彼此感觉不错。谢红还送了一串菩提根佛珠手串给老邱，说是特意到藏有佛牙的山东汶上宝相寺求的，特别灵验。

过几天，老邱又约谢红在陶然居吃饭。谢红提议，去定慧寺后面的“慈航素斋馆”。老邱喜欢肉，但看在谢红面上，勉强去吃素斋。馆子清静，大厅放着王菲的《弥勒佛咒》。菜品透着“素意”，有豆腐做的“素鱼”“素肉”。每份数量少，谢红吃得更少。

老邱有心多点，又怕不雅，被谢红看成“贪吃”。

俩人后来又约着去书店、公园。老邱处处小心，迎合谢红，心也挺累。也不是自卑，就是面对林黛玉般纤尘不染、高洁温柔的女孩，生怕面露粗鄙，唐突佳人。

老邱自从“谈恋爱”，精神状态好转，开始注重打扮。冯主席少不得表功劳，从老邱办公室抢走几盒高档金骏眉茶叶。认识的人都说，老邱最少年轻了十岁。老邱在心里算计了一下，减去十岁，就比谢红大不了几岁啦。

也有不习惯的地方，谢红喜欢叹气，没事就聊佛经。她喜欢“读书和文化”，基本是佛系一路。她也喜欢文学，但局限在《红楼梦》这样的伤感作品里，文学修养有限，对心灵治愈鸡汤那些道理，倒听得津津有味。生活的事，她不甚了解，不会洗衣做饭，更别说家务。年纪轻轻的，家里的事儿，都是钟点工打理。

老邱了解，谢红年纪很小，父母就过世了，她是被一辈子未婚的姑姑抚养大的。前几年姑姑也走了。谢红的性子，就有点冷。老邱可怜她，愈发对她好，还常到她家里，帮着收拾屋子。一来二去，老邱起了心思，想要留下住一宿。

冯主席说，经营二婚好比买二手房，房子“大小新旧”很重要，更重要的是，房子要“住得舒服”，水管不能漏，楼板要隔音，木地板不能翘，床要软硬适度。老邱想看看，谢红到底适不适合结婚？只有“住过”，才能清楚。

天公作美，雨夹雪，北风呼啸，怎么看都是留客的天气。谢红睡得早，老邱抱着被子，屁颠屁颠地躺在客厅黑色真皮大沙发上，浮想联翩。厨房料理台，还残留着老邱做的青菜炖豆腐的气味，清香怡人。屋里暖气热乎，客厅左侧，老邱摆了一个花篮，花开败了，可以换点别的，提升空气质量；客厅右侧，摆着洗衣机，下午老邱洗了几十件衣物，烘干、叠好，摆在长桌上，散散潮气。毛巾、床单、T恤、袜子、三套纯棉美人牌内衣裤，一件柔软的粉红色内裤，松紧带有点松垮变形，底部也磨损变薄。他甚至发现，棕红色木地板和踢脚线接缝处有些细小粉末，该是蚂蚁的痕迹。老邱合计着，改天给房子除除虫……

谢红抱着被子从卧房钻出来，说睡不着，找老邱聊天。这也是应有的题中之义。懂得和女人聊天，就是耐心听她缓慢地讲一个冗长的故事或一个冗长的道理。谢红给老邱讲《金刚经》心得：修行的人，要力防我相、人相、众生相、寿者相。人不可执着、不可分别人与我、不可凌驾众生，整天琢磨着过程，都是

“着相”……

这种场合，这种氛围，聊天应该不止于此。

老邱内心的欲望，仿佛小野兽在瞬间长大，再也无法遏制。他抱住谢红亲吻。谢红避让，挺不好意思。老邱继续，却吃了一个耳光。

老邱蒙了。咋回事？谢红赶紧退开，开始哭。老邱更蒙了，挨打的是他，谢红咋哭了？谢红抽抽搭搭地说着，大意是以为岁数大、丧偶的男人，在历经沧海巫山后会超脱俗世，能“和谐”度此残生……

老邱听了半天，大致明白了谢红的心思。她要的不是老公，而是一个“佛经听众”，能给她鞍前马后、打点俗事的“管家”，能保护她躲在幻梦中的“金钟罩”。俩人在一起只唠“素嗑”，讲“素经”，吃“素斋”，睡“素觉”。

她“素”得只爱自己，难道不也是“着相”？

老邱想想，也是傻，这样的女孩如果不是有问题，怎可能这个年龄还没男友？

老邱没伤心，只是有些遗憾，为谢红惋惜。这么好的女孩，怎么钻牛角尖？老邱的脑海，总浮现出那件粉红色的、松散的小内裤。他使劲摇头感到羞愧，就像一只老花狗，努力忘记昨天丢失的一块肉骨头。

深夜，老邱离开谢红家。雨雪正紧，路上泥泞。老邱蹦蹦跶跶，躲着小泥水坑，手抄在大衣口袋里，紧紧地抠着佛珠。毗邻小区，是一条肮脏的商业街，红红绿绿的霓虹灯，高高低低的电线杆，与那些鹅毛大雪、瓢虫般的雨点纠缠在一起，模糊了老邱的视线。

老邱的手心盘着佛珠，沁出了汗，不是说开过光，咋不灵呢？

老邱远远望去，谢红家的灯还亮着，一个孤独的影子，印在了窗上。

四

老邱冷静了，再仔细想，要啥“第二春”？自己的春天就没来过。你以为是富豪还是明星？“老牛吃嫩草”，老牛要老当益壮、身份显赫，嫩草也要软硬适度，才能不扎伤老牛。又好比“老树发新芽”，老树要生机勃勃，新芽也要有韧性，才不会变死芽。大部分老树和老牛都吃不上嫩草，长不出新芽，不过“痴牛或痴树说梦”罢了。

几次折腾，老邱再婚的念头淡了。每天早上去公园跑步，白天上班，晚上练书法，生活单调但比较规律。遗憾肯定有。时间久了，遗憾就慢慢堆在脸上，蔓延成皱纹，佛家讲，这就叫“废退”。

天气越来越暖和，麓城的病毒性感冒却开始肆虐。老邱本来没事，单位组织活动，搞文艺汇演，忙前忙后，人多又扎堆，老邱就病倒了。平时老邱感觉身体不错，照顾老伴，整天忙活，也没觉得如何。这次不一样，似乎要集中把几年的悲伤孤独都“冒”出来。老邱发高烧，昏天黑地，吃不下饭，只能住院。医院人满为患，都是因为流感住院的，大部分是老人和孩子。

我是老人了？老邱从没有这么无助。

更倒霉的是，老邱居然在医院遇到第一次相亲见过的女护士。女护士见到老邱，一副“早知你身体不好”的表情。护士告诉老邱，她再婚了，老公是退休体育老师，身体特棒，还参加过环城马拉松。老邱被奚落了一顿，也没心情还嘴。

郁闷，真是郁闷。

老邱迷迷糊糊，总能听到老婆在身边讲话，说的是十几年前的旧事，儿子打碎了一个碗，两口子斗上半天嘴。那天晚上，不知为何，陈芝麻烂谷子，老邱记得格外清晰，老婆骂人时的俏皮话，他都念得一清二楚。

春夜，老邱望着病房外的墨色天空，默默无语。他闻到了死亡诱惑的气息，像老婆做的稀饭：寡淡，却有着一股踏实的感觉。他使劲盘着佛珠，十三颗菩提子“哗哗”作响。有信仰真是欣慰之事。病好了，他也要到定慧寺烧香。病好不了，就戴着这串佛珠去见佛祖。

第二天，吃了消炎药和退烧药，老邱身体轻了很多，五脏六腑空荡荡的。其他病人都有亲属陪床，老邱这边冷冷清清。他给儿子发了微信，顺便发了一张卧床“惨照”，儿子又回复一个“惊讶痛哭”的表情包，就没有了下文。

老邱想，儿子太忙，发文字的时间都没有。忙点好，受重用，这样他也放心了。

老邱眼窝湿湿的，也不晓得是不是眼泪，就是心里难受。

“大哥，咋还哭了？是不是打针太疼？家人呢？”

老邱听到耳边有人问，抬头看去，不认识，一个四十多岁的妇女，戴着口罩，瞅着他笑。看穿着，应是医院的护工。

老邱没好气地说：“你是谁？多管闲事。”

女人放下扫帚，在他的病床前站了站，说："大哥，人这辈子短着哩，想开点。"

老邱再仔细看，眼熟，女人又笑，解了口罩，弯着腰笑，眉眼都笑开了。她身量匀称，虽然穿着护工的衣服，但整洁干净，手指长长的，还白白净净的。

老邱这才想起，陶然居好像见过这女人，被他洒了一身茶水。他绷着脸说："在饭店看我笑话，又笑到医院来了？"

女人还是灿烂，说："我刚才好奇，也是奇怪，又碰到了你。"

"碰到你倒霉！你是倒霉鬼他妈咋的！"老邱的嘴更毒了。

女人不恼，说："你心情不好，说两句就说吧。人就这样，撒撒气，气顺，病就好了。"

老邱鼓着腮帮，"呼哧呼哧"地倒气，像被针扎透了的气球，瘪了。

老邱再看那女人，人家没理他，给隔壁床位老头喂饭。老头也是高烧，满头虚汗，只能吃点稀薄的小米粥。女人小心翼翼地端碗。老头忍不住咳嗽，一口黄绿浓痰喷到碗里，恶心极了。老头有点窘。老邱也赶紧往旁边扭身子。女人却不急，笑眯眯地说没事，倒了粥，洗干净碗，拿热毛巾给老头擦嘴。

女人到卫生间拾掇干净，又回来给老头喂稀饭。

老邱有点服气那女人。他也伺候过病人，这可不是啥好活计。

女人是真好脾气。别人都说老邱脾气好，可老邱明白，自己的"好脾气"是装的，不过比较能忍罢了。

俩人你来我往，居然也说到一起，互相留了手机号。女人叫高静，四十多岁，没孩子，老公在外面有了别的女人，和她离婚了。她没正经工作，当过服务员，现在在家政公司给人家当钟点工。在医院当护工，也是别人暂时安排帮忙的。

一个女人，中年离异，又没孩子，她怎么活得这么开心？

老邱越发佩服她了。这叫坚强，活出“自我风采”。自己这爷们儿，倒不如女人豁达。

老邱的病好多了，回家休养。忙着还好点，在家待着，冷锅冷灶，看电视发呆，书也读不下去，眼前总出现高静的影子，晃来晃去。

鬼使神差，老邱拨通了高静的电话，听着那边挺热闹。高静说，在菜市场呢。老邱说，能不能上我们家做做钟点工？没啥事儿，就是做饭、打扫卫生。

高静有些为难，说，有主顾了，如果上老邱家做，只能一周来一到两次。

也行哇，老邱挺兴奋，声音都高了。

这么说定了。老邱洗澡、换衣服、刮胡子，把家里大扫除一番，等着周末高静过来。

一天，两天，三天……总算熬到了周末。

高静一进门，就伴随着笑声。她带了不少清洁工具，看了老邱家里，吃了一惊，说，这不收拾得挺干净？老邱咧着嘴，有点“计谋得逞”的小得意。高静也乐了，说，大哥，行呀，现在不也挺开心？

还不是你来了，老邱说。

高静脸红，没搭话茬，赶紧又收拾。老邱拾掇房间，就是“驴粪蛋子表面光”，不够细致，仔细一打量就露了马脚。床底灰尘，堆得挺厚；犄角旮旯，也沾挂着不少脏东西。更不能细看的是厨房和卫生间，水槽子底下是积水，便池也有不少黄渍。

高静够利索，一个多小时，屋子亮堂清爽。高静又向老邱要钱，跑到小区门口菜市场，买了蔬菜、生猪蹄、鲤鱼和乌鸡。不一会儿，厨房传来切菜声，外带一股久违的油烟味。

老邱扎煞着手脚，踱回书房，看起了书。不知咋的，那本书老邱瞅着格外舒服。书皮摩挲着，也沙沙地响。不知不觉，一个多小时过去了，高静在客厅喊老邱吃饭，花生炖猪蹄、乌鸡莼菜汤、炒藕片、糖醋鲤鱼，三菜一汤，营养丰富。

闻到饭菜的香气，看到高静穿着花围裙，笑意盈盈的样子，老邱的眼有些湿润。老邱伺候了老婆小半辈子，如今也被女人舒舒服服地伺候，才感觉出当男人的好处。

老邱悄悄地把手腕上那串佛珠抹下来。

五

高静每周来一次，大部分是周末。老邱央求她多来，她推脱，说不能怠慢其他老主顾。周末成了老邱最期盼的节日。高静给老邱收拾房间外带做饭，收费不高。老邱有心给她加钱，高静不同意，说，我凭劳动得收入，光明正大，你多加给我，可不敢来你这里了。

老邱对高静又敬重了一分。他喜欢和高静说话。和老婆过了几十年，都是听老婆训斥和安排。和谢红相处，也是整天听谢红讲佛经。没承想，老邱在高静那里找到了听众，也有人愿意听他说。老邱说到伤心处，她陪着落泪；老邱说到滑稽处，她也陪着笑。高静永远是一副精神抖擞、心情愉快的模样。老邱好奇地问：

“你怎么这么乐观？”

高静说：“没啥大道理，人生一世，草木一秋，人都苦熬着，别太在意，就这么回事。”

老邱惊讶，说：“你挺懂哲理呀。”

高静说：“别看不起人，我虽然学历不高，当年也热爱过文学。”

说到文学，老邱有了自信。他和高静讲他写的散文。高静听得认真，还做笔记，过了一阵子，居然写出了一篇小散文，名字叫《陶然》，讲的是第一次与老邱认识的经过。老邱看来，散文比较幼稚，也带有心灵鸡汤痕迹，但贵在真实。老邱打趣着说：“小高，我当时在你眼中，是不是就是一个怪老头儿，相亲狂？”

高静认真地说：“没那么想，就感觉你有点搞笑，细一想，又觉得可怜。”

老邱鼻子一酸，又哈哈笑起来。陶渊明说：“人亦有言，称心易足，挥兹一觞，陶然自乐。”他现在就差一个小酒杯了。人生如流水，随意赋形，全也由不得自己。他有吃有喝，有固定工作，还有女人听他讲文学，该知足了。

几个月过去了。老邱平时想着高静，见不到就发微信语音，有点难舍难分，可那层窗户纸还在，就缺“捅破”的契机。

那天周末，高静又来做家务，来时有些晚，下午四点多了。高静看着疲惫，精神不振。老邱心疼，就帮着一起做饭，俩人相对而食，有点老夫老妻的感觉。高静一顿饭下来，郁郁寡欢，话也没说几句。

是不是遇到啥事了？老邱问。

高静说没事，老邱再三追问，高静迟疑着说，前夫又来闹，要钱。老邱说，不是离了吗？还纠缠不清？高静讲，男人不务正业，与别人合伙做生意，生意赔了，合伙人卷钱跑路。男人不出去工作，天天在家玩游戏，网上诈金花，现在的老婆也跑了，他没钱就来和她纠缠。

都是套路。老邱替高静惋惜。好女人背后，都有一个赖男人。电视剧的狗血剧情也有生活底色呀。俩人有一搭没一搭地聊，天就黑下来了，先是稀稀拉拉地下小雨，再后来，雷声“轰隆隆”地响，雨点连成小佛珠似的串子，抽打着屋檐和阳台的防雨棚，发出“噼噼啪啪”的声响。

望着漫天扯过的大雨，老邱看看意气消沉的高静，有心留她，又张不开嘴。高静怔怔的，才醒悟过来，慌着要走又发现没带雨具。

慌啥？晚点回去，不也是你一个人，这雨看着要下一夜。老邱慢慢地说，像自言自语。

高静没说话。暴雨天不能动电器，老邱没开电视。屋里暗，俩人开了灯，喝茶。老邱讲了这些年来和老婆生活的苦恼。高静说：“你俩性格不投，你也真能忍，几十年做模范丈夫。”

“不过怕麻烦罢了，”老邱苦笑着说，“人都有惰性。我过去不晓得想要什么。”

“现在晓得了？”

“晓得了，”老邱眼睛亮着，咬咬牙，一字一句地说，“就是想要你。”

男人都是这样。高静叹息着，茶水的蒸汽袅袅，笼罩着高静匀称的身姿，渐渐有些看不清脸庞上的表情。

老邱没来由地惶恐。他又想起那串佛珠。

男人真不是东西。所有温情蜜意，都为了那一刻“图穷匕见”。

可是，高静要不答应怎么办？老邱无法想象，如何面对那个局面。

高静叹息着，不讲话。老邱大着胆子伸过手，紧紧握住高静的手。雷声轰鸣，仿佛万吨炸药在老邱耳边炸响。几道精白闪电，凄厉地亮，刻在沾满雨点的玻璃上，惊心动魄，连带着老邱的心肝脾肺都被劈了个焦煳。这是老邱的战场，已无路可退。高静的手挣扎了几次，劲不大，都没走脱，好似茫茫雨夜，在陷阱里挣扎着的母兔，被夹住了腿，流血是死，淋雨也是冻死，被猎人逮着是死，哀号着更是累死，总之都难逃一死……

一夜折腾。这是老邱从没有过的体验。这是不是爱情？老邱拿不准，可俩人就是快乐。漫天大雨，河水也漫灌出河道，四处都是汪洋。高静不主动，也不被动，俩人配合得默契，好似多年夫妻。老邱老当益壮，高静就低俯，有意迎合；老邱力不从心，高静就迎上去，俩人你争我夺，沉沉浮浮，又你来我往，到了凌晨才昏昏睡去。

雨过天晴，风轻云淡。老邱从未睡得如此舒服惬意。醒来，睁开眼，看到高静盯着他笑。老邱不好意思，“嘿嘿”了两声，嗫嚅着说，昨晚上风雨有点大。

高静一骨碌爬起，嚷着去做饭。临下床，拍了拍老邱的肚子，说:“得了便宜卖乖，你该在家里摆上两尊神像，一尊风伯，一尊雨师。”

老邱调皮地说:“没他们眷顾，能这么恣？你可是天神给的‘田螺姑娘’，我这个穷书生，全靠你做饭洗衣。”

“信不信？”老邱说，“我心里早就有你。”

“不信。”

“不是我心里有你，你躺不到这张床上。”老邱说，“陶然居，我看你第一眼心就蹦。你心中也有我，要不然，也不能遂了我的心。”

高静瞪起眼来。“你……”她说。

“你喜欢我啥？秃头亮得能点灯，省电钱，还是肚子大能当桌子使？”

“你真坏……说了你也不懂。”她慢慢挪开目光，“中年女人，就想要个安稳。安稳的男人，年龄大点，也没啥，人要安稳。”

“年纪大就安稳？”老邱说，“现在坏老头多了，没看电视吗？”

“就冲着你对死去老婆的态度，就是安稳的男人。一个男人，再能忍，心不善，不安稳，也难得悉心服侍生病的女人好几年。”

“我那是窝囊。”

“不窝囊！你有才华，心善，能容人，能为别人打算。你不喜欢的女人，都能如此对待，跟着你，肯定没错。”

“我不好好对你，不是人！”

“我前夫比你会哄女人，可他喝酒了总打我。”

“我不喝酒、不打人，更不会打喜欢的女人。”

“你是真心，还是哄我？”

“口不应心，让定慧寺的钟把我砸死！”

“呸！呸！……别说不吉利的话……你死了，我怎么办？”

六

老邱和离异中年女钟点工好上了。

消息传得飞快，机关上下都知道了。陈部长找老邱谈话，认为不般配，年龄和身份都不般配。失败的“媒公”，工会冯主席也不赞同。

“都是我的失职！”冯主席拍着大腿，痛心疾首的样子。

“我现在挺好。”老邱不好意思，毕竟冯主席给他介绍了那么多女人，虽然没成，但这份人情也不能忘。

冯主席不领情，说：“你大小也是县级干部，这么将就？是不是让人讹上了？”

“说啥呢？”老邱不太高兴，“老冯，你帮忙，我真心感激你，可你介绍的都不合适。我现在遇到合心的，你不祝福我，还埋汰人！”

冯主席叹了口气，欲言又止，想了想还是说：“二婚有风险，我也不说啥了，你要打听清楚对方的底细。这种事马虎不得。”

老邱答应着没太在意。他相信高静，交往要有信任。他和高静来往越多，越感觉这个女人可以信赖。人家也不图他的钱。好几次，老邱要给她买衣服、首饰，高静都不同意。老邱也想和高静再进一步，可高静说，刚好上，再互相了解了解。

高静还是每周来一次，对老邱却更关心了，嘘寒问暖，有时俩人一起出去转转，也去陶然居，一起吃饭，听定慧寺的钟声。柜台收银的小凤，现在升职当了领班，还是热情的性子，见老邱过来，嚷着，邱叔，好长时间不来了。

老邱笑着说，还是老几样，抓紧上菜。

小凤看看老邱和高静，连声祝贺，叔，春天来啦。

老邱红着脸，嘿嘿笑。他和高静边吃菜，边闲聊天。老邱讲到了“佛系”的谢红，还有定慧寺的故事。高静也想跟老邱去定慧寺，去求姻缘，看看和老邱能不能白头偕老。

老邱是认真的人，和高静睡了，就要负责任。可高静的状态，不大像奔着结婚去的，倒好像谈恋爱的小女生，卿卿我我，喜欢让老邱给她念散文，听得入迷还落泪。晚上俩人更是缠绵。但是，老邱想到她的住处看看，总被她拒绝，细问家庭、父母等很多问题，她也回避，问急了，就哭，老邱也不好再深入了。

一来二去，老邱挺不舒服，感觉高静瞒着他什么事。小邱也打微信电话来询问。老邱挺奇怪，没和儿子说这事。小邱说冯主席告诉他的。老邱有点烦冯主席多事。

小邱说：“老爸，你不会被骗了吧。现在骗婚的女人可多了，专门对付你这样的半大老头。一结婚领证，就偷偷卖房，要不就哄着老头把养老的钱全转给她。”

“胡乱怀疑！”老邱冷冷地说，“你是担心将来我死了，分不到家产吧。”

小邱说：“我真的担心您。老年人理性思维退化，容易上当！”

“你才退化！”老邱暴跳如雷，不迭地骂，“兔崽子，老子养你这么大，你到底尽过多少孝心？别拿你老爸当傻子！”

“您就我这一个儿子，我咋能不孝顺您，不是工作忙……”

“甜言蜜语，留给你老婆吧。老子的钱，愿意给谁就给谁！愿意让谁骗就让谁骗，你瞅着不顺眼，我也没办法！”

老邱挂了电话。老邱性子绵软，很少和人吵，更不要说儿子了。更年期了，还是儿子的话戳中了他的痛处？

老邱又把和高静的交往翻来覆去想了几遍，也觉得蹊跷。高静的背景，雾里看花，朦朦胧胧。她不会真是“田螺姑娘”吧？

老邱摇头，决定还是和高静说清楚。他拨通高静的电话，说：“你平时都在哪里做家政？我能过去看你吗？要不我上你家？”高静还是推脱，说：“我住在老城区西关，脏乱得很，你不用过来，我周末找你就行。”

老邱说：“咱们关系都这么近了，你要让我多了解你。我儿子都晓得了咱们的事儿了，刚才问我，我都不知道怎么回答他。咱们这算什么？炮友？”

高静没了声，许久，才说：“邱哥，一言难尽，给我点时间，我一定给你满意的答复。”

高静扣了电话。老邱心里更没底了，他决定当一次“福尔摩斯”，来个“女友大调查”。他请了假，先去陶然居。这是他们第一次见面的地方。他找小凤了解情况。小凤想了半天，没说出所以然。不过，小凤说，那个高静打听了老邱半天，才过去和他搭讪。

小凤对此较肯定，高静缠着她问了许久，都是关于老邱的事。老邱心里沉了沉，这最起码说明，他和高静的“美丽邂逅”，真有可能是刻意安排的。

这是为啥？图财害命，还是自己魅力大？老邱有点混乱，脚步有些踉跄，抬眼看去，定慧寺的屋檐，闪着一只喜鹊的影子，“嗡嗡”的钟声乱响，扰得人心烦。

老邱想，麓城人民医院，肯定有发现。他打上出租车，去了医院，找到给他看病的熊大夫，又辗转联系到当时邻床老头。老邱迫不及待地打电话过去，问家政护理工高静，咋和他联系的。老头耳聋，老邱在电话里吼了半天，才听明白。老头愣愣地说，啥护理工？人家是志愿者，可别瞎说。

志愿者？老邱的眼镜险些掉下来。

老邱按照老头提供的电话，又联系麓城青年志愿者协会，那边倒是说，有这么个女人，但不叫高静，叫高菁菁，只有身份证号和电话，她当时也没写工作单位。

老邱颤抖着手，再拨打高静的电话，那边已关机了。

老邱追查了大半天，没啥新进展了。忙着“查案”，老邱中午饭都没吃。眼看着下午一点多，老邱失魂落魄地在街上踱步，又转到陶然居。小凤看到老邱这副模样，也不敢多问，后厨已熄了火，小凤抓紧吩咐给上一碗面。老邱吸溜着面条，日子好像又回到了半年前。下午的阳光洒进窗户，抹在青瓷碗上，老邱的脸上仿佛涂上了一层淡金色。猛然间，钟声又响起，宁静的世界好似颤抖了几下，淡金色也就倏然消散而去。老邱从窗户玻璃的反光中看到自己苍老的容颜：硕大的脑袋、日渐稀少的头发、耷拉的眼袋、红肿的眼泡、松弛的皮肤，还有几块若隐若现的老人斑。这才是“真实”的老邱啊。

老邱感觉，自己就像贪心的孩子，偷到一瓶果酱，只顾疯狂品尝甜美的味道，全然未想到瓶子里同样融化着一颗致命毒药。

老邱胡乱填饱肚子，也不想回家，就在街面闲逛。人群熙熙攘攘，各自为了人生目标奔波，只有他是无目的地乱走。他原来也有目标，就是找一个可靠的、安稳的女人，幸福地走完人生下半程。现在看来，这个目标大概是镜花水月了。其实，他的内心还有一个隐隐的目标，就是能在大街上遇到高静，不对，是高菁菁。

茫然走着，不知不觉到了西关老城区。老邱接到单位电话，说是去年的绩效工资发下来了，让本人去农业银行核对。很多年轻同事都办理了手机银行，不用去银行查账，手机短信提示了。老邱年龄大，反应慢，不太相信网上银行这种东西。他的钱都是定期去银行查。那天也巧，农行的折子，恰好带在身上。老邱想，今天反正不能上班了，不如去银行看看吧。

西关老城区，外来租房户较多，环境差、嘈杂，老邱很少来，也不知道哪里有农业银行，只能胡乱走，打听问着，居然也让他找到了西城农业银行分行。人真不少，老邱拿了号，坐在椅子上排队。忙碌大半天，心情又郁闷，坐在那里，他竟然瞌睡上了。老邱迷迷糊糊，做了一个美梦，梦中他变成了一个二十多岁的棒小伙，高高兴兴去相亲。相亲的对象，居然是高静。那时的高静更年轻、更好看，俩人手拉手，一起去逛定慧寺。佛祖宝相庄严，小情侣跪在佛像前，美美地笑着。佛祖突然睁开眼，冷冷地对他说，醒醒吧，看看你身边的人……

老邱晃了晃，醒来，发现有个银行男职员推自己。原来老邱睡了一个多小时，排在前面的人都办理完业务，后面的人也办完了，银行也快关门了。偌大的营业厅只剩下老邱一个客户，“白茫茫一片真干净”。老邱睡得太香，哈喇子都流到肩膀上了。他擦擦嘴，赶紧到柜台。

正办理着，听到柜台后喊，高主任，先来看看这个单子！

一个中年女人风风火火地跑进柜台，忙不迭地说，来了，来了。

老邱听着声音熟悉，抬眼看去，匀称的身材，干净利索的短发……这是“高静”？

老邱愣住，“高静”这个打扮和平时他见的不一样，深蓝色职业套装，高跟鞋，手腕上还有块明晃晃的精致女表，一看就价值不菲。

“高静”也看到老邱，脸变得煞白。俩人隔着柜台玻璃，对视着，玻璃反射着银行顶层的灯光，老邱耳边是嘈杂的人声，头发晕，简直要昏倒在地上……

银行轧账后，老邱和“高静”找了个咖啡店，坐了下来。老邱稳了稳心神，张张嘴想要骂人，却不知如何骂起。

“高静”淡淡地说：“本想过几天告诉你，你既然看到了，想问什么就问吧。”

“你是谁？干什么的？”

“我叫高菁菁，高静是曾用名，我是西关农业银行的信贷部主任。”

“为什么骗我？”

“没骗你。”

“名字和工作都是假的，不叫骗？”

“我……暗中观察你，等时机成熟，再告诉……我们的感情是真的！”

高菁菁看着老邱发飙，也不着急，好像抚摸着一沓被顽童剪碎的钱币，甭管碎成啥样，也能拼出来。但人心不是纸币，胶水粘好了，就可以“以旧换新”。

“笑话！……把我当傻子？你还骗我上床，你是不是有艾滋病？”

正如钱钟书说：“忠厚老实人的恶毒，像饭里的沙砾或者出骨鱼片里未净的刺，会给人一种不期待的伤痛。”老邱的愤怒，犹如冲出体温计的水银，没有正经用武之地，全都是伤人又伤己，老邱说的是高菁菁，自己的眼泪不知为何却下来了。

“我没病！”高菁菁的眼圈也有些红，“我离婚后，见了太多不靠谱的男人，我只是想先考查考查，没想骗人！”

“怎么选中我？目的是什么？”老邱气咻咻地继续问。

“能骗你啥？”高菁菁的眼泪终于落下，“我在麓城有五套房产，论收入，我也比你高！这几个月，我没多要钱，照顾你，把身子都给了你……”

老邱细想，也是这道理，气有点消了，可这么做，高菁菁到底咋想的？

高菁菁缓缓地讲述，抽噎着，断断续续，思路还清晰。她七年前离异，前夫好吃懒做，虽然离婚了，但时常跑来闹事，向她要钱。这些年，她在银行当中层领导，收入颇丰，她又很有投资头脑，在股市和房市上都发了大财。但是，婚姻依然不顺。经别人介绍，她也陆续认识了不少男人，都没有结果。她和两个男人同居过，都到了谈婚论嫁的地步，最后发现男方都是为了图财。高菁菁对婚嫁怕了，但不甘心孤独终老，她要找一个“安稳可靠”的男人。

“我就那么安稳可靠？”老邱没好气地说。

高菁菁不愧是金融高手，她对“大数据”概率选择，有着过人的敏感。她先将麓城中年单身男士，按照她的条件门槛，进行分类筛选。年龄在“35—55”岁，经济条件在“15—55”万元，职业要求在“公务员—事业单位”区间（她不想找商人），个人条件要求“基本健康”，“丧偶无孩”为最佳选择，“丧偶有孩”次之，“离异有孩”再次之。除此之外，还有身高体重等其他“次级指标”。高菁菁买通麓城市社保局人事处长，将合适婚配男人的数据调出，分类组合类比，最后确定“五个男人”为终极考核入围名单，并为他们建立动态“个人信息档案”，以便于跟踪对比。

“你最后为啥确定了我？”老邱继续问。

“你的各方面条件都不错，”高菁菁期期艾艾，躲闪着，不敢看老邱的眼睛，“除了长相条件之外，其他都很好。最关键一点……”

“是什么？”

“你对婚姻忠诚度高，几年如一日，伺候瘫痪的暴躁脾气的老婆，这事很多人都知道，对此评价很高。你对那样的女人都能如此，跟着你，不会错。”

确定了对象，高菁菁就像一个老练的猎手，一步步地将老邱引入“陷阱”，制造“美丽邂逅”，假装护工，走入老邱的家庭，然后就是鱼水之欢，顺理成章，“非常完美”。

“你可以找人介绍，为啥骗我？”老邱还是很生气。

“我想看看，”高菁菁说，“你和人家说的是不是一致，还有，如果我只是一个没工作的普通妇女，你会不会爱我，会不会对我好。我想找适当时机，告诉你实情。”

“那你也不能这样做！”

“我怕你骗我！”高菁菁哭着喊，“我被骗怕了，我……”

七

季春桃月，乍暖还寒，老邱恢复了去陶然居吃早饭的习惯。

还是一碗热气腾腾的肉丝面。小凤嫁了人，喜气洋洋，穿着红皮鞋，在前台后台跑来跑去，也不怕崴脚，好像特意炫耀似的。老邱的身体恢复得差不多，也有了精气神。明年，他就退居二线了，领导有意让他得清闲，很少给他安排累活。他还是闲来写写散文，依然养花、喂猫，周末去定慧寺抄古碑、搞拓片、修炼书法。

定慧寺始建于初唐，历经多次兵灾火难，后周世宗柴荣灭佛，曾强拆寺院，明末农民起义、抗日战争时期，定慧寺均遭到过破坏。建国后，原址地基重建寺院，寺中有大光明定慧钟一座，为明代文物，还有院内数十座残碑，为历代书法家所撰，风霜雨雪，朽坏不堪。“文革”时期，红卫兵又把铜钟砸出一条缝，石碑也砸坏不少。老邱吃罢早饭，就蹲在定慧寺院里临拓古碑。别人感到枯燥的活计，他弄得有滋有味。

那一日，又是周末，老邱在定慧寺抄古碑，一群游客嘻嘻哈哈地走进来。为了多赚点香火，定慧寺把大钟改名叫“祈福钟”，敲一下，二十块钱，敲十下以上，打五折。导游把游客领来，就忽悠客人敲钟，旁边还有僧人写祈福纸，包装祈福袋，念长生咒，也都收费。生意非常火。

骗子，都是骗子，连和尚都骗人。老邱嘟哝着。定慧寺和尚他也熟悉了，几个年轻师父，皮鞋锃亮，僧袍下面，都是高档西装，戴的表也都是浪琴、劳力士。

游客乱敲了一阵钟，渐渐散了，寺院恢复了寂静。老邱摇头，继续沉醉于古碑的书法境界。谁知，钟声又响了，惊得鸟雀乱飞。老邱铺开宣纸，刚写几个字，被钟声扰得心绪大乱，一下、两下、三下、四下……钟声连绵不绝，又有股如泣如诉的味道在里面。

老邱望去，一个中年女人，笔直地站着，钉在钟旁，有规律地敲钟。她痴痴地望着老邱，面无表情，脸上似有泪痕。

老邱才看清楚，是高菁菁。真相大白之后，老邱果断选择分手，高菁菁却死活不同意。老邱明白，自己不是一个精明的人，儿子小邱就把他骗得团团转，再来一个心机满满、演技能拿奥斯卡奖的银行主任，他招架不了。高菁菁也想明白了，精明到底害了她，害得她失去了一个可依赖的男人。她多次找老邱，希望回到“那些快乐的日子”，但生活就是这样，过去了就不会再回来。

半辈子都和老婆凑合了，如今，有了大把时间，老邱不想再被女人拴住，他想好好安排人生，游览名胜、专心创作。老邱觉得在艺术上“老年变法”，未必不会有新突破。

谁料想，高菁菁又跑到定慧寺，以这种特殊方式，向老邱表明心意。老邱慌乱地丢了宣纸，逃也似的从后门离开定慧寺。钟声还不依不饶，响个不停，仿佛长着长长的手，揪着老邱的裤脚，掐着他的脚后跟，摸着他的皮鞋，不让他走。

老邱叹了口气加快脚步，心里暗想，这一下下的，高菁菁得花多少钱呀。

刚到家，天色突然暗下，一阵突如其来的细雨，偷袭了春天的麓城。老邱呆坐在阳台上，喝着一壶茶，茶叶是上好的碧螺春，还是高菁菁给他打扫屋子时拿来的。老邱手里握着那串菩提子佛珠，汗津津的，盘来盘去，速度越来越快。

老邱晓得，这样钻牛角尖不对，这世界谁也不欠谁，人心难测，谁能将自己全部托付给别人？夫妻反目、父子陌路，这样的事现在还少？活着，就是敷衍，敷衍别人、敷衍自己，还要在这敷衍中寻出“乐趣”，才能有些“现世安稳”吧。

老邱想着高菁菁，有些心软。平心而论，这个女人除了太聪明之外，没啥缺点。可他扭不过这劲儿。老邱是真伤心了。他喜欢高菁菁。这可能是他五十多岁的人生，真正炽热地爱过的女人。然而，爱之深，伤之切。女人伤心就像病毒感冒，来势汹汹，但只要消炎药用得好，退得也一泻千里、马不停蹄，至于是否痊愈，还要看情绪。男人伤心，则像暖水壶里放冰块，看着若无其事，却是“冰”在心里，冷得化不开。

老邱站在阳台上，看着细雨中的麓城。他的家毗邻东环高架桥，越过桥，就是一个个新建的高档小区。此时已临黄昏，天色黝蓝，细雨霏霏，老邱放眼望去，一排排高楼上，一点点灯火，隔了一段距离，次第闪亮着，像约好了似的，又仿佛天上那些星，在雨水中眨着眼。

也许，它们都不坏，它们只是太寂寞孤独了，因此无法靠近。

老邱忽然下意识地，从阳台上探出头去，向着定慧寺的方向望去。牛毛细雨，带着丝丝清冷，打湿了老邱的眼。老邱的心里，钟声訇然响起。

老陶然

一

眼看着春来，日长风暖，天才擦着白，定慧寺的早课就开始了。悠悠钟声中，和尚的诵唱一波波荡漾开去，不知是《楞严经》还是《大悲咒》，似漏出白夜的雾，笼了麓城城南大半个地段。寺院南头是小广场，穿过广场是六里牌坊，沿街小吃店、便利店醒来不少。寺院前梧桐、刺槐、杜梨、构树上的喜鹊、家雀儿，都因这佛音梵唱噤得窸窸窣窣的，不敢扰了观音、罗汉一众神佛的清静。

早课凌晨四时应卯，咿咿呀呀地唱着，就到了六时。周末，上香的人多，都是远近的善男信女，求子的、求姻缘的，也有问学业前程的，都在无相门与无作门前戳住，等小沙弥洒扫完院落，放人进山门。

偏生这时，拥来一群“鲜衣怒马”的老男女，都是胭脂红中式短款小袄、青色灯笼裤，外配粉白平底布鞋，有的手里拿着塑料杨柳枝，有的腰上系着红绸，大剌剌地拢过来，占了小广场，摆了带蓄电池的大音箱，扭扭搭搭地跳起舞。

音乐也带劲儿，飘着《最炫民族风》，罩着《荷塘月色》，都是“凤凰传奇”的劲歌，惊起一群喜鹊，吱哇乱叫着逃命。跳舞的老男女们胸前还挂着绿色塑料小喇叭，跳完一曲，“嘟嘟、嘀嘀”地吹上一气，别提多美气了。

信徒们纷纷侧目，面露憎恶。

舞蹈队打出一面小旗，插在小广场美人鱼雕像的手心，赫然写着“新时代老年舞团”。这些老男老女跳得整齐，节奏感强，颇有点“走进新时代”的闯劲儿。

定慧寺的钟声晃了晃，仿佛喝醉的佛陀脚下遇了绊子，有了不期而遇的慌乱。和尚的诵经声也被这歌声压得时隐时现。好在早课该结束了，信徒上香也不耽误。两个青布僧袍小和尚开了山门，信众们向里拥，听得一声尖利嗓音叫起，似小刀片撕开几尺长彩绸：

别走了狗男女！

几个跳舞的老人抢过，劈头揪住一男一女。男的六十多岁，有些气度，光秃秃的脑袋，穿着毛料藏青色西装，三节头皮鞋锃亮；女的不过三十左右，长头发，斯斯文文，挺着肚子，怀孕四五个月的样子。

俩人突然被揪住，也是震骇莫名。年轻孕妇挽住西装男的胳膊喊着“老公”，男的也慌乱，气急败坏地嚷，老闫让你们来的吧，冲我来！别惊吓了孕妇！

领头的女人，六十岁左右，白白胖胖，像个圆滚滚的棉花团，小圆脸，花白头发。她薅住孕妇的头发，气咻咻地说，狐狸精，也有脸来定慧寺？咋不让金刚力士收了你这妖孽？

孕妇伸手夺头发，胖女人愈发攥得紧，向怀中轻轻一带，孕妇就势瘫跪在地上。秃头男见状，使劲推搡胖女人，又去掰手指。老年舞团的人，不尴不尬地围上去，倒不好意思动手，但明里暗里拉偏架，围了秃头男，只护那孕妇的周全。

胖女人挥着指甲，挠了秃头男的脸，左边三道，右边两道，像个绘了彩的蛋壳。

秃头男蹲在地上，抱着脑袋不停诅咒，孕妇却不慌，仰头怒视着众人。周围的群众，围了一大群，有劝架的，也有看热闹的。胖女人没再动手，指着男人的秃头，大声说，大家瞧，这是麓城大学项有槐教授！堂堂大学教授，六十多岁，养个不到三十的小三，把糟糠妻子抛在烂泥里，我孟菲看不惯陈世美，今天当回女武松，拿这狗男女示众……

众人哄笑，连带着定慧寺的钟声也响了两下，似是表示赞同。秃头的项教授，此时也有些心虚，耷拉着头，脖子的筋绽起老高，脸上青白不定，原本像个复活节彩蛋，现下倒像是彩蛋真要活了，被骂得春气入体，蠢蠢欲动。

那孕妇挡在项有槐面前，目光坚定地说，项老师有权利追求幸福！我们真心相爱，你又不是他老婆闫凤琴，凭啥打人骂人？我要报警！

人群给孕妇顶得一窒，老年舞团的人讪讪的，胖女人孟菲声音也低了不少，只恨恨地说，我替天行道，你有本事就告……

捉奸也要“正宫娘娘”领队。“正牌苦主秦香莲”不在，包拯也拿不得“陈世美”开刀问斩。

别闹了……舞蹈队里透出个糯软的、带着哭腔的声音。

人群倏然分开，走出一个高挑老妇人，身材偏瘦、皮肤白皙，眉眼清晰精致，就是皱纹不少，但气质还不错，想来年轻时也是美人。她也穿着老年劲舞团那套行头。孟菲叹了口气，说，都为你出气，你倒躲清静，老闫你倒是说句话呀。

离都离了，大家的情意我领了，我丢不起人……女人咬着嘴唇。

几个劲舞团男成员有些激动，一个高壮的老头，拍着胸脯向女人保证，谁也不能欺负她。围观群众有人小声问，这是哪路神仙？有人回答，这是新时代舞团的团长，也是项有槐的前妻——闫阿姨。

这些人是你弄来的？项有槐抬起头，盯着闫阿姨，扑哧扑哧地出着气，有分歧，家里可以谈，法庭也可以谈，何苦如此作践？

闫阿姨吓了一跳，摆着手说，碰巧遇上的，你别冤枉人。

姐姐，孕妇嗫嚅着，也没了气焰，高抬贵手吧，我肚里的孩子，也是老项的骨肉，我们来定慧寺求个平安。

闫阿姨看看孕妇和前夫，红着眼说，冤孽，我命不好，也是你们坑的，你们快走吧，你们求佛保佑，心不善、意不诚，又岂能灵验？

好！劲舞团的老头老太，先叫起了好。围观的善男信女，看着这糟糠老婆如此凄惨，也都跟着喊好。定慧寺小沙弥扛着扫帚，站在人群外面听热闹，也搔着青头皮，“嘿嘿”地笑着。寺院前的大叶法桐，冬天凋零后叶还未长好，几枝悬铃球被风吹过，洒落无数小露珠扑在小沙弥脑瓜顶上，亮晶晶的。小沙弥利落地一抹，就变成了油油的一层水膜。

南有乔木，不可休思……我也是身不由己，为情所动，你又何必苦苦相逼嘛。

项有槐苦着脸，给自己寻台阶，缓缓扶起孕妇，在众人的嘘声中逃走了。

出了口恶气，孟菲大大咧咧地说，今天也是佛祖助阵，大快人心！

闫阿姨倒没多少喜色，幽幽地说，这总不太体面。他大小也是麓城文化名人，闹得太凶，他没了脸，孩子们也脸上无光。

老项何时给了你体面？还不是在法庭上作践你？孟菲不忿地说。

老年当自强，咱们可是走进新时代的最强音！

几个舞蹈队的老头，脸红扑扑的，也有点蠢蠢欲动的架势。人群没了西洋景，轰然散去。信众继续上香，求诸佛保佑升官发财、早生贵子。老年舞团的老男老女，各自收了神通，拔了旗子，撤了音箱，又“嘟嘟、嘀嘀”地吹了通喇叭，拥着孟菲和闫阿姨，不知去往何处，只留下一地瓜子皮，飘荡在充满香火气息的仲春。

“嗡嗡，嗡嗡嗡……”

钟声闷闷的，没了节奏板眼，好像相识多年的老情人心不在焉的情书。散了早课，和尚去用斋饭，铜钟就归了信众。敲一下二十元，敲五下附带送上一下，都说这钟声能祈福，保平安，可此时怎么听，都像荒腔走板，生不逢时。

二

闫阿姨叫闫凤琴，今年六十五，原麓城大学附属幼儿园保育员，前任老公项有槐，麓城大学教授，从事古典文学教学研究。

闫阿姨父母都是中学教员，她骨子里崇拜文化人，但从小学习差，初中毕业就去幼儿园工作。虽说是保育员，但闫阿姨要体面，干净整洁，认真负责，三十多岁起，无论男女老少，都喊她“闫阿姨”。她到底寻了个大学生老公，麓城大学毕业留校的项有槐。俩人育有一儿一女，女儿项莉莉，在麓城文联工作，儿子项诚是电厂工人。女儿与儿子均已成家，有了后代。

天有不测风云。项有槐临退休之际，爱上了女学生。闫阿姨本以为项教授不过是“老夫聊发少年狂”，谁想到老项是“老房子着火”，火得不可收拾。女学生叫章怀懿，本是麓城大学博士生，不知咋的就和导师项有槐看对了眼。

打电话骚扰、上门摊牌、夫妻骂架、小三威胁、儿女规劝、法院拉锯战，电视剧上的几套“规定动作”走下来，一家人都疲惫不堪。闫阿姨要体面，不想闹得满城风雨，却不想满城风雨早已挤爆了这个小家。那段时间闫阿姨天天哭，有时半夜爬起，就坐在窗台下哭，儿女们都担心她想不开。

一天，闫阿姨突然一骨碌爬起，拉着项有槐办了离婚手续。她在幼儿园，是大集体制女工身份，那几年麓城闹买断工龄，闫阿姨照顾家，不到五十岁就办了提前退休。离了婚的闫阿姨，加入了新时代老年舞团。本不过是一群广场舞伙伴，却跳出了默契和野心，这群老男老女成立了队伍，统一定制服装，排了不少曲目，先在社区演，给学校慰问，后来也上过麓城电视台，成了家喻户晓的“老有所为”典型。

闫阿姨本就身材高挑匀称，这么多年又一直保养得不错。离了婚的她，没变成痴肥老怨妇，倒成了一群丧偶与离异老头眼中的“天鹅肉”，大家推举她当了团长。还有一个离异老妇女孟菲，老公本是财政局局长，也是找了秘书小三。她豪爽泼辣，自称为闫阿姨的闺蜜死党，充当了副团长。早晨在小广场排练，孟菲发现闫阿姨脸色苍白，才知是在定慧寺前碰到了冤家对头。她不管不顾，给闫阿姨撑场，上演了“劲舞团大闹定慧寺，闫阿姨怒斥负心男”的戏码。

离开定慧寺，上午九点多时，街上车多人也多，没来由的，闫阿姨有些心慌。这些年，虽然家里她说一不二，但在外面从来都依赖老项，像今天这么狠，可是破天荒头一遭。她想着老项缩头缩脑的屃样，百感交集。这个男人不属于她了，可他倒霉落魄，自己还是不好受，好像当年他们真有那么恩爱似的，就像装着一副假牙，平时无感，只有摘走了才觉出假牙的好，甚至想念假牙，好似比真牙还贴心贴肺。

一个外卖小哥，骑着电动车，飞也似的溜过身边，忙不迭地喊着“劳驾”。外卖小哥鲜黄的衣服，晃得人眼晕，车把上的外卖飘出黄焖鸡米饭的香气。闫阿姨这才回过神，想起她要到菜场。女儿嘱咐过她，中午给外孙小志做辣子鸡块。小志马上要上初中，学业紧张。儿子项诚也要带一家人来吃饭，还要多弄点好吃的。

她冲到菜市场和小贩讨价还价，买了鸡肉、排骨和蔬菜。平时她都是十一点烧菜，项莉莉和小志，大概十一点四十分到家，今天周末，家庭大聚餐，时间要提前一点儿了。

离婚后，闫阿姨搬去陶然亭小区，和女儿一家一起住。项有槐名下有两套房，一套是商品房，在城西关，位置不好，但是是新房，面积也大。还有一套在陶然亭小区对面不远的翡翠苑，位置虽好，却是旧房，面积也小。项有槐让闫阿姨自己挑。闫阿姨没主意，让女儿项莉莉帮忙参谋。项莉莉还是选了新房。

项诚不太乐意，他在电厂倒班，忙得要死，老婆冯春红在东大百货站柜台，也是整天疲惫不堪，翡翠苑房子虽旧，但客房多，离他们家也更近。平时他们能把萍萍送到翡翠苑，让闫阿姨照顾。他们两口子，也可以隔三岔五来吃个现成饭。现在可好，老妈住在妹妹家，自己一家总过去蹭饭不是办法。

项莉莉做主，把新房租出去，租金名义上给闫阿姨，但实际上由她代收。项诚嘟哝几句，说老爹离婚损失最大的就是他，如今老爹再婚，小三怀孕，家业更是无望。一个没啥钱的老妈也给妹妹抢去当保姆。冯春红没少骂项诚，读书不如妹妹，做事也不精明。有了这层隔阂，闫阿姨更不愿到儿子家。但再不成器也是自己孩子，每逢周末，闫阿姨会亲自下厨，做上一桌好饭，维持着一个大家庭安定团结的样子。

回到家，项诚一家已到了，冯春红嗑着瓜子看电视，项诚玩手机，孙女萍萍和外孙小志在里屋打游戏。女儿与女婿出门办事还没回来。闫阿姨训斥了几句，小志翻白眼只当耳旁风，萍萍也做鬼脸，嚷着说，奶奶，你 out 啦。

闫阿姨开始忙碌。中午准时开饭，辣子鸡块、软炸虾仁、糖醋排骨、红烧带鱼、红焖羊肉、素炒青菜，还有一大锅蘑菇汤，家常又实惠，看着挺诱人。

我们可馋您的饭了，我们不比莉莉，吃上这么一顿得回味一个月。

冯春红搓着手，一边半开玩笑地说，一边拿眼角瞥着项诚。

项诚正喝茶，赶紧放下，拿手机挡着脸，手指头飞快地刷着屏。

闫阿姨对儿媳笑了笑，说，想吃就常来嘛。

摘了围裙，闫阿姨数落萍萍和小志，不该整天玩游戏，要多想着学习，尤其是萍萍，女孩更要多读书、要有事业，要不然将来结婚也要被老公欺负……冯春红越来越不耐烦，脸好似一张越扯越紧的棉布，看着平滑工整，其实早快撑破了。她冷笑两声，刚想开口，项诚拉着她的袖子，示意别开腔。萍萍爱玩游戏也是没法子的事。她和项诚工作都忙，孩子有时只能一个人待在家，不让她玩游戏，万一乱跑乱撞，弄出好歹怎么办？

项莉莉和邹磊回来了。项莉莉脾气大、性子急，干什么都风风火火。一进门，她就甩了皮鞋，忙不迭地喊累，闫阿姨赶紧递上热茶。项莉莉阴着脸，喝了几口又嫌烫，小志饭前不洗手，也被她臭骂了一顿。项家就是这样，只要莉莉发脾气，一家人都不作声。而项莉莉发脾气，八成是在外面遇到了不顺心的事。项诚小声问邹磊，邹磊也只是苦笑两声。

一家人闷头吃饭，闫阿姨不大动筷子。

您只干活，不吃饭，这怎么行，冯春红劝道。

闫阿姨还不动，项诚给她夹几块排骨，她也全给了小志和萍萍，她只喝蘑菇汤，吃点素菜，米饭只吃一小口。邹磊也跟着劝。项莉莉咬着鸡肉，含含糊糊地说，我们可不敢饿死老妈，是她自己要健美。

舞团过些天要演出，胖了，舞服穿着不体面。闫阿姨挑着一棵青菜，轻轻地说。

又不是杨丽萍，这么紧张干啥？跳舞倒当成了正经差事。项诚不以为然。

莉莉不知犯了哪条筋，吐出几块鸡骨，也不吃了。她掏出盒烟，点上一支，兀自抽起来。闫阿姨责备她不该当着孩子的面抽烟。项莉莉不应，脸色不太好看。她早年也不抽，但在文联工作，掉到一堆文人之中，不知不觉也染上了习气。

是不是碰到事儿了？冯春红也看出项莉莉今天不太顺。

没得事，项莉莉欲言又止，用筷子把饭碗边敲得叮当作响。闫阿姨又来劝，说，你从小就这毛病，吃饭敲碗不吉利，要破财的。

我不是三岁孩子！项莉莉吼道，要不是你们离婚，小志的事，哪有这么难办？

三

风暖了，早晚天气还挺凉。新时代舞团改了场地，移师到文化宫北广场。原来他们在麓城大学家属区广场，地方宽敞也平整。这些“老舞蹈家”，其实是深秋老玉米——熟透了，有个磕磕碰碰就易出事。可家属院的少年也看上了那块场地，说要练街舞。老年舞的扇子、小喇叭到底抵挡不住街舞。闫阿姨和孟菲商量只能另寻地方。

舞团名义上闫阿姨是团长，实际是孟菲“掌舵”。孟菲是“前局长夫人”，和方方面面打交道自然得心应手。闫阿姨本不要当团长，但孟菲说，闫阿姨长得体面，舞蹈优雅，脾气又好，能给舞团聚集人气，她愿当“狗头军师”，辅助明主，舞团来往账务，迎来送往都包给她了。自从闫阿姨成了代言人，孟菲当大管家，舞团事业蒸蒸日上。舞团得到官方认可，区工委与宣传部都点名表扬过，他们也上过电视。常参加社区表演和晚会演出，也有出场费。

闫阿姨早早来到文化宫，换了舞蹈服，挂在杠子上压腿。别看她上了年纪，下腰、拉胯、劈叉，身体还相当有柔韧度。闫阿姨长得白皙，身材高挑，还有点残存的娇媚味道。厨师老高、退休机关干部老季，还有些老闲人，都是慕闫阿姨之名前来入伙的。孟菲也是“弃妇”，但活得比她有光彩。虽然离婚了，但要了局长前夫两套房子和一百多万存款，每个月还有四千元补偿费。她也喜欢跳舞，但不过图个热闹。与其说她对舞蹈感兴趣，不如说对跳舞的老头感兴趣。有人告诉闫阿姨，孟菲和几个老头很暧昧，闫阿姨不信。

好一会儿，孟菲才和几个老头姗姗来迟。孟菲嚼着驴肉火烧，嚷着让闫阿姨也吃。闫阿姨不吃这些汁汁液液、不太体面的食物。孟菲却不怕，她矮胖的身子，像个拍扁的皮球，横下里宽，纵下里却短，但胃口很好，身体也壮实。

人来齐了，正式开跳，闫阿姨心不在焉，才跳了一会儿就气喘吁吁，有些心慌。她让一个老头领舞，自己坐在石阶上，喝几口柠檬水，才感觉好些了。她早上吃得也少，不过一个白煮蛋，一杯豆浆。孟菲过来关心，打趣说，上次在定慧寺见了前夫，魂又被勾走了？

男人有的是嘛，老项有啥好？头秃得像黄瓢！孟菲嘲讽道。

闫阿姨讪笑着转移话题，说，有事和你商量，莉莉逼着我找她爸办事。孟菲支持闫阿姨找项有槐，说，你们虽然离了，外孙还是亲外孙，他还真不帮忙？闫阿姨感激地点头，又担心地说，孩子们和他爸现在生分了。

女儿和儿子对她都有怨气，埋怨她把家业拱手给了小三，女儿更是咽不下这口气。项莉莉在麓城大学读书时，老师都高看她。当了系学生会主席、入了党、被评为优秀毕业生，毕业后被分配到文联，可以说顺风顺水。老公邹磊是名牌大学硕士，对她各种迁就忍让。家里莉莉是中心，一家人都宠她，单位上她是中层骨干，领导对她也客气。人到中年，老父却出轨了，还和年轻小三结了婚，让她抬不起头……

莉莉咽不下这口气，戳弄着母亲和哥哥闹事。章怀懿博士毕业后，留在麓城大学团委。按照莉莉的设想，趁着学生上课，在教室撒上几百份传单，母亲在领导面前声泪俱下哭诉一番。离婚这事儿，民不举、官不究，但如果成了丑闻，领导肯定重视，再有媒体关注，肯定要处理，章怀懿就得被辞退，项有槐也只能回头。谁承想，母亲和哥哥像两块年糕，慢吞吞的，一副不敢惹事的“地狱好鬼”做派。传单没撒，哭庙的戏也没成，领导不痛不痒地说了几句，打发了他们。项有槐反而得了理，说闫阿姨破坏他的名誉，更闹着要离婚了。

婚是离了，日子还得继续。自从闫阿姨当了团长，算是找回来些自信。闫阿姨年轻时是美人坯子，但只是“坯子”，眉眼虽美，但没风情，也少灵动，透着股憨厚朴实的本分，犟牛犟脑的死脑筋。项有槐就抱怨，说她是冰雕的花，看着好，吃到嘴里全是冰碴儿，恼人又无趣。自从当了团长，也有男人围着她转，向她献殷勤，她嚷着丢人，心里却颇得意。

他们不晓得，想要当闫阿姨的老公也不是件易事。她理想的男人，应该高大帅气，在外顶天立地，钱挣得多，都交她保管，在家里是哑巴和聋子，尽着女人摆布，干干净净、体体面面，一天洗次脚，三天洗次澡，不喝酒、不抽烟，对媳妇温柔体贴，对孩子极其有耐心。除此之外，还要懂养生，少吃多干活儿，勤快家务事……

闫阿姨理想的男性从没有过，项教授不是，天下的男人也难挑出。男人对女人的温顺大多是迁就，再就是不屑。“装出”的温顺，好比戏台的刀枪剑戟，看着寒光闪闪，都是假货，伤不了人，专为赚戏迷的掌声。闫阿姨这样的老年女性，读过些书，缠绵悱恻的电视剧更是如数家珍，表面精明，实际傻得透顶，一辈子照剧本来茫茫世界寻“灯火阑珊下”的好男人，怎能找得到？饭桌掉个饭粒，沙发下搜出烟头，都被她拎出来，像中国老妇女版“家庭福尔摩斯”，絮絮叨叨，听得人羞愧又尴尬，只能承认错误，闭着嘴逃走。如果被训的人不服，她的眼泪就会掉下，“臣下”只有举手投降。她天天巡视一百多平方米帝国疆土，管着几个“忠臣良将”吃喝拉撒，谁料想，关公会走麦城，王彦章终遇苟家滩，弄得她是有家难回，晚节不保。

闫阿姨给项有槐打了电话，俩人约定，在翡翠苑老房子楼下见面。

闫阿姨望着小区门口“翡翠苑”三个鎏金大字，心“突突”直跳。这还是项有槐的手笔。他是麓城文化名人，擅长书法，尤工魏碑。翡翠苑也是麓大家属区之一，当时开发商听说项教授要住在这里，就向他求字。原来闫阿姨每次出小区，看到这几个字，胸中都会升起自豪感，如今，这几个字却仿佛压在心头的巨石，让人喘不过气。

到了楼下，项有槐的电话又来了，说出去办点事，让她等一会儿。闫阿姨等着无聊，不知不觉地就去了地下室。她想去拿点旧物。

离婚后，她搬出去，把家门钥匙给了项有槐，地下室钥匙有意无意忘了给。项有槐也没要，有时闫阿姨借口收拾东西，偷偷摸到地下室。项家地下室宽敞，里面积了几十年老旧东西，从他们结婚时买的脸盆、淘汰的家具、项有槐的讲课教材、项莉莉的儿时玩具、项诚的变速自行车，到小志幼儿园用的大字本、萍萍磨破的小皮鞋，乱糟糟地堆满了。

闫阿姨搬个小凳子，懒懒地坐在地下室。她无意中看到一个内有照片的新相框，应是项有槐再婚时拍的，也被丢到了地下室。也许是老项有意放在这里，羞辱闫阿姨。相框不大，镶着银白色边饰，老项刮了胡子，染了发，穿着古装长衫坐在红木桌前，假装看书，章怀懿穿得像清朝格格，旗袍外配头饰，爽利洒落，斜斜地倚靠在椅子背上，假装举着灯盏，给项有槐照明。

闫阿姨满心酸楚。项有槐读书写作时，她也添茶倒水，但俩人从没有默契。章怀懿研究古典诗词，一笔漂亮的行草得了“恩师”的真传。俩人还没好上时，她常来家里，俩人讨论学术问题，一谈几小时。章怀懿盯着老项，眼睛亮晶晶的。可怜闫阿姨那时还觉得，这是学生崇拜老师，却不了解，心意相投这个东西还真可怕。

下午软茸茸的阳光，从窄窄的窗口流进，抚弄着她的脸，冲刷着额头的皱纹和眼角的泪痕。无数细小灰尘，在浅黄光柱中升腾，弥漫着年久日衰的霉味。老物件就是她最后的东西，有欢乐，也有痛苦哀伤。或者说，干脆就是她自己。她一天天地挨着等死，现在她还对儿女有些价值，哪天做不动，最好得个脑梗或心梗，痛痛快快地去，和这些老物件一起，彻底被人遗忘……

闫阿姨想得痴了，没留神项有槐站在了身后。项有槐咳嗽着，沉着脸说，什么事？

闫阿姨慌乱地掏出钥匙，说，地下室钥匙忘了给你，我只是拿几个旧物件。

项有槐抖抖地接过，冷冷地说，咱们不要见了，我怕被人打死，如今老了，也打不过人家，只能躲起来安心。

闫阿姨结结巴巴地说，不是我要找你们麻烦，是孟菲自作主张。

项有槐“哼”了一声，继续说，知道你不会，你死要面子，那胖母虎不是什么省油的灯，听人说她前夫何局长出轨小三秘书，她自己出轨老公下属，还是保持距离好。你这人大事没有，小事太较真，小心被她骗了。

闫阿姨不认同前夫，又不想和他吵，只说，反正也被骗惯了，你不是骗了我大半辈子？

项有槐跺跺脚，扭头要走。闫阿姨拉住他，吞吞吐吐地把女儿的诉求说了。小志小升初，想去麓城一中读初中。一中是麓城最好的初中部，升学指标控制得严格，除了考试名次就是学区房。别看陶然亭和翡翠苑只隔几条马路，可翡翠苑属于一中学区房。莉莉心气高，小志的成绩又不行，她想买套学区房，经济实力又不允许。项莉莉想让项有槐把翡翠苑的房子过在她的名下，她和老项签个协议，等小志报名资格审查过后，再把房子过户回来。

项有槐看着闫阿姨，半天不说话，胸脯一起一伏。

闫阿姨忐忑地问，行不行？

项有槐说，莉莉怎么不和我说？把你推出挨埋怨？她倒狡猾，算计起老子了？我现在和怀懿结婚了，这事要她同意……估计也很难。

闫阿姨心里发急，小志的前途要紧。她一急，眼泪下来了，哭着说，你风流快活，我受了多少委屈？如今为了亲外孙，你连这点小事都不办，我找个没人的地方上吊算了……

项有槐拍拍脑袋，眉毛拧成团，急躁地团团转，仿佛哭声是紧箍咒，让他生不如死。

闫阿姨泪水多，年轻那会儿，项有槐觉得她感情丰富，虽然文化程度不高，但性情温柔。过了耳顺之际，他才发现年轻女孩哭起来，是林黛玉般梨花带雨，惹人怜爱，可这老妇哭诉却都是“容嬷嬷”翻版，哪怕真心护主也如蚊蝇绕耳，令人苦不堪言。

俩人正悲悲切切，章怀懿不知何时走下楼来，也没多问，只冲着项有槐示意。闫阿姨反倒脸色羞红了，好像干了什么见不得人的事。

章怀懿挺着肚子，淡淡地说，姐姐，有空来家里坐坐，我们很欢迎。

下午的光从顶处刺下，将怀懿臃肿的身体笼住，闫阿姨仰着头看不真切，只有逆光的光晕，毛茸茸的，边缘处闪烁着绯红与莹蓝的光，好似大雨中都市的霓虹灯，一个人孤立其中，看着不真切的灯的光芒，朦胧模糊，就在身边却如远在天涯。

闫阿姨又羞又恨，章怀懿比自己女儿还小十岁，怎么“姐姐”“姐姐”地叫得出口？这家是她的，一张床、一件家具、一盏灯、一根铁钉都是她辛辛苦苦攒的，怎么转手就成了别人的了？还有没有天理？

她踉踉跄跄，不知如何离开了翡翠苑。她左脚踏在滑溜的青石板上，跌倒在地，只听到前臂骨“咔嚓”响了一下，像荒野有人脆生生地打了个响指，来得突兀又戛然而止。

四

麓城人民医院最近床位紧张，季节流感来势凶猛。项莉莉找了不少熟人，还是邹磊的同学帮忙，闫阿姨才得以安顿。那个病房都是断胳膊断腿的病号。一个中年女工被机器轧断了脚，还有一个老女人，七十多岁，深夜上厕所摔碎了大胯。项莉莉看了两次，推说工作忙，让邹磊和项诚陪床。邹磊也忙，来了几次不来了。项诚专门请假，守在闫阿姨床边。晚上就带着小折叠床，睡在医院走廊。几天熬下来，下巴尖了，脸上挂着两个黑眼圈。

闫阿姨胳膊打了石膏，嘴也像上了拉链，话极少，只是默默流泪。

莉莉看着烦，说，就知道哭！你豁出命和老头闹，他早投降了，男人不能惯着。项诚不干了，护着母亲说，妈不是为你的事，受人家的气？少在这里说风凉话，有本事你去！

你想认小妈，她认你吗？莉莉冷笑着说，比你还小十多岁，你们倒可做一对。

你放屁！项诚暴怒，揪着项莉莉，俩人闹作一团，被护士训斥了。闫阿姨叮嘱他们赶紧回去，在这里还不够添堵的。他们这才作罢，只留下闫阿姨在病房长吁短叹。

你这一家不肃静呀。旁边床的老女人说。

闫阿姨止了泪，擦擦脸，说，让您见笑了，丢人，我命苦，也是没办法的事。

我长你几岁，老太太说，要劝劝你，人要超脱点，勿贪嗔、勿执着，一切随缘就好。

闫阿姨看着这老太太，瘦瘦小小，皱纹堆垒，目光却清亮，透着慈和，心头就有了点暖意。俩人有一搭没一搭地聊天。她是麓城棉纺厂退休干部，有三个女儿。这次不小心摔伤，孩子们都很关心，轮着陪床。闫阿姨挺羡慕，也晓得棉纺厂是国营老厂，效益不好，退休金少得可怜。这位老姐姐摔碎大胯，吃喝拉撒全在床上，动一动都疼，可还是看着挺幸福快乐的。老太太戴着佛珠，吃得也素，疼狠了就念几句佛经，想必是信佛之人，或者在家居士。

闫阿姨介绍了自己，老太太听着乐了，说，咱还是本家呢，我也姓闫。闫阿姨细细地问。老太太比她大十二岁，正好一轮，祖籍也是安徽，名字叫闫风琴，和闫阿姨的名字，只差了中间一个字。闫阿姨顾不上胳膊疼，爬起来，一只手握着老太太衣角，高兴地说，真是巧，咱们真有缘。老太太也高兴，念着佛说，佛祖保佑，这可真是福缘。

谈着谈着就谈深了，闫阿姨讲了和项有槐的事，禁不住流泪。老太太眼圈也红了，叹息着说的你也不易。说罢，老太太在枕头边摸索，端出一个金丝线绣的荷包，递到闫阿姨手上，说这是定慧寺七宝吉祥小福袋，里面有空海师父开过光的护身符，是闺女给我请的，转你供养吧，希望给你带来平安。

闫阿姨握着祈福袋，不知如何是好，萍水相逢却予人善意，这世上也有好人。她赶紧深深致谢，小心翼翼地将荷包放进手提包。俩人正谈得热切，一个高高大大的影子转到床前，急声嚷着，闫团长，怎么样了？

闫阿姨被洪亮的嗓门吓了一跳，定睛看去，是个高大老汉，舞团的“高大嗓”。接着一群人拥进来，七嘴八舌地问好，都是新时代舞团的。胖胖的孟菲挤出人群，满头是汗地着急说，闫大姐，吓死宝宝们了，你可是团长、台柱子，大家可担心你啦。

闫阿姨心头发热。大家给她拿了不少慰问品，闫阿姨也分给了旁边床的老太太。舞蹈团的伙伴聊了会儿闲话，都散去了，“高大嗓”还不走，正襟危坐在短短的塑料凳上和闫阿姨聊天。老太太瞅着怪异，给了闫阿姨一个眼色。闫阿姨的脸羞红了半边，重新介绍说，老高是麓城有名的糕点师，糕点做得好吃，嗓门也大。老高“嘿嘿”地笑着说，介绍得不对，我的正牌身份是你的“御用舞伴”，专门为你服务。

油嘴滑舌的，闫阿姨嗔怪着，都被孟菲带坏了。

老高从皮包里拿出个精致礼品盒，贼兮兮地笑着说，专门为你做的点心，苏式桂花糕和青团，晓得你得意这口，早上四点多做的，新鲜，下了水磨功夫，不比苏州近水台的糕点差，多吃点，我过几天再给你做……

老高丧偶多年，孩子都在国外。他做得一手好糕点，西式蛋糕、比萨、中式青团、月饼、糍粑，瞅瞅摸摸，琢磨琢磨，总能搞得像模像样。他是国营大饭店退休，麓城几家名饭店都聘他当顾问。老高高声大气，瘦瘦高高，典型的北方老汉。也难为他了，那双大手蒲扇似的，却又细又软，一个个点心到他手里，像孙猴子在如来的手掌上，被他捏来捏去、团来团去、抻来抻去，变成了一个个精致又好吃的物件。老高乐呵呵的，小喇叭吹得“嘀嘀嗒嗒”，一股老来俏的劲头，也是舞团抢手的老头，好几个单身老太都向他暗送秋波。有的“馋”他的糕点，有的是“馋”他这个人。老高偏不动心，只对闫阿姨嘘寒问暖，争着给她当舞伴。他舞技不行，跳交谊舞像开推土机，净踩人的脚，但那双探照灯般热情的眼，瞎子也能看出端倪，闫阿姨却不置可否。孟菲最了解闫阿姨，她对人家讲，闫阿姨没这心思，一是对老项还没彻底死心，二是闫阿姨要面子，老了还要恋爱，臊得慌。

老高也不避人，话说得亲热，他说，团长哇，昨天我早去等你啦，胖菲说你摔了胳膊，我急得眼泪要下来，当时就要去看你，他们不让，非要集体行动，千万别怪我哇。闫阿姨抿着嘴乐，低声说，好个高大嗓，我真不晓得，你除了嗓门大也会讨女人欢心……

病房门口传来两声干咳的声音，闫阿姨抬头见项有槐沉着脸，杵在外面发愣。她没了笑容，把头扭过去装睡。老高正说得欢，戛然而止，有些意犹未尽，见一个秃头男人瞪着自己，心下也有些明白，讪讪地起身告辞。

闫阿姨有心拦住他别走，却怎么也说不出口。

项有槐坐在凳上闷了许久，才蹦出几个字，说，你好些了吗？

听到这话，闫阿姨的眼泪不争气地淌得枕头上全是。项有槐垂着头，抓着病床的把手，说，是我负你在先，我也身不由己，你多保重，如果有合适的也要再向前走一步。

闫阿姨只是不应，项有槐又呆坐了一会儿，起身而去。闫阿姨这才翻过身，却见老太太盯着自己，不由得羞赧惭愧，说，让您见笑了。

老太摆着手说，没啥可笑，你还是没想明白，也没活明白。

闫阿姨不解地说，您为啥这么说？

老太目光转向窗外，说，嫁个男人，生几个娃，天天为家操劳，就是一辈子不变的安稳活法？一个女人，顺顺当当、和和气气地走完一生，那是大机缘、大福分。咱们一般人哪能有？世道难测啊，不变，就应活着；变了，就受活着。别人都变你不变，就要有大变。

闫阿姨点头称是，说，我就是绕不过这个坎儿。

老太太双手合十，说，你当它是劫就是劫，当它是业，它就帮你修行。

闫阿姨想了想说，您老佛理高深，我还是不太明白。

老太太让她有空去定慧寺，听空海师父说法。闫阿姨又问，怎么没看到大哥陪床？老太说，老伴死了好多年了，我一个人把孩子拉扯大。闫阿姨肃然起敬，这同宗的老太婆真是刚强。她又想问，为何不再找一个，老太看出来，抢先说，我们那时更保守，我带着几个拖油瓶，男人见了都躲，再说，也不像你，这么俊，到哪儿都招人。

闫阿姨和老太聊天，情绪渐渐平复了。老太太看事看人眼光挺毒，她认为老高心里有闫阿姨，项有槐绝对回不了头。老太太说，好歹同床共枕几十年的夫妻，离了也割不断情分。来病房看看，空着大手，可见不过顺便过来，瞒着小媳妇，你们的缘分尽了……

闫阿姨咬了口桂花糕，心里隐隐赞同，但老高靠得住？她要再看看。有件事她压在心底，项有槐说得没错，半年前，她“犯过错误”。到底几十年夫妻，打眼一看，就瞧出了根脚。

那是夏天的事。舞团刚成立，闫阿姨慢慢从痛苦中走出来。她和孟菲原本不熟，还是广场上得来的交情。一来二去，同病相怜，就成了闺蜜。在她的怂恿下，才成立了舞团。老高就是那时冒出来的，臊眉耷眼的，净围着闫阿姨转。闫阿姨当时没多想，只觉得有个人说话也挺好，就和他走得近了些。一个闷热的下午，他们跳了会儿扇子舞，热得不行了，老高请她去家里吃冷饮，顺便尝尝西式蛋糕。闫阿姨有些犹豫，孟菲也嚷着要去，让老高给顶了回去，说还要顺便探讨舞技，非搭档不宜。

那是一个幽深的小区，门口有仿欧式喷泉，里面种满了湘妃竹、垂柳和槐树，花圃也热闹，茂盛的植被甚至遮挡了光滑小石子铺成的小径。老高喜滋滋的，把她领到一个单元楼。老高一个人住在一百二十平方米的复式房，里面装饰得也挺场面，闫阿姨打趣他说，你一个厨子，还挺豪华的，外快挣得多吧。老高感慨地拍了拍真皮沙发，说，大有啥好？空得慌，晚上撒尿起来，转悠来，转悠去，都不知要睡哪儿。

客厅有个曲尺形酒柜，隔断陈列的不是美酒而是各式糕点。闫阿姨奇怪地说，这么摆放着，不放坏了吗？老高自豪地说，不是真的，都是我们行里的糕点模型，不下百十种呢。

你会做这么多糕点？闫阿姨问。

糕点这小玩意儿，没啥了不起，老高扬着眉毛，又说，可我大半辈子浸在里面，看到它们，就觉得活着有些奔头。

闫阿姨沉默了一会儿，说，你条件好，为啥不再找？

老高挠着头说，找女人又不是捏糕点，要讲缘分。

你的缘分到了吗？

近在眼前，老高变得激动，说，你还不明白我的心意？

老高的手脚不老实，捉了闫阿姨的手往怀里藏，喃喃地说，你穿裙子的样子，真像《庐山恋》里的张瑜……闫阿姨脸涨得血红，尖尖地说，别胡闹！老高不听，继续胡闹，闫阿姨一个巴掌打过去，老高脸上显出通红的手印。

老高丢了闫阿姨的手，捂着头，蹲在地上，“呜呜”地哭了。

闫阿姨见不得人落泪。一个男人，被老女人拒绝，还打了耳光，无论如何，是丢脸的事。老高哭得像伤心大男孩，泪水顺着挺长的脸，一点点摔下。闫阿姨明白，这男人真对自己动了心，也真伤了心。她的心也一点点变软了，她又不是貂蝉西施，一个六十多岁的老女人，有男人愿意为她挨打、为她哭，无论如何，也是一件让人感动的事。

天热得能拧出水，老高家的床又硬又潮，闫阿姨搂着老高，闭着眼，闻着他身上甜香的蛋糕味，大脑一片空白，仿佛飘浮在一片茫茫宇宙，她是根晶莹透亮的羽毛，不知何处而来的星尘之风托举着她，推动着她，脱去令她羞愧的肉体凡胎。她站在高处，凝视着那两具衰老的肉身。老高的皮，又松又皱，耷拉得像块破毡，她却干瘦得让人惊讶，似乎青蓝色血管都时隐时现。她有些疼，黑夜之间，有着无尽的大欢欣与大恐惧……

没多久，老高败下阵，浑身淌着汗，手虚虚地发抖，脸上的耳光印记也缓缓退却。闫阿姨飞快爬起，躲在卫生间，将自己反锁了，两行眼泪无声流淌。怎么糊里糊涂地从了他？她打开热水器，仔细清洗，下面隐隐作痛，浅浅地流出些血。她又洗过，想来许久没有经历了，突然做起，有些受不了。

闫阿姨从那个充满蛋糕香气的复式房逃走了。很长一段时间，他们再接触，闫阿姨装着什么都没发生，老高先是愕然、惊诧，后来识趣地保持沉默，只不过对她更殷勤了。有一次，老高拦住她，含含糊糊地表示，自己晓得配不上教授夫人，可如果她愿意，老高想和她在一起。她劝他死了这条心，俩人不合适。时间长了，她也能从老高眼中看出些许疑惑。也许，那天什么也没发生？夜深人静，闫阿姨掐掐大腿，那种深入骨髓的快乐、热烘烘的欲望，又如此真实可感。闫阿姨晚上就常失眠，那一幕反复从脑海滚过，像一格格不断加速的电影胶片。

有一件事是真的。几个月来，下面总不干净，不到半个月就淅淅沥沥出血，有时气味也不太好。按照年龄，她过了经期，不知咋的只要跳舞乏累，就会犯病，连带腰酸腿疼，食欲大减。她有些慌乱，但又被各种事务绊住，没时间检查。这次摔了胳膊住院，她又犯了这毛病，去卫生间蹲了几次，邻床老太看她脸色不好，劝她在这里做个全面检查。闫阿姨应着，就找医生说了。这样就拖到胳膊好得差不多了，刚拆了石膏，就去做了检查。

查来查去，竟查出了天大的事。

五

定慧寺中午人不多，流通处的知客胖和尚用了斋，懒懒地靠在桌前，远远地看到一个老年妇女，神情憔悴，胳膊一扭一扭的，摇摇晃晃地鞠躬，领了香火。

女人跪在佛前，插了三炷香，不住地祷告，眼泪如断线珠子，扑扑簌簌，看得人都伤心。

胖和尚不忍，过来安慰，问她是否求签。女人摇头，说找空海师父，和尚说，空海首座去政协开会了，晚上还有宴请，恐怕很晚才能回。

女人许了愿，捐了两百元，想了又想，又供养了一尊长明灯，纳了五百元香油钱，和尚给念了祈愿文，走了一遍供灯仪轨。女人便又捐了三百元。

胖和尚看着女人踉踉跄跄走出大雄宝殿，心下也同情。春天一来，上香的妇女渐渐多了，这种又哭又许愿的，多半是男人有外遇或离了婚。最近怪事也多。前些日子，寺院来了一个秃头老男人，领着一个怀孕少妇，佛前求平安，一下供养了十盏灯香油钱。看那样子，多半是老夫少妻。和尚迷惑，这麓城的风气真的就如此开放了？

来定慧寺的正是闫阿姨，她求佛来救命。检查了一番，居然发现自己得了癌症。医生说得沉痛，说癌就在子宫，已是晚期，有扩散迹象，必须抓紧制订治疗方案，切除子宫再做化疗，也许能拖些日子，但治疗效果就要看老天了。

闫阿姨心乱如麻。从前，外面的事她都依靠项有槐，现在更多依靠女儿。她没和别人打招呼就溜出医院，先去定慧寺拜佛，想拜访空海师父，却寻人不遇，只好先回陶然亭。莉莉上班还没回，闫阿姨想做饭，胳膊却疼得厉害，就偎在沙发上哼哼唧唧，长吁短叹。

手机响了，闫阿姨接通，电话那端莉莉不耐烦地吼，你咋不说一声就跑出医院？真能添乱，你在什么地方？

闫阿姨期期艾艾地说，刚回家。那边电话成了忙音。过了半个小时，项莉莉风风火火地跑回来，闫阿姨开门，没等她张口，就被女儿训了一顿。项莉莉冷着脸说，人老了要懂进退，不要给别人添麻烦。你到处乱跑，我还得请假去找……

闫阿姨垂着头，仿佛做错事的孩子，听女儿数落了许久，才怯生生地说，妈遇上大事了，妈活不长了……

闫阿姨将医院拍的片子拿出来，将医生的话也说了，说完就剩下哭了。项莉莉盯着X光片瞅了半天，愣住了，头仰在沙发上蹙着眉头，好一会儿，又掏出烟，烦闷地抽着。闫阿姨也不敢说话，只等着女儿思虑。

许久，项莉莉吐出一个烟圈，说，妈，你想怎么办？

我能咋办？闫阿姨慌了，还不靠你拿主意？你不能不管妈！

莉莉说，生病肯定要用钱，小志学区房的事一直没着落，我和邹磊商量，买个小二手房，好歹要上一中！上不了一中，就输在了起跑线，我爸不是给了存款？你先垫上，剩下的我和项诚想办法，不耽误治疗……

那些钱，大部分你都拿去炒股了呀，闫阿姨说，这病到底要花多少钱？

再到大医院诊断，确诊后主治医生会给章程，莉莉拍拍手，好像拿定主意，说，西关不是还有商品房吗？不行卖了吧。

还要卖房？闫阿姨的心更冷了，手心全是汗。

别吓唬自己，病要一点点地治，莉莉扶着闫阿姨的胳膊，关切地说，看看啥情况再做决定，先卖了也行，我这边给小志买房还差点，您先借给我，您要用我再给您……

闫阿姨倒了杯热茶，蒸气升腾，模糊了她的视线。她攥着杯子，热力透过杯壁，却在她的手心渐渐化为一根根冰锥。莉莉没说别的，只是叮嘱她，先回医院办出院手续，拿上相关的药，过几天再去省城复查。闫阿姨呆呆地点头，就到里屋躺下。她突然想到给儿子项诚也说说，那边电话打过来，项诚的语气带着哭腔，说，我和春红这就去看您……

闫阿姨心头暖洋洋的，关键时候还是儿子顶用。这些年，她嫌弃项诚学习不好、人不上进，喜欢莉莉是有能力的女强人，但细究起来，还是项诚性格像自己。项诚善良本分，有时不免受气，从前被妹妹欺负，现在被老婆管得死死的。

天刚擦黑，邹磊接着小志也回来了。听莉莉讲了病情，邹磊安慰了闫阿姨几句，就匆匆忙忙去做饭。小志报了北京辅导机构的网课，吃完饭就要线上学习，几百元一节，不敢分心。莉莉从不做饭，她先打开手机，匆匆看了股市，又给几个人打电话，说是文联组织业务培训的事。闫阿姨百无聊赖地躺着，晚饭也没胃口吃，正胡思乱想，项诚一家人进来了，孙女萍萍搂着她的脖子，亲切地问候。项诚绷不住，抓着闫阿姨的手抽噎，一个劲儿说对母亲尽孝不够。儿媳冯春红也脸色沉重。

看病花费大，项诚泪眼蒙眬地说，您要钱，我给您凑，您要人，我给您陪床，大不了我办停薪留职，先把您的病看好再说……

冯春红耐着性子劝，项诚你冷静成熟点！妈这病要从长计议，你有个工作不容易，我们娘俩还都靠你，你先乱了章程怎么行？

你说怎么计议？项诚抹着眼泪问。

冯春红吸了口气，看了看外屋忙碌的莉莉和邹磊，说，还要通知项诚他爸，您虽然离了，也是前妻，给他操劳几十年，他也有赡养义务。得让他拿钱。再有就是两家商议弄个出资方案，不是攀莉莉他们条件好，可您给他们帮衬不少；我们能力有限，但也绝不推辞……

你混蛋！项诚火冒三丈，抬手要打冯春红。闫阿姨将杯子推在地上，“啪嚓”一声，杯子碎得一地碴子。她哭着说，项诚，你长点脑子，都这时候了，别给妈添堵……

萍萍吓得哇哇直哭，抱着闫阿姨的胳膊说，奶奶，你别死！项莉莉和邹磊都过来劝，闫阿姨用被子蒙着脸，示意他们都出去。

项诚一家人先走了，趁着冯春红没看到，项诚塞给闫阿姨一张农行储蓄卡，偷偷说，卡里有两万块，密码是您生日，这是私房钱，您先拿着，剩下的我想办法。闫阿姨有心不要，可看着儿子红肿的眼，就塞到枕头底下。

她浑身发虚，涔涔冒冷汗，一会儿昏睡，一会儿清醒。初春的晚风有些阴冷，闫阿姨拉上蓝底碎花厚窗帘，只留下条缝隙。眯着眼，凉凉的月光从窗帘缝隙爬进，挠着她的脸，从眉梢到下巴，有着尖锐而细微的痛，几十年琐碎凌乱的记忆，此刻都顺着月光涌出来。她擦擦脸，想赶走记忆，但它们不投降，继续缠绕她。她仿佛看到，三十年前那个春夜，项有槐去国外访学，她发高烧但还强撑着，戴着口罩照顾两个孩子。她在卧室瓷砖地上摔了一跤，满嘴是血，差点死过去，莉莉和项诚，一边抓着她的一只手，悲悲戚戚地哭着说，妈妈，你不要死，我们照顾好你……

她侧耳听去，屋檐挂角处，楼下的梧桐枝上响着"呜呜"的风声，几只小区流浪猫肆无忌惮地应和着，发出惨厉炽热的呻吟。屋里一切都是暗的，只有窗帘缝隙还透漏着微微光亮，一张四方床、两只床头橱、一个棕色大衣柜默默地立在她身旁，仿佛在为她哀悼。她抖抖簌簌地站起，踱到窗边，只见墨绿色夜空中一轮精黄发亮的圆月，恶狠狠地瞪着她。突兀而来的明月似乎引动了身体内的潮汐，她模糊感到，有个鸽子蛋大小的东西在咬她的子宫，随着她的呼吸，一起一伏地吐纳着、生长着，等待着盛开的绚烂时刻……

闫阿姨慢慢理出个章程，只能先和项有槐谈谈，看他能否帮衬些。舞团顾不上了，团长必须让贤，让孟菲接了吧。

第二天，她支撑着爬起给项有槐打了电话。项有槐说已经知道了，莉莉告诉了他，他已帮她在省城找人，后天让项诚带她去复查。他今天没事，如果闫阿姨不生气，就带着章怀懿来看她。闫阿姨到了这个光景，也只能同意了。

项有槐带着章怀懿，拿了不少补品和水果。项莉莉和邹磊虽然尴尬，也只能把他们让进去。章怀懿挺着大肚子，脸上满是幸福满足的神气。小志好奇地钻出来盯着章怀懿看。章怀懿摸摸他的头，拿出个鼓鼓的红包，小志不敢接，看项莉莉。项莉莉点头，小志这才拿了，规规矩矩地鞠躬，说，谢谢姐姐！项有槐纠正说，这是小姥姥。小志犹豫着没叫，项莉莉的脸皮也抽动了好几下，怀懿向里屋看了一眼，嗔怪道，老项，难为孩子干啥？就是个称呼嘛。项有槐哼了一声，又说，不叫姥姥，叫小奶奶也行。

闫阿姨听到声音，半睁着眼，迷迷糊糊的样子，只是不起身。

章怀懿和项有槐进了里屋，说了会子话。章怀懿推说坐久了不舒服，就到客厅和莉莉闲聊，让项有槐单独陪闫阿姨聊天。项有槐给她倒了杯水，闫阿姨还不应。他沉声说，你打电话我就来了，你要是避着我们，我就走了。

闫阿姨这才睁眼，断断续续地说了诊断的事。项有槐有些迟疑，说，你平时无大碍，怎么生了癌？还是要到省立医院，找权威再复查。

闫阿姨顺从地点头，说，我活不久了，别太遭罪就行了。

项有槐琢磨着说，不要乱想，治病要紧。怀懿产期就这几个月，我如今也忙，你住在莉莉这里，他们也忙，你本是帮忙做饭带孩子，如今却拖累他们。你要了西关商品房，那房虽新、面积大，但户型不好，周边医疗购物不方便，我和莉莉商量，你还是搬到翡翠苑。你在那里住了十几年，也熟悉。怀懿不愿住老宅。

咱们把房换换吧。

闫阿姨问，这和看病有什么关系？

项有槐又说，我让怀懿母亲来西关照顾她，你在翡翠苑，一来和孩子们近，照应方便；二来你单独住，医疗方便，我们几家给你雇保姆，也省得让孩子们分心；三来你暂时把房产过到莉莉名下，小志也有了一中学区房。岂不皆大欢喜？

这病不知花多少钱呢，闫阿姨叹息着。项有槐也附和说，如今看病真贵，怀孕检查就费钱，怀懿老家在吕梁山，前些天父亲干农活跌断了腿，家里闲散钱都拿去应急了。

老项的意思是，闫阿姨有退休金，离婚也分了些现金，如今莉莉和项诚两家都急着给孩子用钱，不如看病的花费由闫阿姨自己先垫上，回头按比例再几家分摊。

闫阿姨幽幽地说，这些话是你和章怀懿商量好的吧。

项有槐说，怀懿比我想得周全，家里的大事，自然和她商量。

项有槐说得热切，闫阿姨却理不出头绪，计划看着可行，可每一步都很危险。她不是不相信项有槐，而是信不过章怀懿。她跟了项有槐半辈子总掌握些根脚。老项有学问，心不坏，有些小迂腐、小虚荣，也有小算计，但在女人的事上很被动，当年她用了小心计，把他笼进婚姻的网。章怀懿比当年的她更厉害，有文化，会迎合老项，俩人在学问上又能说到一起。章怀懿性子极能忍耐。当年闹离婚，项诚打过她几个耳光，她生生挨着不还手，满嘴的血，还连连鞠躬，说对不起项家，演了一出哀兵必胜大戏，虏获了项有槐的心。闫阿姨有些怕这小三。她往深里想，如果她是项有槐，也未必能架住章怀懿的进攻。

可把救命的钱和房，由着前夫、小三和孩子摆布，这事感觉也不太靠谱。

闫阿姨这样想着，客厅里，章怀懿和莉莉一家人，却聊得很开心。

莉莉感谢她帮忙解决小志的学区房，俩人谈起股票也颇投契，章怀懿也炒股，给她推了几只业绩股，据说是长线涨得极平稳的。章怀懿听说邹磊为评职称发论文发愁，主动说她的博士同学，在省城核心期刊当编辑，她也写过中学教育论文，现在不评职称用不上，先给邹磊用，到时她督促那同学，给邹磊把论文发表了。邹磊连连道谢，说，我都愁了半年，你几句话就解决了。小志刚得了红包，又听得怀懿会打网游，还要送他 LOL 顶级游戏装备，不禁又惊又喜，大生知音之感，连声喊“小奶奶”，亲热得像围着主人卖萌的小奶猫。莉莉也凑趣说，你小奶奶是 90 后，又是博士，自然懂得多……

闫阿姨听着客厅爆发出的笑声，脸上没有丝毫表情。

毕竟是春天了，小区的栾树、国槐和河北杨，都冒出点点绿意，树上的鸟雀也多了，大杜鹃、灰雀和喜鹊，叽叽喳喳，又欢迎着一个充满快乐与希望的季节。

六

这些天，闫阿姨一直没过问舞团的事，和孟菲联系了才晓得一切运转良好。新时代舞团刚参加麓城市文明创城汇演，在首席舞者闫阿姨缺席的情况下，居然勇往直前，拿了一个二等奖，只比一等奖的麓城大学合唱团差了几票。闫阿姨替大伙儿高兴，也有点莫名失落。她表示要将团长的位置让贤给孟菲。

你那胳膊不过是骨裂，孟菲劝她，休养些日子，多吃些有营养的，就滋补过来了，何苦辞职呢？闫阿姨解释着，还是没忍住，倒豆子般将得病和家里的事讲给了孟菲。孟菲冷笑着说，老项家的人都是空手套白狼，搞资产优化重组与潜力股投资，一个得了新房，一个办了学区，最终亏下来又担了风险的还是你这老实人。

我是没法活了，闫阿姨说，活着也讨人嫌，只等都有个交代就安心去了。

孟菲却没再安慰她，说最近团里活动多，她自己事情也忙，有空再去看她。说完，没等闫阿姨回话，那边电话就变成了忙音。

闫阿姨愣住了。自从她摔伤胳膊，明显感觉到了孟菲的冷淡。虽说也去医院看过，但只是站了站就走，知心话也没说上几句。往常两个人常煲电话粥，一打就一个小时，掏心掏肺的，感觉也亲近。可如今，孟菲疏远了她。过去孟菲凡事都给她出主意，替她出头，可现在听到她生了癌，居然问都不问，是她哪里做错了？闫阿姨思前想后，也没个头绪。

闫阿姨有些伤心，但还是想办了移交手续。到了下午，她联系了舞团财务老吴。当初他们舞团只是玩玩，后来有了知名度，经常演出，就挂在区宣传部下面，成立了一个民办非企业组织，法人是闫阿姨，孟菲、老高等几人都是理事。孟菲帮着跑了些区里拨款，加上社会捐赠，团员自愿投资，还有些演出收入，财务的事多，外聘了一个退休会计师老吴帮着打理账目。这些事闫阿姨原本不管，如今她想退出就先和财务商量，退了原始保金，做法人转让手续。

吴会计踌躇了一番，说，闫团长，前几天，市审计局的刚给咱们进行了审计，说账目不符，有乱账与资金缺口，我正想和你联系呢。

闫阿姨愣愣地说，什么资金缺口？孟菲怎么说？

孟副团长不接电话！吴会计气愤地说，您赶紧和她联系，这事要赶紧，要不真没法解释，您作为法人，可能会有麻烦。

什么？闫阿姨听着，几乎要跳起来。她和吴会计详细了解情况，从外购服装、演出费支出到日常消费项目，账都有些问题。吴会计和孟菲说了好多次，但因为上面都有闫阿姨的签名，她也不好多说。根据测算，这资金缺口总也有十万元。

闫阿姨一阵阵眩晕，她尝试打孟菲的电话，也是不通。最后还是在朋友那里找到讯息，说孟菲在一个舞团老头家里打麻将，打了一个通宵。闫阿姨有些生气，就问了地址，径直找了过去。到了老头家里，叫了半天门才开，屋里乌烟瘴气，孟菲满脸倦意，眼里布满血丝，嘴里还有酒气，麻将桌上的烟头，在烟灰缸里堆成了小山。

孟菲见是闫阿姨，懒懒地不起身，只问啥事。

闫阿姨将她喊到门外，低低地问账目是怎么回事，孟菲不耐烦地说，账目有啥事？我不晓得。闫阿姨把吴会计的话说了，孟菲挠着头发，说，等我问问再说吧。闫阿姨担心地说，我得了这个病，啥也管不上了，孟菲你要担起来呀。

孟菲抽了口烟，冷冷地说，你管过啥？什么事不是我操持？你这团长，不过是老花瓶，心里没数吗？孟菲从未对闫阿姨如此讲过话，闫阿姨觉得委屈，说，咱们关系好，我才答应当这劳什子团长，现在审计局说账目有问题，都是你经手的，你不要解释一下？

解释？孟菲哼了一声，说，今天说到这里，索性和你讲明白，这个团都是我打的天下，拿点儿卡点儿也属于正常。你别以为有啥了不起。

闫阿姨脸色煞白，孟菲继续恶狠狠地说，你以为在定慧寺我是帮你出气？我是断了你和项有槐的路，将来就是回头，也没法子了。我反正离了，破镜重圆也不指望，也不能让别人比我好。

闫阿姨颤着手，说不出话。

不就生了个好皮囊？论本事心机，你哪点如我？凭什么男人都围着你？孟菲说着，嘴里也带了哭腔，酒意翻上来，两个鱼泡眼更是瞪得血红。

老天长眼，该着你生癌！

孟菲指着闫阿姨痴痴地笑，高大嗓爱你？睡过了，就和你结婚？这世道啥都是假的，只有自己好才是真的。我说你得了癌症，他吓得脸色发白，早就躲啦。

闫阿姨一步步地走出门，下了楼，走到街上，全然感觉不到外面的世界。汽车的呜咽鸣笛、自行车的脆铃声，天空铁箭般穿梭而过的飞鸟连同汽车玻璃闪烁的白光，摩托车手头盔反射的灰芒，超市前减价酬宾的殷红条幅，都软软地熔了、散了。天地一切归于寂静，好像走夜路的人，夜越走越深，路越来越荒僻，走到最后，真好似地老天荒，脚步声也化了，只剩下了一颗血心在黑暗里怦怦跳动，也没了什么畏惧和痛苦。

闫阿姨走出很远，回过神，才发现到了马头湖公园入口。临近黄昏，天色不太好，北面天空阴阴地透着黑。她犹豫了会儿，还是进了园。治疗不久就展开，这许是生命最后的搏斗，也不知有没有机会再来这公园。

马头湖公园有年头了，年轻那会儿每逢周末，项有槐骑辆自行车带着项诚，她骑另一辆带着莉莉，一家人快乐地穿梭在那些柏树、构树、雪松之间。公园中央有一个湖心岛，他们就在那里休息，顺便坐坐岛上的摩天轮。如今摩天轮因年久失修早被废弃，但还没有拆卸。日头一点点西沉，黑铁的巨轮也一寸寸地失去金属光芒，沉入了黑暗的怀抱，似一个浑身伤痕的巨兽，喘息着被溺毙于古井深潭。

她思索着，那也是下午，她去幼儿园接萍萍，半路想起忘拿东西，回家开门，发现床上有俩人。项有槐匆忙套了衣服爬起，章怀懿缩在被子里不露头，她的手中还抓着闫阿姨绣的枕套！她窝囊，骂不出口，只指着他们说，不要脸的流氓，你们欺负人，说着自己先哭了。项有槐慌张地套着裤衩，唉声叹气地吟着，墙有茨，不可扫也。项有槐就这德行，不想和人解释沟通，就转古文。那天开始，她的体面就没了，她的苦难公开了，日子再也不能回头了，也许，生癌是好事，一切最终要有个了结。

闫阿姨拍着摩天轮的铁皮栏杆，眼睛干涩，却没了泪。她不怕死，只是怕疼。她也并非爱恋尘世热闹，只不过恐惧那冷清。然而，人世哪有那么多热闹？不过捣乱罢了。人也终究难免一死，热闹也罢，捣乱也罢，都是演给自己的戏，跳给自己的舞。

风卷过，她仰头，是飒飒的逼近声，树摇叶落，空气带着土腥味，凝成一个个凶器般的圆团，瞬间落在湖面。湖里有些水藻，黑黢黢的，被雨点敲打着，发出碎铁钉般惊人的声响。闫阿姨呆立着，染黑的头发被雨水泡过，打了绺，露出灰白头皮，几十年断断续续的片段，仿佛一节节符号，伴着一滴滴雨，从西向东，又由南向北，密密匝匝地纠缠，又跌跌撞撞地逃走。母亲去世时，说她性格软，大事糊涂，琐碎小事又太求完美，太依赖别人，最终将为人所弃。闫阿姨以为母亲临终发昏，现在想来，还是母亲看得透彻。

闫阿姨模模糊糊想起，十八岁那年，她很想考舞蹈学校，原是爱上芭蕾舞剧《红色娘子军》。后来她吃不了那苦，受不得天天站脚尖，才熄了这念头。成立舞团，她跳过扇子舞、交际舞、广场舞、新疆民族舞，就是没跳过芭蕾。她认真回忆着舞步，在湖边木板铺成的道旁，先是小碎步、小弹腿，交叉展开，再加一个大踢腿，转身旋转，脚尖站立，最后一个“迎风鹤立式”。漫天的雨挤来，包围着她、鼓励着她，又漫天漫地溜走，好似逐渐消退的喝彩声。雨幕尽头，仿佛有歌声隐隐传出：

万泉河水清又清
我编斗笠送红军
军爱民来民拥军
军民团结一家亲

闫阿姨掏出绿色塑料喇叭，“嘀嘀嗒嗒”吹得欢响。喇叭声穿越雨幕和黑暗，听着格外清越。

七

项有槐习惯早起，这是年轻时和前妻一起养就的，起来后先去散步，回来读书写作。春天一到，项有槐更忙碌了，精神却更健旺了，像三十岁左右的小伙子。他新娶娇妻，比他小将近四十岁，年轻貌美、知书达理，俩人“蜜里调油”“如胶似漆”，如今新夫人又珠胎已结。他老来娶妻又得子，可谓人生得意！项有槐喜欢带章怀懿参加朋友聚会，怀懿一出场就爆炸式吸引眼球。老男人羡慕嫉妒恨，老女人惊恐畏惧警惕。有几次，怀懿还差点引发“宴会惨案”。老男人看着项有槐与章怀懿，心如刀绞般不平衡，说话办事有些失态，就被糟糠老婆抓住痛脚，一顿狂批。

每遇到此情形，项有槐表情沉痛，心里却乐不可支，仿佛考试作弊成功的少年，得了便宜还卖乖，装老成又带了青春意气。章怀懿说，老师你这么弄，很快没朋友啦。章怀懿人聪明，人情世故方面又老练，她总穿深色衣服，戴宽边黑框眼镜，显得比实际年龄大，好搭配项有槐的人设。在外，她称呼项有槐“老项”或者“项教授”；在家里，项教授规定，章怀懿只能喊他“老师”或“哥哥”。章怀懿有些迟疑，但拗不过项有槐的“鬼畜情趣”，也只能从了。

这两天，项有槐有些心神不宁。前妻闫阿姨查出癌症，总归是麻烦。他推荐闫阿姨去省立医院复查，他有个好朋友——肿瘤科高教授，在那里当副主任。闫阿姨的确去了省里，却没到省立医院找高教授，而是到省二院找了另一个医生。项有槐有心让高教授关照一下，章怀懿提议他不能管过多，要看风势。章怀懿说，你现在大包大揽，到时就赖上推不掉，什么都要你来做。你等她绝望来求你，帮上一分就能收获三分感激，再不济，也不会过分怨恨你。

项有槐赞同怀懿的说法。这女孩虽年轻却精明沉稳，换房的提议，也是她给项有槐出的。她说，你虽和她离婚了，孩子总是自己的，血浓于水，过去这一阵，还是要相互扶持，将来还要让他们帮忙养老，莉莉在文联也是中层干部，你也算在文化界有个知根知底的传人。

就是折腾你换房了，项有槐心疼章怀懿。她却微笑着说，别傻了哥哥，我打听过，西关那一带要通地铁，麓城大学要设分校区，房价在三年内肯定翻番。

早上项有槐还是六点起床，走到广利河边，早春空气透着新鲜，项有槐吸了几口，在河沿打起了太极。刚走了起手式，就看到有人立在身边，才发现是闫阿姨。几天未见，闫阿姨好似老了十岁，花白头发几乎变得全白，脸上皱纹堆叠，走路也弓着腰。项有槐问，你出来转转？闫阿姨木然地说，我晓得你早上在这儿散步，特意来寻你。项有槐又说，检查确诊了？

闫阿姨点头说，非常不好，已经扩散了。我想和你还有怀懿商量治疗的事。

闫阿姨不哭不闹，项有槐反而有些忐忑，毕竟几十年夫妻，看着她往黄泉路上走，总有些伤感。他带着闫阿姨回家。章怀懿怀孕反应大，早上未起，闫阿姨自然地说，我帮你们做点早饭吧，厨房我也熟悉。不待项有槐同意，闫阿姨进到厨房。项有槐不太放心，也跟进去，在旁边打下手。闫阿姨动手快，她看到冰箱里有鸡脯肉、剩米饭，飞快地做了份鸡丁饭，又切点瘦肉，熬了皮蛋瘦肉粥，还特意煮了碗青菜鸡蛋面。项有槐晓得，那是前妻特意给自己做的。她有病，还为自己操劳，项有槐也有些于心不忍。章怀懿也醒了。闫阿姨低着眉毛说，妹妹，你怀着有槐的孩子，不要太操劳，早餐要吃好。

项有槐让闫阿姨一起吃，她推说吃过了，站在旁边，怯生生的，不敢坐的样子。

俩人吃过了饭。闫阿姨赶紧收拾碗筷，扫了地。章怀懿有些不好意思，说，姐姐你身子有病，怎好让你伺候我。闫阿姨说，你怀的是老项的骨肉，我是应该的。项有槐眯着眼，心里想，古有大舜娶妻娥皇与女英，今人可谓大大不如。可惜，闫阿姨生了重病，若不然，她心细、厨艺不错，收拾家做饭都在行，有她照顾家，也能让项有槐省不少心。

换房的事我想了想。闫阿姨缓缓地说。

项有槐和章怀懿坐直身子，仔细听着。闫阿姨态度平和，但比较坚决。她说，后天她就要到省二院住院治疗，市里医疗设备差，也让孩子们操心。但是，需要一笔费用，最少二十万，她现在没钱，原有些钱，但被莉莉拿去炒股了，一时也取不出。这笔钱需要项有槐借她，她情愿让出西关的商品房，让章怀懿暂住。

这恐怕不太方便，章怀懿斟酌着说，我们也没多少钱。

妹妹，你不太了解，闫阿姨平静地说，我和老项离婚有协议，我退休金低，每月只三千多元，老项是教授博导，工资一万多，还不算绩效奖。老项答应给我每月补助一千五百元，这个钱，他其实并未给过，我从不计较，但如今是救命，也只能和他算清楚。

老项，你怎么没和我说？章怀懿颇惊讶。项有槐有些心虚，涨红着脸应承着，当时为快点办手续，仓促了些，离婚后一年多，闫阿姨没和他提过这事，他以为闫阿姨忘了呢。

我这是救命，没办法，闫阿姨继续说，我不白要，你们给我二十万，我和老项签个补充协议，一次性买断，今后也不用他管了。

那不好吧，章怀懿扶着眼镜，说，今后有事还是少不了的。

总不能赖上你们，闫阿姨苦笑着说，离了婚，就没啥关系了，这就算两清。

如果你们不帮，我只有卖掉那商品房，闫阿姨又说。

项有槐盘算着，这样不算吃亏，他和章怀懿商量，也觉得如此甚好。闫阿姨冲着项有槐鞠了一躬，说，谢谢大恩大德，老项，咱们结婚三十多年，也是苦了你，咱们文化程度差别大，性格兴趣没啥共同点，强扭的瓜不甜，缘分尽了就该放手。我太执着，事事都要管你，处处以“教授夫人”自居，实在是虚荣、糊涂！

项有槐身子晃了晃，眼圈泛着红。章怀懿也面露愧意。

项有槐没想到平庸的糟糠之妻能说出这番有见地的话。项有槐嗫嚅着说，当初也没想到走到这一步。我和怀懿有共同话题，在一起轻松自在。从前跟你过，晚上没洗脚被你训半天，理发选个发式、吃什么菜，自己都做不了主。你整天盯着我，说什么都得立即执行，说多了你就哭。现在我也老了，想过几天舒心日子，别人怎么看无所谓了。

闫阿姨掏出协议，说是律师帮着弄的，章怀懿研究了一下，大体没啥问题，就签了名，同意这几天打款。闫阿姨叮嘱说，莉莉现在炒股炒得凶，钱的事不要告诉她，省得横生枝节。项有槐想了想，也表示同意。

莉莉那边怎么办？她还等着办学区呢！项有槐说。闫阿姨说，我来想办法，你放心。换房的事因闫阿姨治病就先搁置，可让章怀懿过段时间搬到西关暂住。项有槐将闫阿姨送下楼，看着她一点点消失在视野内，沉思了良久。

就这样把钱给了？项有槐看着章怀懿，似是自言自语。

还不是你当时拎不清楚状况！章怀懿叹了口气，如果真要找律师，肯定麻烦，那房子卖了也可惜，反正这病是绝症，我们可以等，只要住进去，将来总归是我们的……

闫阿姨回到女儿家，还是习惯性忙碌，等女儿一家人回来，她已做了一桌好饭：糖醋排骨、油焖大虾、香菇炖鸡，还有红烧羊肉，都是小志和项莉莉喜欢吃的菜。闫阿姨摘了围裙，没有和他们一起吃饭，只是淡淡地说，莉莉，我今天去见你爸了。

项莉莉似乎意识到点什么，“唔”了一声，没了下文，邹磊识趣地闭了嘴巴。闫阿姨去省城看病，本来项莉莉说要陪着，但闫阿姨说不能耽误她工作，就让她找了辆车，送她去做的检查。检查结果，闫阿姨也告诉了他们，一家人都感到沉重。

妈从小就宠你，闫阿姨说，妈得了绝症，今后的路要靠你自己走了。

项莉莉沉着脸，说，别这么丧气，如今医疗技术发达，会有治疗办法的。

闫阿姨冲着莉莉和邹磊鞠了一躬，邹磊赶紧避让，连声说，妈你这是怎么了？闫阿姨说，这些天我反复想想，可怜之人必有可恨之处。我总以为，住在这里是照顾你们，其实是你们照顾我、陪伴我。我晓得邹磊是湖南人，喜欢吃辣，可为了莉莉我从不放辣椒。我在这里，你们也不自在。金窝银窝，不如自己的狗窝，我还是要搬出去。

邹磊说，我们小辈做得不好。莉莉则自顾自地吃着菜，一副“你算说对了”的表情。

闫阿姨凄然一笑，说，我不会连累你们，换房的事我亲自经手，我委托舞团吴会计找了律师，你们不要插手，吃完这顿饭，莉莉就把房产证给我，我自己去办理。

那不行，莉莉满不在乎地说，你年龄大了，不懂这些事，万一出问题咋办？

那是我的事，闫阿姨继续说，你拿了我几十万棺材钱炒股，赔了多少我没问过，如今我的房子，我还做不了主？你如果不拿出来，我就去房管局，办理房产证挂失。

莉莉放下筷子，瞪了母亲一眼，好像奇怪，平时软趴趴的老娘，怎么突然强势了？邹磊见状忙说，莉莉是担心您，您也了解，这些天她为小志上学的事发愁。

你们放心，不会耽误小志，我保证。闫阿姨斩钉截铁地说。

项莉莉纵然不乐意，也只能将房产证从保险柜中取出，气哼哼地塞给闫阿姨。闫阿姨收好，开始收拾衣物，说过几天要去省立医院住院，不会再搬来住了。下午她还约了吴会计谈事。

项莉莉看着闫阿姨匆忙出门，对邹磊嘀咕，妈这是怎么了？像变了个人。邹磊叹了口气，说，绝症搁到谁身上都是天塌地陷的事，性格有些变化，也在情理之中。

闫阿姨来到“梦醒时分”咖啡厅，项诚早等在那里，看到她就嚷，妈，来这种地方干啥？浪费钱，有事我过去就行，您现在要静养，马上就要去医院，可不能有闪失。

闫阿姨点了杯咖啡，呷了一口，拿出那张农行卡，还给项诚，说，你日子紧巴，萍萍上学用钱的地方多。项诚捏着卡，眼泪下来了，说，您是不是嫌钱少？我再想办法！

傻孩子！闫阿姨慈祥地拍了拍他的手，妈从小就不喜欢你，嫌你读书笨，可妈有了事还是你冲到前面，你放心吧，你爸给了我不少钱，够用了。

我爸给您钱？项诚收了眼泪，有些糊涂，他不是说换房子要搞装修吗？他这么好心了？

你别管，好好过，妈不行了也给你留点钱，算是给萍萍的。闫阿姨又说。

项诚还要啰唆，被闫阿姨赶走了。闫阿姨劝他，男儿当自强，别老哭哭啼啼，让人家看不起。她说要等舞团吴会计商量如何解散的事。她现在不能管舞团，总要有个了结。

项诚齉着鼻子、佝偻着腰，回头看看，下午的天阴着，“梦醒时分”咖啡厅的彩灯闪烁，将仿桦树皮门框照耀得忽明忽暗，仿佛什么神秘空间洞穴。门口两个黑色大音箱，幽幽地不知传来什么歌曲。闫阿姨坐在靠窗那张桌前，怔怔地端着杯咖啡，一只虫绕着桌子上方的汽灯，缓缓地飞行。风吹拂过，撩起她几缕苍老的白发，瞅着触目惊心。她年轻时也是美人，但人人爱看盛世红颜，美人迟暮却总是难堪……

八

五月刚过，北方的天又是一变，被暖风熏过，仿佛出了满月的孩子，皱巴巴的小脸舒展成粉嘟嘟的模样。今年国槐花开得早，一串串泛着淡黄底的白玉腰果，多远都能闻到香气，风一碰，摇摇曳曳地落下，打着行人的头。油绿的冬青绽放着伞形花裙，梧桐则吐着粉色花蕊，骚包得不像样子。伴着钟声，鸟雀也不再那么低沉，起得早就“叽叽喳喳”地在各种植物之间跳跃玩耍，谈恋爱、打架，或无所谓地畅叫着。

定慧寺的香火越发旺盛了。早课结束，青头皮小沙弥扛着扫帚，飞快地开了山门，等在山门旁的信众，有的上香供灯，有的还愿祈福。大雄宝殿前，香烛插满金鼎，烟气缭绕。大殿的香灯也多，将角落照得明晃晃的。流通处的胖和尚眉开眼笑，忙不迭地给施主行礼，介绍各种“套餐”业务。信众虔诚礼佛，不免触动心事，落泪的、发怔的、微笑不语的，都是人生百态。

胖和尚看到那老女人又来了，恭恭敬敬地上香。他第一次见那女人时，她胳膊还有伤，急急慌慌，要求问空海首座。这段时间，老女人来得愈发勤了，但只拜佛祖与观音，拜毕就走，不多啰唆。他看女人虔诚，忍不住问，您还要寻空海住持？女人不语，他又介绍说，空海首座佛法高深，刚升了住持，这几日在省宗教协会公干，接着要去日本考察，估计这段时间都不在。

女人笑着说，我苦苦寻佛，佛不见不遇，佛在我心，又到何处寻？

胖和尚夸奖，施主这几句偈语对得妙，可见您有慧根，与佛也有缘，定能感通虚空法界，得到十方三宝加持。

女人答谢，冲着盏供灯拜了拜。灯上写着“闫风琴女士安息”字样，灯下还压着个定慧寺护身符。胖和尚问女人，供灯许愿词上的人可是亲属？女人说不是亲人，但这人可以说为我而死。她把护身符给了我，我这辈子都感恩。

女人拜辞知客和尚，出了山门，穿过小广场，遇到几个跳舞的老头老太，有的说，闫团长不要我们啦。女人笑着说，对不起大家，账目搞得糟，如今理顺了，我这个不称职的团长也该下台啦。女人又问孟菲下落，一个老头气愤地说，胖鬼头！要不是你找律师，我们都被蒙在鼓里，团里那点钱她也贪污，和她那贪婪前夫一个德行！这人也是怕法，才顺了你的意，补了一部分钱。听说她被一个老头骗了不少钱，如今投奔杭州的儿子去了。这也是报应！

说着，一个高高壮壮的老头笑嘻嘻地走来，大声说，大伙有空来小店捧场，点心打八折！众人起哄，说，老情侣真腻歪，一会儿见不着就寻来。老高你喜糖都不发，不像话呀。

俩人也是旁若无人，挽着手，亲亲热热走到广场对面的六里牌坊街，街上开着小门头店，透亮整洁的橱窗，呈放着各类花式糕点，店里有六张低矮的小桌子。俩人收拾好屋子，开始卖点心。有客人以为是早餐店，抬腿进来，女人就解释，您瞅瞅门口牌子的红纸，这是“小饭桌”，只供应孩子定点包饭，糕点您随便买！

一群穿着校服的小学生，猛地冲进来，纷纷仰着馋虫似的小脸。女人忙不迭地小跑进厨房，拿出黄澄澄的煎鸡蛋，白亮亮的米粥，还有脆生生的韭菜合子、暄胖的牛肉大包，孩子们欢呼，连说好香，也有的说“闫阿姨厉害！”，就埋下头，狼吞虎咽地开动……

开店的老太和老头，正是闫阿姨与老高。俩人不知咋的，就好上了。一个离异，一个丧偶，旁人也说不出啥。闫阿姨请了律师，找孟菲交涉，清理账目，也交卸了团长的差事。她和老高商量，在定慧寺旁开家小店，只负担经五路小学三十个孩子早晨和中午小饭桌吃饭。平时卖些糕点，也不为钱。闫阿姨做的饭菜又干净又好吃，价钱低廉，家长都感激，但她说年纪大了，只能负担三十个孩子，不能增多。只有老高晓得，这也是闫阿姨的修行。闫阿姨的女儿还到小店闹过，听说闫阿姨给了她十万元，给小外孙买学区房用，也不知真假。

舞团的人传说，闫阿姨得了癌症，但信了佛，病竟奇迹般好了，可见定慧寺很灵验。也有的说，人家根本没得癌，那是误诊。闫阿姨摔了胳膊，住在人民医院，病房有个老女人，和闫阿姨名字差不多，被个粗心的年轻医生拿错片子，生生担了场惊吓。

老高不信这些，他问闫阿姨，你是真不知拿错了，还是将错就错？人家都说你闫阿姨老实烂没用，谁想到你经了一回大事，倒像变了个人。闫阿姨平静地说，我是死过一次的人，想法自然不同，见了人心，心意也自然不同。

小店横匾上歪歪写着“陶然”两字。闫阿姨问，“陶然”啥意思？老高挠头，说，可能就是活着恣呗。

闫阿姨对老高的解答表示满意。她和老高一起，越来越爱笑，人也富态不少，老高摆弄着烤箱，开着玩笑，老年舞星降级成小饭桌老板娘，亏不？

我不就是阿姨嘛，闫阿姨漫不经心地说，和孩子们在一起心里舒坦。

舒坦就好，老高跟着笑，说，老林黛玉变成孙二娘，也是麓城一大奇闻！

闫阿姨嗔怒着把面粉扬在老高脸上，两个老不正经在小店里调笑打闹。过了会儿，糕点好了，老高娴熟地将一个个喷香的小欧式蛋糕从模具里倒出，脑门的汗缓缓地淌下，打湿了领子。闫阿姨给他擦了擦，不禁想到，前半辈子爱文化人，觉得“教授夫人”体面，现在看来，当个糕点夫人、当个阿姨，也是不错的选择。

孩子们吃过饭，乱哄哄地跑了。闫阿姨收拾好碗筷，和老高靠在门口，看广场那些欢乐的老年人尽情地扭着舞步，拍着手喝彩。定慧寺的钟声，又“嗡嗡”乱响，想来是那些遭瘟的游客又在瞎敲。她掏出口袋里那个塑料绿色小喇叭，“嘀嘀嗒嗒”地吹着，声音又脆又亮，穿透最后的薄雾，向着尘世而来……